Au-delà d'ailleurs

I0547979

Michel de Nys

L'Edition 2015 00000000015349
Roman – Tous droits réservés -

ISBN 978-2-9554249-0-2

DEPOT LEGAL
1000000226707

2

A mes lecteurs,
vous souhaitant un agréable moment...

Adrien ouvrit les yeux avec difficulté. Un léger mal de tête le tiraillait et une raideur se faisait sentir au niveau des cervicales. Allongé, il aperçut le plafond blanc face à lui. Un blanc pur et éblouissant, presque aveuglant le recouvrait. Il secoua la tête pour tenter de reprendre ses esprits et se redressa brusquement, ce qui lui donna le vertige. Il découvrit alors qu'il était assis sur une banquette blanche, toute simple, dans le style de celle qu'on trouve dans une geôle de commissariat, à la différence que celle-ci était douillette et sans odeur. Bien qu'il n'ait jamais eu la malchance de faire de la garde à vue, il avait entendu parler et lu comme tout le monde des histoires sur la vétusté de ces lieux et l'odeur nauséabonde qui pouvait vous monter au cœur. Son cerveau se mit rapidement en fonction et une multitude de questions envahirent son esprit.

Il ne savait pas ou il était ni comment il avait atterri dans cet endroit. Un léger frisson parcourut sa colonne vertébrale. Bien au delà des questions qu'il se posait sur ce lieu étrange, il n'avait aucun souvenir. Le vide complet, sa mémoire l'avait abandonné. Adrien détesta cette sensation qui l'envahissait, il était mal à l'aise et ne savait quoi penser. Il n'arrivait pas à recentrer ses idées. La panique le guettait. Aucun élément autour de lui ne semblait le rattacher à un quelconque souvenir. Il sauta en bas de la banquette et regarda autour de lui.

« Qu'est-ce que c'est que cette histoire ? Mais quel est cet endroit ? » Dit-il à haute voix. L'écho de la grande pièce vide fut la seule réponse à ses questions.

Adrien, qui avait l'habitude de se retrouver dans des situations pour le moins étranges, était pour la première fois de sa vie confronté à une absence totale de souvenirs. Il essaya de se concentrer en fouillant au plus loin dans sa mémoire. Rien !! Le trou noir, aucun passé !! Il se sentait perdu, désarçonné. Il essaya à nouveau, insista et se rendit compte du vide dans sa tête. Ses yeux se promenèrent alors autour de lui à la recherche de repères pouvant l'éclairer. Il observa la vaste pièce dans laquelle il était et fut surpris. Elle était quasiment vide. Les seuls meubles qui s'y trouvaient, étaient la banquette sur laquelle il était et deux fauteuils clubs, blancs eux aussi, posés au milieu. La situation était très étrange et quelque peu dérangeante. Comme dans un rêve, ou une sorte de sensation hallucinogène. Adrien était dubitatif, il avait beau regarder attentivement les murs, il ne distinguait rien d'autre qu'une vaste étendue de blanc les recouvrant. Il n'y voyait ni porte, ni fenêtre, rien que du blanc. Il regarda de droite et de gauche sans trouver la moindre ouverture vers l'extérieur. Très pragmatique, Adrien ne pouvait concevoir ce genre de chose. S'il était la, c'est qu'il était bien entré par quelque part. Il leva alors la tête vers le plafond en quête d'un quelconque indice le rassurant. La aussi, il ne put voir que blancheur immaculée. Si ses yeux ne pouvaient voir, ses mains découvriraient une ouverture selon lui. Il se dirigea donc droit vers une cloison.

Ses mains glissaient le long du mur, lentement, tenant à couvrir la surface complète de chaque pan. Il promenait ses doigts de façon à pouvoir toucher toute l'étendue blanche sans omettre un seul centimètre carré. Il tapota le mur pour voir s'il sonnait creux, le caressa, colla son oreille pour écouter le moindre bruit. Il voulait l'ausculter, ne rien oublier. Il eut beau le faire avec méticulosité, il ne trouva rien sur le premier. Il prit un léger recul pour l'observer sous un autre angle. D'un peu plus loin quelque chose lui apparaîtrait peut-être. Il ne rencontra pas plus de succès malgré son sens avéré de l'observation. L'angoisse commençait à prendre une place importante dans son esprit. Il ne savait quoi penser. Ce que l'on pouvait comprendre au regard de la situation. Il fit un nouvel effort de concentration pour laisser le moins d'emprise possible à la panique qui pouvait le prendre.

Avant de s'attaquer au deuxième mur, il se retourna pour observer la pièce dans son ensemble à la recherche d'un indice. Il sursauta en apercevant quelqu'un lui tournant le dos, assis dans un des fauteuils clubs. Adrien ne se démonta pas et s'approcha aussi calmement qu'il le pouvait de l'homme assis.

Il fit le tour pour se retrouver face à lui et le fixa. Aussi étrange que cela puisse paraître, l'homme ne lui prêta aucune attention. Il avait la tête baissée et son regard se portait vers le sol. De taille apparemment moyenne, il portait des vêtements aussi blancs que les murs de la pièce. D'ailleurs, les fauteuils et le sol étaient exactement de la même couleur que ses vêtements. Adrien constata que lui aussi était vêtu de blanc de la tête au pied.

Il n'y avait pas prêté attention jusque la. Les cheveux noirs intenses de l'homme contrastaient avec cet environnement unicolore. Tout se bousculait dans la tête d'Adrien. Il prit une inspiration pour tenter de se calmer et de conserver la maîtrise de ses idées. Même si cette fois-ci il rencontrait quelque chose qui dépassait l'entendement, il avait besoin de garder son self control pour comprendre ce qui lui arrivait. Adrien pensait qu'il y avait une explication à tout et qu'il suffisait d'y réfléchir calmement pour qu'apparaisse clairement ce qui semblait inexplicable. Il ne s'énervait quasiment jamais et avait une façon très particulière d'aborder les problèmes. Réflexion et analyse le caractérisaient.

« Bonjour ! », articula Adrien pour interpeller cet étrange personnage.

- Bonjour ! Lui répondit simplement l'homme, sans lever la tête.

- Je suis désolé, reprit Adrien, cela fait quelques minutes que je suis la et il ne me semble pas avoir remarqué votre présence.

- C'est normal, je viens d'arriver.

- Vous venez d'arriver ?? Et... Par ou êtes vous entré ? Je ne vois aucune ouverture. Et savez-vous quel est cet endroit ?

- A quelle question dois-je répondre en premier ? Lui demanda l'homme qui regardait toujours le sol.

- Ou sommes-nous ? me parait être un bon début, ironisa Adrien.

- Nous sommes la ou nous devons être, lui dit calmement l'inconnu.

- Mais encore, relança Adrien sans faiblir et s'approchant de son interlocuteur pour essayer de lui faire lever la tête.

- Nous sommes la parce que nous ne pouvons pas être ailleurs, c'est évident, insista l'autre sur la même tonalité .

- Vous faites souvent des réponses aussi, ... comment dirai-je ? Inutiles ?

- Souvent, oui ! Je donne la même réponse à toutes les personnes qui me posent cette question.

- Et on vous pose souvent cette question, je présume ? Demanda Adrien.

- C'est la première fois, répondit l'homme en blanc en levant la tête.

Adrien avait la désagréable sensation que cet homme se moquait de lui. Il le regarda en face et ses yeux lui glacèrent le sang. Il mit quelques secondes avant de pouvoir continuer. Il était impressionné par ce regard et tenta de se reprendre sans rien laisser paraître.

- Au moins, c'est original railla Adrien. Sans vouloir vous contrarier, et en conservant mon calme malgré la situation, savez-vous ou nous sommes ? Lui demanda t-il, quelque peu excédé.

- Oui, bien sur que je sais ou nous sommes, lui dit l'inconnu en posant les mains sur ses genoux.

Un silence s'installa. Adrien semblait attendre une suite, alors que son interlocuteur ne paraissait pas vouloir en rajouter. Il restait la, sans bouger ni parler.

« Et nous sommes..... ? » questionna à nouveau Adrien.

Vous voulez vraiment que je réponde à vos questions ? Lui demanda t-il sans bouger un cil.

- Cela me paraît nécessaire, répondit Adrien dont l'énervement commençait à paraître. Ou sommes-nous ? Qui êtes-vous ? Que faisons nous la ? Me semble des questions importantes qui méritent des réponses précises, continua-t-il sur le même ton.

- Des questions, reprit l'inconnu en soufflant. Toujours des questions. Nous sommes ici, parce que votre place n'est pas ailleurs vous ai-je déjà dit. Je peux vous apporter une partie des réponses, mais pas toutes.

- Attendez !! Ce ne sont pas des réponses que vous faites, ce sont des énigmes qui risquent d'appeler d'autres questions. Nous n'avançons pas d'un pouce. C'est un jeu ? Un test ? Une caméra cachée ?

- Réfléchissez, mon cher ! Vous pouvez comprendre mes réponses, insista l'homme en blanc.

Adrien sentit qu'il ne pourrait rien tirer de ce personnage en s'énervant. Il était donc inutile d'insister et il valait mieux contourner plutôt qu'affronter. Il devait faire preuve d'imagination. Et ça, il en avait toujours eu. Il reprit alors :

« Très bien. Puisque vous m'apportez des réponses énigmatiques, et que je ne pense pas que vous m'en direz plus, je vais me plier à votre jeu et réfléchir à voix haute pour trouver des réponses. N'hésitez pas à m'arrêter si je me trompe. Donc, vous êtes vêtu de blanc, de haut en bas. L'environnement me semble extrêmement propre, aseptisé même. Il n'y a pas d'ouvertures, en tout cas, elles ne sont pas visibles. Les murs ne sont pas capitonnés mais lisses et doux. Vous êtes tranquillement assis, calme et patient, vous répondez par énigmes en observant mes réactions. Mon analyse est-elle bonne ? »

- Vous faites preuve d'un sens de l'observation plutôt aigu, lui dit l'homme. Cela vous apportera-t-il les réponses à vos questions ? Je ne saurai dire.

- Je l'aurai parié. Alors, je reprends. Qui peut être extrêmement patient, vêtu de blanc, parlant par énigmes et qui porte les gens sur les nerfs sans s'énerver lui même ? Un fou évadé d'un asile ?

- C'est comme cela que vous me voyez ? Lui demanda calmement l'homme en blanc qui ne bougeait pas de son fauteuil.

- C'est ce que vous pourriez être. Mais je n'y crois pas. Même si mon expérience en matière de psychiatrie se limite à lire quelques uns des magazines connus. Qu'est-ce qui sépare d'une mince frontière un fou de vous ? La question me semble plus pertinente. Je dirai, le bon coté de la frontière. Alors, je parierai sur : PSY!! Voila ce que vous êtes ! Et nous sommes dans une clinique. OUI !! C'EST ÇA !! s'écria Adrien. Une clinique !! Toute de blanc vêtue. Cela me parait évident. Mais pourquoi suis-je la ? Demanda Adrien en écarquillant les yeux.

- Encore des questions. Lui répondit l'inconnu. Vous en posez tellement. Attendez-vous de réelles réponses ?

- Ça suffit maintenant !! s'énerva Adrien. Je veux des réponses ! Et pas des énigmes.

Adrien semblait perdre son sang froid. Il avait beau se maîtriser en temps normal, la situation actuelle dépassait tout ce qu'il avait pu rencontrer. La tension devenait palpable, l'air étouffant et il ne tenait à rien qu'il explose de colère. Il allait insister lorsque l'autre reprit :

« Des réponses.... Vous voulez toujours des réponses. Vous êtes vous posé la bonne question ? Lui demanda l'homme en le regardant avec insistance.

La clarté de ses yeux figea à nouveau Adrien. Un bleu glacial, presque transparent. On avait l'impression que deux glaciers de Patagonie vous fixaient. Adrien se sentit encore une fois mal à l'aise et un frisson parcourut tout son dos pour remonter jusqu'aux épaules. Il ne savait pas comment se comporter. Ces yeux le transperçaient. Rien ne le mettait en confiance dans cette pièce, bien au contraire. Sans parler de cet homme qui lui hérissait le poil, et c'était peu dire.

Adrien réussit à dire :
« Je ne tiens pas à philosopher avec vous. Je ne comprends pas la situation et tout m'échappe. J'attends simplement un éclaircissement de votre part puisque vous avez l'air de savoir ou nous sommes et ce que nous y faisons. Alors s'il vous plaît, aidez-moi. Que m'arrive t-il ? » supplia presque Adrien.
- Quel est le dernier souvenir qui vous revient à l'esprit ? L'interrogea l'homme aux yeux glaciers.

Adrien fronça les sourcils, essayant de se souvenir. Rien ! Rien ne lui revenait à l'esprit. Non seulement ses souvenirs ne lui étaient d'aucune aide, mais en plus leur absence amplifiait les interrogations sur la situation. Il ne savait pas ou il était, et ne savait pas d'où il venait.
Avec un calme surprenant, il regarda son interlocuteur et lui demanda :
« Je ne me souviens de rien. Ai-je perdu la mémoire ? »
- En quelque sorte, oui, et pas seulement, lui répondit l'homme en blanc.
- Écoutez ! L'interpella Adrien. Vos énigmes ne règlent rien, bien au contraire. Pouvez-vous oui ou non m'apporter des réponses ?
- Je peux en effet apporter certaines réponses. Mais je ne peux les fournir toutes, ne les connaissant pas moi-même. Savez-vous qui vous êtes ?
- Attendez ! Adrien sembla réfléchir. Je m'appelle Adrien Lechevalier. C'est cela n'est-ce pas ?
- Absolument ! Oui ! Vous êtes Adrien Lechevalier, 36 ans, patron de site web surdoué. Surnommé MIAM. Vous souvenez-vous ?
- Non ! Pas du tout, soupira Adrien. Un instant ! S'exclama-t-il. Des souvenirs semblent revenir. Non !! rien ! Finit-il par dire au bout de quelques secondes. De quel type d'amnésie est-ce que je souffre, docteur ?
- Partielle ! D'une amnésie partielle. Mais ne m'appelez pas Docteur, sauf si vous y tenez vous même.
- Êtes-vous médecin, oui ou non ?
- Encore une question directe à laquelle je ne peux répondre catégoriquement. C'est vous qui décidez. Je suis ce que vous voulez que je sois.

Même s'il ne voulait pas le montrer, Adrien bouillait en son for intérieur. Il ne pouvait dire s'il était dans un rêve étrange ou dans la réalité et se sentait jaugé par ce personnage. Il regarda l'homme en blanc et admira son calme. De son coté, son interlocuteur scrutait Adrien et appréciait sa maîtrise. Tous deux observèrent quelques secondes de silence, se fixant dans les yeux. N'y tenant plus, Adrien se mit à réfléchir à voix haute :
« Je souffrirai donc d'une amnésie partielle. Je suis dans une clinique pour soigner ma mémoire et vous êtes médecin. Ou infirmier. D'après ce que je peux en connaître, une amnésie partielle endommage une partie plus ou moins grande de votre cerveau.

Et la durée peut-être plus ou moins longue. Ce qui ne veut absolument rien dire. Ni rassurant, ni inquiétant. C'est étrange, je me souviens de certaines choses, mais aucunement de moi. Que savez-vous de mon état ? », demanda-t-il.

- Je sais que votre amnésie est réversible. Je dirai qu'elle est temporaire aussi. Ce qui devrait vous rassurer. Le retour de vos souvenirs est une question de temps et de patience. Cela dépend uniquement de vous. Vous allez donc pouvoir recouvrer la mémoire si vous le désirez vraiment.

- Si je le désire, c'est à dire ? Demanda Adrien qui voulait comprendre.

- Êtes-vous sur de vouloir vous souvenir de tout ? Vraiment Tout, je veux dire.

- Bien entendu que je le souhaite. C'est ma mémoire, c'est ma vie, c'est moi.

- Je comprends, lui répondit l'homme. Mais lorsqu'on ne se souvient plus, on ne sait pas si on doit se souvenir. Si ce que l'on va découvrir en vaut la peine. On peut préférer l'amnésie psychogène au retour des souvenirs dans certains cas.

- Qui pourrait préférer ça au souvenir de sa vie ?

- Plein de monde, mon cher, plein de monde, lui dit l'homme en se levant de son siège, les bras tendus vers le ciel. Tous les souvenirs ne sont pas merveilleux. Certains sont même dérangeants. Lorsqu'on les a, on fait avec, mais si on peut les éliminer, on le fait parfois.

Pour la première fois, Adrien observa attentivement l'homme en blanc. De taille moyenne et de corpulence plutôt mince, les vêtements blancs accentuaient la pâleur de son visage. Adrien avait toujours du mal à soutenir son regard. Et maintenant qu'il le voyait se déplacer il pouvait voir avec quelle légèreté ses pieds frôlaient le sol pour se mouvoir. S'il ne voyait pas les pieds avancer l'un après l'autre, Adrien aurait pu jurer que cet homme volait à quelques millimètres du sol.

Toujours en marchant, l'homme reprit :

« Imaginez, mon cher ! Un homme qui veut tout oublier pour des milliers de raisons. Pour ne pas payer de pension à sa femme sans se sentir coupable, par exemple. Quelle aubaine. Un homme ne voudrait-il pas perdre ses souvenirs pour ne pas se rappeler combien ses mains sont couvertes du sang d'un autre, ou de plusieurs autres ? Imaginez un meurtrier par accident, obsédé par ce meurtre et qui chaque nuit revit le moment ou il frappe la victime et ne la voit pas se relever. Ou simplement, ne pas se souvenir pour oublier le mal qu'il à fait, un homme ne serait-il pas prêt à rester amnésique pour tout recommencer et ne pas être envahit par le souvenir hideux du mal qu'il a pu répandre autour de lui. De la douleur qu'il a distillée ? Pas un grand mal, non. Une addition de petits maux, de souffrances aux autres. Un homme n'est-il pas lâche par définition ? Combien d'êtres préfèrent le mensonge à la vérité ? Combien d'êtres préfèrent le déni à la réalité ? Combien ??? Des milliers ? Des millions ? Qui ne serait pas prêt à tout oublier pour recommencer ? Qu'en pensez-vous, très cher ? ».

Adrien écoutait ce personnage débiter des paroles qui pour lui n'avaient aucun sens au départ et qui au fur et à mesure de l'écoute l'effrayaient au point de le faire presque paniquer. Il réussit difficilement à articuler :

« Ai-je fait quelque chose de grave ? Ai-je fait du mal autour de moi ? Savez-vous quelque chose ? Suis-je un meurtrier ?» implora Adrien.

– Des questions, encore et toujours des questions. Avez-vous fait quelque chose de grave ? Ce n'est PAS la bonne question. Avez-vous fait du mal autour de vous ? OUI !! Évidemment ! TOUS les hommes font du mal autour d'eux. C'est dans leur nature. Est-ce que je sais quelque chose ? OUI !! JE SAIS BEAUCOUP DE CHOSES !! Mais la véritable et unique question à se poser est :

Avez-vous fait quelque chose de si affreux qu'il est préférable que vous ne vous en souveniez plus jamais pour être en paix ?. ?? C'EST LA SEULE QUESTION A VOUS POSER POUR LE MOMENT !! Lui dit l'homme en se levant du fauteuil.

La voix de l'homme se faisait grave et forte, accentuée par le résonnement de la pièce. Adrien avait les yeux écarquillés. Il se sentait accusé, jugé pour crime contre quelqu'un. Mais quoi ? « quoi ? » se demandait-il.

« Dites-moi ce que j'ai fait puisque vous savez ! Dites moi de quoi vous m'accusez ! Jouez cartes sur table, dites-moi tout, même le pire. J'ai besoin de savoir », le supplia Adrien.
- Tout ?? Si c'était si facile. Ce n'est pas à moi de vous dire. C'est à vous de vous souvenir et de comprendre.
- Je n'y arrive pas. Je ne me souviens de rien. Vous LE SAVEZ !, s'énerva Adrien.
- Je peux vous aider à vous souvenir si vous voulez. Lui dit calmement l'homme. Mais vous pouvez avoir mal en vous souvenant. Ce dont vous vous rappellerez ne quittera plus votre mémoire, jamais ! Est-ce, ce que vous voulez ? Lui demanda l'homme en blanc en le regardant intensément dans les yeux.
Adrien, cette fois-ci ne tourna pas la tête et affronta le regard de glace de cet homme pour lui dire en face :
« Oui ! C'est ce que je veux. Je n'ai pas peur. Si j'ai fait du mal, je paierai par moi-même. »
- Hé bien, qu'il en soit ainsi. Es-tu prêt ?
- Je suis prêt ! Je vous écoute, toute mon attention vous est offerte.
- Tu m'écoutes ? Mais je n'ai rien à te dire, mon cher.
- Mais... Je croyais que... Vous m'avez dit que vous pouviez me révéler le mal que j'ai fait.
- Te révéler ?? Je peux te montrer ta vie, c'est à toi de juger du bien ou du mal que tu as fait. C'est ton jugement personnel, ton libre arbitre. Mon interprétation n'a aucun intérêt.
- Je veux bien voir et décider. Mais comment comptez-vous faire ? M'hypnotiser ? Demanda Adrien.

Un rire accueillit cette question et l'homme en blanc reprit :
« Tu aimes bien le cinéma, Adrien, n'est ce pas ? ».
- Oui ! Comment le savez-vous ?
- Saches que je connais beaucoup de choses sur toi. Alors, prêt pour une séance de cinéma ? Lui dit l'homme en se rapprochant du fauteuil club.
Décidément, tout cela était plus qu'étrange se dit Adrien.
« Assieds-toi ! Prend place prés de moi, lui dit l'homme en lui montrant le deuxième fauteuil club. Attention à toi, tu verras ! ça risque de secouer fortement. Et pas seulement au sens littéral du terme » dit l'homme à Adrien.
Celui-ci s'approcha et sans aucune hésitation, s'assit à ses cotés. Il fut surpris par le grand confort du fauteuil. Il s'y sentit bien.
Tout à coup, une lumière aveuglante et une brusque secousse le colla au fauteuil.

La lumière fut si intense qu'Adrien s'en trouva aveuglé quelques instants. Ses mains agrippèrent fermement le fauteuil pour qu'il ne tombe pas du siège. Sa mâchoire était serrée et ses ses yeux clos Il les ouvrit lentement, conservant ses mains soudées au fauteuil de peur de traverser une nouvelle secousse. L'impression d'être dans un biplan et d'avoir traversé une turbulence lui vint naturellement. Étrangement, des souvenirs lui revinrent en mémoire. Les meetings auxquels il participait et qui présentaient des avions de la grande guerre, sa passion première. Adrien avait d'ailleurs acquis l'épave d'un Nieuport qu'il avait entièrement retapé lui même, méticuleusement, jour après jour. Il avait toujours admiré l'aviation française et les aventuriers qui la composaient. Au delà de ceux qu'il appelait « les héros », Mermoz, Guillaumet et Saint Exupery, son plus grand intérêt se portait sur l'aviation militaire. Peu de gens le savent, la France fut le premier pays à s'équiper d'avion de combat. Et en 1917 Gustave Delage avait créé un modèle puissant, qui avec 300 chevaux et plus de 230 kmh en faisait un avion de chasse craint par l'ennemi. Et c'est un de ceux-la qu'Adrien pilotait de temps en temps. Il aimait voler cheveux au vent et entendre le vacarme assourdissant des moteurs de son avion. Il se sentait à la fois libre et enchaîné à la menace d'un crash possible avec « ses vieux engins », comme il aimait à les appeler.

Lorsque ses yeux furent entièrement ouverts, le spectacle qui s'offrait à lui fut stupéfiant. Inouïe ! Son regard se portait sur le mur en face de lui et pourtant, ce qu'il voyait n'avait rien du mur blanc précédent. Aussi incroyable que cela puisse paraître, il pouvait voir à travers le mur. Ou plus exactement, il voyait l'extérieur de la pièce. Le mur avait disparu. Il se trouvait spectateur d'une scène totalement surréaliste. Un ciel bleu troublé seulement de quelques nuages se trouvait désormais devant lui, à la place du blanc immaculé précédent. L'image était si réelle qu'il n'imagina pas un seul instant la possibilité qu'un film recouvre le mur. Dérouté par une situation de plus en plus étrange et insaisissable, Adrien, apeuré se tourna vers son voisin de fauteuil à la recherche d'une explication. Ses yeux ne rencontrèrent que le vide, celui-ci avait disparu comme il était apparu, brusquement, sans bruit. Quelque chose d'encore plus surprenant l'effraya. Lorsqu'il tournait la tête pour regarder sur sa droite comme sur sa gauche, les murs s'effaçaient devant lui et il pouvait observer ce qui se passait de l'autre coté. Le décor qui se dressait alors était identique à celui d'en face, ciel bleu et nuages blancs. En fait, dans cette pièce et à travers les murs, il avait une vue à 180°, comme si les murs n'existaient pas. Une immense perspective, devant et sur les cotés. Il fit un demi tour pour regarder derrière lui, ce qui eut à nouveau pour effet d'effacer le mur dans son dos. Bien qu'extrêmement méfiant face à ce phénomène insensé, Adrien ne paniquait pas, même s'il ne se sentait pas en totale sécurité pour autant. Son tempérament et son caractère créatif comme il était souvent décrit par ceux qui le connaissaient, lui permettaient d'imaginer les situations les plus extravagantes. Contrairement à beaucoup de monde, l'inconnu ne l'effrayait pas. Il avait beau être sur un fauteuil au milieu des nuages, il conservait un minimum de calme et de maîtrise.

Il chercha du regard quelque chose qui pourrait le rassurer et ainsi le ramener à une réalité connue, mais ne put voir que le vide autour de lui. Il n'osait plus tourner la tête. L'étrangeté de la situation le dépassait complètement. Homme de réflexion, il savait que si la panique le prenait il ne pourrait plus réfléchir convenablement à la situation. Il avait besoin de toutes ses facultés pour essayer de comprendre ce qui se passait autour de lui. Et il s'en passait des choses. D'incroyables choses ! De troublante au départ, la situation était devenue renversante.

Il décida de laisser son regard flotter devant lui, en plein ciel pour voir ce qui allait se passer. Il lui était arrivé de voler au dessus des nuages lorsque ceux-ci étaient bas, son avion ne pouvant s'élever à des altitudes vertigineuses. Il avait la, exactement la même vision que dans ce cas. Mais il avait des ailes et un avion était fait pour voler, pas un fauteuil. Survoler les nuages pouvait lui donner un sentiment de puissance. Il attendit moins d'une minute pour apercevoir quelque chose au loin. Il ne distinguait pas très bien la scène qui se passait un peu plus bas que lui, de telle sorte qu'il avait l'impression d'être dans son Delage.

Instinctivement, il baissa la tête pour regarder le sol et un cri de frayeur lui échappa. Le sol venait de disparaître sous ses pieds et Adrien se retrouvait dans le vide, assis sur le fauteuil, en lévitation. Pris de panique, il remonta instinctivement ses genoux vers sa poitrine pour ne plus avoir les pieds dans le néant tout en s'agrippant plus fort au fauteuil de peur de tomber.

« Tu ne risques absolument rien ici. Tu ne peux pas tomber. », dit une voix derrière lui. Adrien se retourna en conservant ses pieds le plus loin possible du sol, ou plus exactement de l'absence de sol. Le fauteuil tourna en même temps que lui. Il put alors voir son inconnu qui était revenu.
« Que se passe-t-il ? Pourquoi les murs disparaissent et le sol s'efface-t-il ? Mais ou sommes-nous ? », demanda Adrien avec une pointe de crainte dans la voix tout en regardant par terre.
- Encore des questions qui ne sont pas essentielles pour le moment, lui dit l'inconnu en opinant de la tête.
- Il s'agit de moi ! Répondit fermement Adrien. J'ai quand même le droit de savoir ce qui m'arrive, ajouta t-il en voulant se lever avant de se raviser en pensant au vide sous ses pieds.
- Retiens les choses necessaires et saches qu'ici tu ne risques rien. Tu ne peux pas mourir, non, crois-moi. Pas ici.
- Mais, répondez-moi ! Insista Adrien. Ou sommes-nous ?
- Ne voulais-tu pas voir ta vie ? Lui demanda très calmement l'inconnu. Te souvenir est il toujours aussi important ?
- Oui ! Plus que jamais, répondit Adrien en fixant cet homme de blanc vêtu.
- Alors, regarde ! Lui lança t-il en ouvrant ses deux bras devant lui, l'invitant à regarder autour d'eux. Le premier épisode du film de ta vie commence maintenant. Ou le dernier, qui sait ? Bonne séance, mon cher, lança l'homme en lui montrant le mur de l'autre coté. Et n'oublies pas, c'est toi qui interprètes.

Adrien se retourna pour regarder le mur qu'il lui avait indiqué et distingua des formes. Il eut soudain l'impression d'être aspiré par la scène devant lui. Les mains toujours accrochées aux accoudoirs, il inspira profondément et comme par enchantement, en une nano fraction de seconde il se retrouva tout proche du groupe de personnes devant lui. Surpris, il mit quelques instants à reprendre ses esprits. Il distinguait clairement la scène qui se passait devant lui tout en étant toujours collé à son fauteuil. Adrien s'aperçut que ses mains n'avaient toujours pas lâché leur ancrage, il ressentait d'ailleurs une douleur aux phalanges. Il jeta rapidement un coup d'œil autour de lui et comme il le pensait, l'homme en blanc n'était plus la. Il essaya d'interpeller quelqu'un devant lui en lui parlant. Comme il le redoutait, rien ne se passa. Il hurla de toutes ses forces. Toujours rien. Les gens ne semblaient pas le voir, ni l'entendre. La scène qui se déroulait sous ses yeux pouvait se comparer à une pièce de théâtre ou il n'était qu'un simple spectateur installé au balcon.

Place qu'il aimait occuper lorsqu'il allait voir un opéra. Mais la, il n'appréciait nullement le spectacle. Cette hauteur lui permettait de voir assez loin au dessus des gens.

Adrien remarqua qu'ils étaient tous habillés de noir et certaines femmes portaient même un voile malgré le soleil qui brillait très fort. Les ombrelles et quelques gouttes de sueur qui glissaient le long du front de certains, démontraient que la chaleur était pesante. Les gens étaient répartis par petits groupes et discutaient en chuchotant. Ce qui avait le don d'agacer Adrien qui détestait ça. Il regardait chaque personne avec une grande intensité, espérant qu'un souvenir surgisse. Il leva la tête pour regarder un peu plus loin et aperçut un autre groupe de personnes qui l'intrigua. Aussitôt, et sans savoir comment, il se retrouva juste au dessus du nouveau groupe. Ce qui lui permit de les observer plus attentivement. A sa grande déception il ne reconnaissait personne et ses yeux continuaient de balayer autour de lui pour trouver un visage que sa mémoire puisse identifier. Son regard s'arrêta alors sur une femme en pleurs. Il s'approcha et comprit instantanément ou il se trouvait en voyant près de la femme, une pierre tombale. Regardant autour de lui, ses yeux croisèrent une autre tombe, puis une autre à coté, et encore une autre derrière la première, puis plein de tombes lui apparurent soudain.

Il était tellement obsédé par ses souvenirs et la recherche de visages connus qu'il n'avait pas regardé autour de lui. Et pourtant, « savoir observer ce qui se passe autour, vous en apprend souvent bien plus que le sujet lui même », aimait-il dire à ses stagiaires. Il comprit qu'il se trouvait dans un cimetière. Les tombes autour de lui étaient toutes blanches et le muret entourant le cimetière avait la même teinte. De grandes quantités de fleurs ornaient le lieu et toutes les tombes étaient surmontées d'une croix blanche. En observant plus attentivement, Adrien jugea qu'il était dans un cimetière orthodoxe sans vraiment savoir comment il était capable de le savoir.

Soudain ! La peur se saisit de lui ! « Et si c'était moi sous terre ?» se demanda t-il en tournant les yeux vers la pierre tombale avec une appréhension du diable. Son regard s'arrêta sur les premiers mots, a mon tendre époux, qui ne lui apportait aucune réponse. En dessous,Adieu l'ami lui indiqua que si c'était lui, il avait eut au moins un bon ami. L'épitaphe suivante lui glaça le sang, bonne route à toi A. L. Qu'est ce que cela pouvait signifier ? A. L, comme ses initiales, Adrien Lechevalier. Mais était-ce celui qui avait écrit et signé A L ? Auquel cas il pouvait s'agir de lui qui rendait hommage à un ami dont il n'avait aucun souvenir ? Ou était-ce les initiales du nom du défunt ? La deuxième hypothèse était plus probable. On souhaitait bonne route à AL. Adrien paniqua complètement. Il chercha des yeux le nom du défunt sur la pierre tombale mais il n'aperçut rien. Il n'arrivait pas à déchiffrer le nom inscrit sur la pierre. Tout était flou. Il regarda une nouvelle fois autour de lui, dans l'espoir de trouver une réponse qu'il ne voulait surtout pas. Il eut tout à coup peur de reconnaître des gens, ce qui lui confirmerait sa crainte. Il se retourna vers la tombe, plissa les yeux et vit apparaître le nom devant lui. Adrien n'en croyait pas ses yeux, il n'en revenait pas. Aristote Lindt. Adrien fut soulagé de ne pas voir son nom inscrit sur la pierre tombale. Il sourit intérieurement en pensant qu'avec un nom pareil, les initiales A. L étaient bien suffisantes sur une tombe. Mais si ce n'était pas lui le défunt, que devait-il trouver ici alors ? Il y avait obligatoirement une raison puis qu'il s'agissait de sa vie.

Adrien avait beau observer toutes les personnes présentes, il n'en reconnaissait aucune, ni même le lieu ou il se trouvait. Il ne fréquentait pas les cimetières d'ordinaire, il était donc normal que celui-ci ne lui apporte aucun souvenir. Un long soupir sortit de son être. Un soupir de dépit, et de soulagement.

« Que t'arrive t-il, Adrien ? Tu ne trouves pas ce que tu cherches ? » lui demanda l'inconnu qui était à nouveau prés de lui.

- Non ! Je reconnais que rien ne va. Je ne connais pas cet endroit, je ne reconnais pas ces gens non plus. Si c'est ma vie, elle m'est étrangère. Je ne me souviens toujours pas, se plaint Adrien.

- Peut-être que tu ne regardes pas au bon endroit. Tout simplement. Sais tu que la limite de ce que tu vois est proportionnelle à ta vision des choses. ? Sais-tu que tes yeux ne verront pas ce que ton cerveau ne veut pas voir ? Je t'invite à voir plus loin Adrien. Plus large. J'invite ton cerveau à entendre ce que voient tes yeux. Les yeux ne trichent pas, c'est le cerveau qui transforme tout. Vois avec les yeux d'un nouveau né et tu ressentiras.

Adrien écoutait les paroles de l'homme en blanc et avait l'impression d'être dans un monde parallèle. Cet inconnu disait des mots justes et des phrases sensées, certes, mais ses apparitions et son discours le mettaient mal à l'aise.

- Sommes-nous au paradis ? Demanda brusquement Adrien.

- Aimerais-tu être au paradis ? Lui retourna calmement l'homme en blanc. Que représente t-il pour toi ? La perfection de la mort ? La vie après la mort ? Reprit-il.

- Je ne suis pas croyant. Ni dieu ni personne de proche de lui ne m'ont apporté quoi que ce soit sur terre, répondit Adrien plein de défiance.

- Alors, nous ne sommes pas au paradis. NON !

- Et si j'étais croyant ? Serions-nous au paradis ? Relança Adrien.

- Tu n'es pas croyant Adrien. Donc la question est obsolète.

- Et si je l'étais ?

- Tu ne l'es pas.

- Admettons ! insista Adrien en se levant de son fauteuil.

- Soit, admit l'inconnu. Tu es croyant et..... ?

- Sommes-nous au paradis ? Redemanda Adrien.

- Et je suis dieu ? C'est ça ? Désolé, je ne suis pas dieu. Et nous ne sommes pas au paradis. Qui peut dire si le paradis existe bien ?

- Alors, nous sommes au ciel ?

- Tu parles comme un enfant. Oui, j'admets, nous sommes au ciel. Mais cela, avec ton don de l'observation tu peux le voir par toi même, dit l'homme en montrant un mur qui s'ouvrit pour laisser place au bleu du ciel et à quelques nuages. Voici le ciel, en effet. Illusion ou réalité ? C'est toi qui décides.

- Je décide que vous me disiez tout ce que vous savez.

- Regarde, Adrien, ouvre les yeux, ouvre les oreilles, ouvre ton cœur et regarde, lui dit-il en lui montrant le mur derrière eux. Regarde et tu sauras.

Adrien se résolut à se retourner. Si des réponses devaient s'afficher, elle pouvaient bien le faire à travers un mur, peu lui importait, il avait besoin de savoir.

Il se retrouva encore une fois au dessus du même cimetière. Le soleil brillait toujours dans le ciel et le petit groupe s'en allait. Adrien se demanda ce qu'il devait chercher lorsqu'il aperçut au loin un cortège funèbre. Celui-ci arrivait doucement vers l'entrée. Une boule vint automatiquement se figer au milieu de son estomac. L'appréhension d'Adrien s'était métamorphosée sous cette forme qui semblait grandir très vite au fur et à mesure que le cortège pénétrait dans le cimetière. La lourde voiture funèbre précédait deux limousines encore plus immenses. Lentement le cortège remontait l'allée principale pour se rapprocher d'une jolie chapelle funéraire. Le gravillon clair du chemin éblouissait tellement que tout le monde portait des lunettes de soleil. Le premier véhicule stoppa et les employés des pompes funèbres descendirent de la voiture. Les limousines qui suivaient s'arrêtèrent elles aussi. Adrien observait attentivement la scène devant lui.

Un homme et une femme sortirent de la première limousine. L'homme semblait soutenir la dame qui devait être la veuve pensa Adrien. Il ne distinguait pas très bien de loin et cette fois-ci, rien ne se passait pour qu'il s'approche. Il ne savait pas si c'était automatique ou s'il devait actionner quelque chose. Il aurait pourtant bien aimé se propulser vers l'avant. Tout ceci était tellement étrange qu'il se posait de drôles de questions qu'il n'aurait jamais pu imaginer avant ce jour. De la deuxième limousine, un autre couple sortit. Derrière eux, le cortège se tournait maintenant vers la chapelle et chacun se dirigeait vers celle-ci, le couple de la première limousine devant les autres.

Ils suivaient tous les employés des pompes funèbres qui transportaient une petite boite ou aucun homme n'aurait pu tenir. Des cendres certainement, se dit-il. Mais alors, pourquoi les enterrer ? Il se souvint brusquement qu'il avait toujours affirmé vouloir être incinéré. Se retrouver en terre n'était pas son idéal. Il avait aussi demandé que si un jour malheur lui arrivait, ses cendres soient dispersées dans la mer.

Son regard revint vers le couple. Adrien avait beau plisser les yeux, la distance et le voile sur le visage de la femme ne lui permettaient pas de la reconnaître. L'homme à ses cotés lui tournaient le dos, impossible de l'identifier. Adrien se tourna vers le reste du cortège avec l'appréhension de reconnaître quelqu'un. Une silhouette attira son attention. La démarche lui semblait quelque peu familière. Il pensa qu'il aurait tant aimé se rapprocher pour voir son visage qu'il....se rapprocha en un éclair. Surpris, le souffle à nouveau coupé, il sembla néanmoins reconnaître la femme devant lui. Son visage lui était familier, mais les souvenirs ne se pressaient pas dans son esprit. Il tourna la tête pour tenter de voir un autre visage qui lui apporterait des réponses lorsque sa mémoire s'activa. Il avait devant lui, Luciela, sa cuisinière crétoise. Toute de noir vêtue, elle tenait un mouchoir à la main qui lui servait à essuyer ses larmes. En voyant le mouchoir trempé et chiffonné, Adrien compris qu'elle avait beaucoup pleuré. Elle marchait au coté d'un homme, petit, arborant des cheveux blancs qui faisait ressortir son teint basané par le soleil. Adrien le reconnu à sa moustache, blanche et généreuse. Teofilio, l'homme à tout faire, jardinier, plombier, bricoleur hors pair, ses mains étaient d'or. Il marchait la tête haute, lentement. Adrien fut surpris de voir Luciela et Teofilio cote à cote. Ces deux la, en temps normal, ne pouvaient pas se supporter.

Ou plus exactement, lorsqu'il y avait du monde, Luciela ne pouvait souffrir le jardinier. Adrien retrouvait quelques souvenirs de sa vie. Il reconnaissait ces gens sans connaître leur vie, sans se souvenir de leur rencontre. Il savait qu'il les connaissait, aucun autre détail ne lui apparaissait.

Luciela et Téofilio devaient avoir perdu quelqu'un d'important pour être réunis cote à cote sans se chamailler. En regardant alentour, Adrien comprit que le village avait perdu une personne considérable, tant les villageois étaient nombreux. Ce qui le rassura, en aucun cas son enterrement n'aurait réuni autant de monde. Il ne s'était jamais pris pour quelqu'un d'important. Il allait certainement se voir dans le cortège lors des prochaines minutes. Il vivait en partie dans ce village de Crête et il le connaissait bien. Si un personnage publique avait du partir, lui-même serait certainement à l'enterrement. Bien que athée, Adrien respectait scrupuleusement les croyants. Et les Crétois, de religion principale chrétienne orthodoxe étaient des pratiquants assidus. Il se pliait donc, lors de ses séjours en Crête à certaines traditions qu'il aurait fui ailleurs. Mais ici, tout avait un autre goût. Ici, c'était son paradis. Sa terre d'adoption.

La foule s'arrêta. Ils étaient arrivés devant la chapelle. Il voulut survoler le groupe pour observer les gens, mais se retrouva étrangement et sans l'avoir choisi devant le premier rang. Très étonné par l'évolution de la situation, il cherchait à nouveau Luciela et Téofilio dans la foule. Il trouva bien autre chose. Devant lui, au premier rang, des personnes qu'il connaissait bien se tenaient debout, l'air très affecté. Il était ébahi par ce qu'il voyait.

Une femme releva son voile et Adrien reconnut Alexandra, son assistante qui lui avait rendu de nombreux services et l'avait tant aidé. A ses cotés, d'autres personnes qu'il connaissait bien étaient elles aussi présentes. Edward, son vieil ami d'enfance qui donnait le bras à Moea, une tahitienne qu'ils avaient rencontré lors d'un séjour entre amis.

Il commençait à percevoir ce qu'il aurait préféré ne pas comprendre, lorsque le couple de la première limousine lui fit face. Son sang se glaça. Erkoss son ami crétois soutenait une vieille dame voilée. Adrien comprit qu'il assistait à son propre enterrement. Dans la boite qu'il fixait, certainement ses cendres. Son corps était donc réduit à l'état de poussière. Adrien pensa à lui en cet instant. Comment ne pas être abasourdi lorsqu'on découvre que l'on n'est plus ? Il repensa alors à la pièce blanche, à l'homme en blanc, aux murs qui disparaissent.

Ses pensées le ramenèrent sur son fauteuil, au milieu de la pièce. Les murs étaient à nouveau blanc. Aucun bruit n'atteignait plus Adrien. Le silence total. Le film était interrompu, le son coupé. Il avait le souffle court, l'air lui manquait et il étouffait.

L'homme en blanc se trouvait non loin de lui. Adrien était complètement perdu. Une énorme douleur lui serrait la poitrine. Sa tête semblait vouloir exploser, son cerveau quitter son crane. L'inconnu s'avança sans aucun bruit et se tint devant lui. Adrien releva alors la tête et regarda les yeux de glace qui le fixaient aussi. Aucun son, aucune parole ne venaient troubler cet échange silencieux. Adrien sentit quelque chose dans le regard de l'homme. Quelque chose d'étrange, quelque chose qu'il n'avait pas ressenti depuis sa rencontre avec lui. L'homme paraissait éprouver de la compassion. C'était le premier signe d'humanité de quelqu'un qui n'avait certainement rien d'un homme. C'est ce dernier qui rompit le silence :

« Je suis désolé » lui dit-il simplement.
- Pas autant que moi, lui répondit Adrien, la voix serrée, toujours sous le choc.
- Je comprends ta peine, et je la partage un petit peu, crois-moi.
- Je me fiche de vos sentiments, vous allez me répondre à présent, dit Adrien avec un regard sévère à l'intention de son interlocuteur.
- Je peux te donner quelques réponses. Pose moi tes questions.
- Suis-je mort ?
- Oui, en quelque sorte.
- En quelque sorte ?? Définitivement ? ..... Je veux dire........., vraiment mort ?
- Vraiment, oui. C'est le problème avec la mort, en général on n'en revient pas, tenta l'homme en blanc avec humour.
Adrien ne releva pas cette mauvaise plaisanterie.
- Dans la boite, ... ce sont mes cendres ? Ils ont brûlé mon corps ? Demanda Adrien, plein de désespoir dans sa voix.
- Non, répondit rapidement l'homme. La boite est vide. Ils n'ont pas brûlé ton corps. Ils ne l'ont pas enterré non plus.
- Ou est mon corps alors ?
- Disparu. Tu as disparu en plein océan. Ton voilier s'est brisé et ... Et puis plus rien.
- Je suis donc mort. Si nous ne sommes pas au paradis ou sommes nous alors ?
- Quelque part entre la terre et ailleurs.

- Encore une énigme ? Ce n'est pas supportable à cet instant.

- Je ne saurai vraiment résoudre cette énigme. C'est la première fois que je viens ici. Tu peux me croire.

- La première fois ? Mais qui êtes vous ?

- Qui suis-je ? Reprit l'homme en blanc.

- Ou quoi ? Renchérit Adrien. Le créateur ? Dieu ?

- Non ! Ni dieu, ni créateur, ni architecte du monde.

- Je ne connais pas grand chose aux religions. Saint Pierre alors ?

- Pas plus, non.

- L'archange Gabriel ?

- Il n'y a pas d'archange Gabriel.

- Qui êtes vous alors ? Supplia Adrien.

- Je suis celui qui t'accompagne depuis ta naissance. Je suis celui qui t'écoute, qui te conseille parfois. Je suis ton accompagnateur, pourrait-on dire.

- Vous êtes quoi exactement ? Pouvez-vous me préciser ? Parce que la, sincèrement, ma patience à des limites, insista Adrien.

Un sourire prit place sur le visage de l'homme en blanc et une nouvelle fois, un grand flash de lumière apparut, aveuglant Adrien.

3

Plus personne. A nouveau, Adrien se retrouva seul. Même s'il voulait des réponses à ses questions, il éprouva un léger soulagement de se retrouver avec lui même. Cette pause allait lui permettre de se retourner sur les derniers événements pour essayer de les comprendre. Il prit une forte inspiration puis expulsa l'air de ses poumons par la bouche. Il se frotta ensuite le front avec ses deux mains et les passa dans ses cheveux châtains. Malgré ses excès, il gardait une certaine hygiène de vie pour conserver la forme. Il jouait au tennis une fois par semaine durant deux heures, s'astreignait à deux footings hebdomadaires et dès que cela lui était possible, il nageait et plongeait dans les eaux claires de la mer de Libye, au large des cotes sud de la Crête.

Cela faisait dix ans qu'il avait découvert la Crête à l'occasion d'un court séjour avec une de ses maîtresses. Il avait rencontré Anne-Lise lors d'une soirée à Paris. Avec Cristofer, son associé, ils avaient décidé d'aller fêter leur premier million gagné à moins de trente ans. Lors de la soirée ou l'alcool coulait à flot dans le carré VIP d'une discothèque parisienne, Adrien avait remarqué une jolie blonde sur la piste de danse. Dragueur compulsif, il aimait plaire avant toutes choses. Peut-être était-ce une façon de se rassurer ? Il avait adopté une technique qu'il croyait infaillible pour savoir si une fille serait une bonne amante. Il fallait, selon lui, qu'elle soit une bonne danseuse. A sa façon de se trémousser il pouvait imaginer son corps en mouvement et laisser monter en lui l'excitation. Il observait d'ailleurs une jolie blonde qui dansait merveilleusement bien. Il lui jeta plusieurs regards sans jamais croiser le sien. Peut-être ne s'intéressait-elle pas à lui ? Ce qui l'étonnait fortement. Adrien était sur de son charme. Bel homme, dans les 1,90 m, un corps de sportif bien entretenu, des yeux d'un bleu intense et des cheveux châtains toujours bien coiffés. Soigneux, il adorait être bien habillé et portait souvent une chemise sous une veste avec un pantalon en toile la plupart du temps. Le jean était proscrit dans ses tenues vestimentaires. Il but un nouveau verre en attendant qu'elle quitte la piste de danse. Moins de 10 minutes plus tard, la jeune fille s'avança vers le comptoir du bar. La danse lui avait visiblement donné soif. Adrien leva le bras pour interpeller une serveuse qui fit le tour du comptoir pour aller le voir. Plein d'assurance, il lui demanda d'inviter la jeune danseuse à le rejoindre au carré VIP. La serveuse fit demi tour et s'approcha de la jeune fille pour lui parler. Adrien observait attentivement la serveuse se pencher vers la jeune fille pour lui hurler à l'oreille tellement la musique était forte. Il vit la blonde lui jeter un regard appuyé avant de faire quelques pas pour retourner sur la piste sans se retourner. Adrien fut déçu et son ego surpris. Vu l'énergie qu'il avait dépensé pour l'aborder, il se mit immédiatement en quête d'une autre proie. Il repéra très rapidement une autre jeune fille, blonde elle aussi dans le même style que la première. Elle ne dansait pas et se tenait debout devant la piste. Adrien la regardait, il la voyait de face et la trouvait assez jolie. Même s'il avait une préférence pour la première, celle-ci suffirait pour une soirée se dit-il. Il ne cherchait pas l'amour, il était simplement guidé par une boulimie de plaire. Il aimait tellement séduire que cela était devenu un jeu. La jeune fille leva la tête et croisa son regard. Elle le fixa et lui adressa un sourire qu'Adrien lui rendit en lui faisant un signe pour l'inviter à le rejoindre. La fille s'approcha du carré VIP sans aucune hésitation. Arrivée à la hauteur du garçon de salle, celui-ci lui barra le chemin. Elle lui dit quelque chose à l'oreille en montrant Adrien du doigt. Le vigile se retourna et Adrien lui fit comprendre qu'elle pouvait venir près de lui. L'homme d'environ deux mètres pour plus de cent kilos s'écarta et la fille passa. L'invitant à s'asseoir à ses cotés, Adrien lui servit une flûte de champagne et ils trinquèrent sans avoir échangé un seul mot. Il se pencha vers elle et lui dit quelque chose qui la fit rire très fortement.

Même s'il ne voyait pas ce qui pouvait être hilarant à ce point, un léger regard sur sa poitrine le persuada que ses qualités ne se trouvaient pas dans l'humour. Il savait pertinemment que les femmes aiment qu'on s'intéresse à elles et il le faisait très bien. Il se rapprocha pour pouvoir lui parler sans hurler.

Du coté VIP les enceintes crachaient bien moins fort et il était possible d'avoir une discussion sans être aphone en sortant. Adrien usa de tout son charme pour arriver à ses fins. Il avait un savoir faire et des maniérés qui comblaient les femmes d'attention. Il posa sa main sur son genou et lui parlait à l'oreille lorsqu'une ombre immense s'approcha de leur table.

Le videur lui glissa quelques mots à l'oreille et Adrien se tourna vers l'entrée des VIP. Il découvrit la première jeune femme qui le regardait avec un sourire timide.

Une nouvelle fois Adrien fit un signe de tête au vigile qui invita la jeune femme à venir.

Lorsque Cristofer revint, son ami était entouré de deux jeunes créatures qui avaient l'air de s'amuser en sa compagnie. Cristofer n'avait ni le physique ni le charme d'Adrien. Il n'avait pas non plus cette mentalité de dragueur compulsif qui caractérisait son associé. Il lui arrivait de l'envier quelques fois. Mais pas ce soir, il savait qu'Adrien en choisirait une et que l'autre serait déçue. Il se dit qu'il pourrait la consoler sans aucun effort. Connaissant les goûts de son ami, il savait laquelle des deux avait une chance de finir avec lui. Il se servit une flûte en regardant Adrien papillonner de l'une à l'autre. Cristofer jeta un œil à sa montre et fit un pari avec lui même « moins de dix minutes et la blonde de gauche ». Il but une gorgée de champagne et s'adossa pour regarder les gens sur la piste de danse, ignorant Adrien et ses compagnes du moment. Moins de dix minutes plus tard il regarda en direction d'Adrien et vit que celui-ci ne s'intéressait plus à une des deux jeunes femmes. Celle qu'il avait prévu. Il tendit son verre pour trinquer avec elle. Elle lui sourit bêtement en cognant sa flûte à la sienne, certainement soulagée que quelqu'un s'intéresse à elle. Cristofer esquissa un léger sourire, il avait gagné son pari. Adrien se leva avec la danseuse blonde et fit signe à son associé qu'il s'en allait. Il n'eut ni mot gentil ni un seul regard pour la fille qu'il avait délaissé. Il était comme ça.

En ouvrant les yeux, Adrien s'aperçut qu'il était dans son hôtel habituel. Pour ne jamais être d »rangé, il avait toujours choisi d'emmener ses conquêtes à l'hôtel et non pas chez lui. Il ne donnait jamais son numéro de téléphone non plus. Ce qui lui permettait d'être tranquille. Il tourna la tête et regarda la jolie femme prés de lui. En consultant son téléphone il s'aperçut qu'il était à peine 7H00. La jeune femme dut le sentir bouger, elle se réveilla et lui adressa un grand sourire. « Salut beau gosse » lui dit-elle en se collant à lui.

- Salut, jolie jeune fille, lui répondit-il.

Brusquement, Adrien se leva et la regarda en lui disant : « J'ai une idée ! Si on partait en week-end ? »

- Excellente idée s'exclama la jeune fille. C'est le week-end de la pentecôte, je ne travaille pas lundi. Ou va t-on ? Continua-t-elle en se redressant sur le lit.

- A l'aéroport, et tout de suite. Prends vite une douche, j'appelle un taxi.

La jeune femme le regarda, médusée, sans comprendre.

- A l'aéroport ? Mais ou veux-tu aller ? lui demanda-t-elle en ouvrant grands les yeux. Il faut que je passe chez moi prendre quelques affaires, précisa-t-elle.

- Pas besoin on achètera tout sur place. Écoute ! On va à l'aéroport, on prend un billet pour la première destination, quelle qu'elle soit et on s'envole pour trois jours. Je paie tout. T'es partante ?

- Ça à l'air fou, mais, oui. Un grand OUI !! lui dit-elle les yeux pétillants. Appelle le taxi, je vais sous la douche, dit-elle toute excitée.

Elle se leva pour se diriger vers la salle de bain lorsque Adrien la stoppa dans son élan.

- Tu te souviens de mon prénom ? lui demanda-t-il.

- Évidemment, c'est Andy.

- Ah ! C'est un bobard. Je m'appelle Adrien. Je ne sais pas pourquoi je t'ai raconté ça, certainement par jeu. Tu ne m'en veux pas ?

- Pas du tout. Faisons les présentations alors. Bonjour Adrien, moi c'est Anne-Lise. Je suis enchantée ! Je peux ? Demanda-t-elle en indiquant la salle de bain.

Adrien s'écarta pour la laisser passer avant de préciser :

- j'appelle le taxi.

Une fois douchés tous les deux, ils rejoignirent le taxi qui les attendait devant l'entrée de l'hôtel.

Moins de 20 minutes plus tard, la voiture les déposait à l'aéroport.

Ils s'approchèrent du terminal d'affichage des départs. La prochaine destination était Rome, décollage dans une heure. Juste le temps d'acheter les billets et de s'enregistrer. « Parfait pour un week-end avec une fille » se dit Adrien. Ils s'approchèrent d'un comptoir Air France. L'hôtesse les accueillit avec un grand sourire montrant toutes ses dents blanches, dignes d'une publicité pour dentifrice.

« Deux billets pour le prochain départ pour Rome s'il vous plaît », demanda Adrien.

L'hôtesse se pencha sur son ordinateur tapa sur le clavier puis releva la tête vers Adrien.

« Je suis désolé, Monsieur, l'avion est complet », lui dit-elle, un sourire toujours aux lèvres.

- Quel est le prochain départ ? demanda Adrien.

Elle recommença à pianoter sur son clavier d'ordinateur.

- 16H20, le prochain départ pour Rome est à 16H20. Il reste des places.

- Non ! Pas pour Rome ! Je voudrais connaître la destination du prochain vol quittant cet aéroport ou nous pourrions bénéficier de deux places, s'il vous plaît.

L'hôtesse le regarda étrangement semblant ne pas comprendre sa demande.

- Le prochain vol, ou va-t-il ? Insista Adrien.

L'hôtesse ne devait pas avoir souvent ce genre de demande. Quittant son sourire, elle lança une nouvelle recherche sur le PC. Cela dura quelques secondes. « Héraklion ! S'exclama-t-elle. Il y a un vol pour Heraklion qui part dans 45 minutes. Je vous édite les billets et vous pourrez directement vous rendre à l'enregistrement, lui dit-elle.

- Adjugé, répondit Adrien avec un grand sourire. Va pour la Crête. Se tournant vers la jeune femme qui se tenait quelques mètres derrière lui, le nez collé à une boutique de sacs à main.

- Ça te va Anne-Lise, Heraklion ? Lui lança-t-il.

- Je ne connais pas le Maroc. Ça me va, répondit-elle un sourire radieux sur le visage.

« Ça promet » pensa Adrien. Heureusement qu'elle a des atouts autres que sa connaissance de la géographie pensa-t-il. Il récupéra les billets et entraîna la jeune fille vers les comptoirs d'enregistrement.

Moins de trois heures plus tard ils débarquaient à l'aéroport d'Heraklion. Adrien appela un taxi et lui demanda de les conduire à un hôtel convenable. Arrivé sur place Adrien choisit une suite avec vue sur mer. Sur la vaste terrasse de la chambre, trônait deux transats, une petite table ronde en fer forgé et deux chaises.

La salle de bain était couverte de marbre du sol au plafond et comportait une baignoire et une douche vitrée ou on aurait pu tenir à quatre. Anne-lise adorait cette salle de bain, un véritable bonheur selon ses propres mots. Adrien était bien plus intéressé par la terrasse et sa vue sur la mer. Il y passerait certainement plus de temps que dans la salle de bain. Le lit de deux mètres sur deux occupait la moitié de la chambre, un petit salon avec TV et bureau se situait dans une autre pièce ouverte sur la chambre. Le week-end s'annonçait bien, pensa-t-il. La suite était parfaite. Désirant très vite découvrir Héraklion il entraîna la jeune fille dans le centre ville pour déjeuner.

Les deux jours de séjour furent simples. Anne-lise souffrait de la chaleur et n'aimait pas particulièrement se balader. Elle passa ses après midi à la piscine de l'hôtel en sirotant des cocktails pendant qu'Adrien découvrait la ville. Il prenait son petit déjeuner avant d'aller arpenter Héraklion alors qu'Anne-lise faisait la grasse matinée. Il rentrait en fin de journée rejoindre la jeune femme et montaient immédiatement dans la chambre pour de longs ébats. Après un apéritif à la terrasse du bar de l'hôtel, ils dînaient tous les deux avant de retourner dans la chambre pour faire à nouveau l'amour.

Trop touristique à son goût, Heraklion ne l'emballa pas vraiment. Les hautes tours des hôtels avaient défiguré le bord de mer et le centre ville n'était que béton et attrape touristes. Le jour du départ Adrien annonça à Anne-Lise qu'il ne rentrait pas avec elle. Il avait envie de découvrir cette île et ses villages. Cela, il désirait le faire seul et préférait que la jeune femme reparte à Paris. Il lui avoua sans prendre de gants qu'il adorait faire l'amour avec elle, que c'était extra mais qu'il ne cherchait pas de relation stable. Il lui mentit en lui disant qu'il avait récemment subi une rupture qui l'avait beaucoup marqué et ne pouvait pas encore s'engager. Anne-Lise ne fit même pas semblant de le croire et le quitta pour rejoindre le taxi en le traitant de pauvre type.

Adrien était soulagé, il venait de se débarrasser d'elle. Ils n'avaient rien en commun, Anne Lise était gentille mais n'avait aucune conversation et il s'était ennuyé avec elle. Elle avait un corps sublime et « dansait » merveilleusement bien, mais c'étaient ses seuls atouts et Adrien n'était pas le genre d'homme à se poser des questions inutiles. Même s'il était conscient de l'avoir blessé, cela lui importait peu et il ne comptait pas la revoir. Il ne faisait pas de « réchauffé » selon ses propos.

Le plus important pour lui à cet instant était de découvrir la Crète. Il avait choisi de faire le tour de l'île pour y découvrir les beautés cachées. En discutant avec les gens de l'hôtel, il avait appris que l'île regorgeait de très beaux paysages qu'il fallait découvrir. Il avait loué une voiture pour parcourir l'"île d'est en ouest et du nord au sud. Il n'était pas pressé et cela faisait trop longtemps qu'il n'avait pris de vacances. Son dernier voyage remontait à plus d'un an en Amérique du sud ou il avait fait des découvertes époustouflantes en dehors des sentiers battus. Il avait pu observer des paysages qui ne se dévoilaient pas de premier abord. Il fallait aller vers eux, les découvrir, les apprécier, s'en imprégner. La Crète allait lui offrir les mêmes belles surprises. Elle lui fit penser à une montagne posée dans l'eau. Les routes sinueuses et étroites ne facilitaient en aucun cas la circulation. Il avait pu découvrir les gorges de Samaria et le seul lac d'eau douce de Crète, Kournas dont la beauté de son eau l'avait laissé sans voix. Ce fut les deux seuls sites touristiques qu'il avait voulu voir. Les plages pleines de monde, aussi belles soient-elles n'avaient pas eu la faveur de sa présence. Un des serveurs de l'hôtel lui avait conseillé de se rendre dans le sud de l'île s'il voulait s'éloigner du tourisme. Il fallait privilégier les villages aux villes, trop encombrées. Adrien avait suivi le conseil et au détour d'un village il s'arrêta pour admirer le point de vue sur la mer qui lui fit un choc. Derrière lui, la montagne et devant lui la mer, un paysage de rêve. Il eut envie de s'arrêter dans ce village.

Malheureusement il n'y avait pas l'air d'y avoir grand chose. Pas d'hôtel à l'horizon, un bar restaurant fermé pour cause de travaux, lui avait donné le ton du rythme ici. Pas de touristes. Il fut très heureux de cette découverte. Sur la route, un panneau attira son attention et il s'en approcha pour mieux lire. Sur une planche de bois, des mots étaient inscrits grossièrement au pinceau qu'il eut du mal à déchiffrer.

Ce dépaysement lui avait fait beaucoup de bien. La vie d'Adrien était réglée par le rythme des grandes villes et de ses affaires. Et ce n'était pas simple. Dès la création de son entreprise, son associé avait décidé d'ouvrir deux bureaux. Le premier dans la capitale française et le second dans la deuxième ville des États-Unis, dans l'état de Californie. Paris et Los Angeles apparaissaient ainsi sur les cartes de visites de Cristofer et d'Adrien. Au fil des années, ce n'est pas seulement un bureau qu'ils avaient à Los Angeles, ils partageaient leur temps entre les deux villes. Ce qui laissait peu de place à Adrien, en dehors du travail. Comme il était passionné par son métier, il pouvait y passer trois ou quatre jours sans sortir. Il avait d'ailleurs fait aménager un studio avec salle de bain et tout le confort dans une pièce attenante à son bureau parisien. A Los Angeles c'était plus simple, le quartier de Downtown abritait un étage appartenant à Adrien et Cristofer. Ils avaient pris le parti d'aménager un appartement suffisamment grand pour leurs déplacements aux États-Unis. Cette vie trépidante avait le mérite de permettre aux deux associés de faire un métier qu'ils adoraient et de bien en vivre.

Si Cristofer quittait rarement les villes actives, Adrien savait apprécier les moments de repos loin de toute agitation urbaine. Il aimait à se ressourcer loin des villes dès que l'occasion se présentait.

Ces vacances en Crête étaient ainsi un ballon d'oxygène. Peu importait que Cristofer devienne fou de colère s'il ne rentrait pas rapidement. Il était son associé, pas son patron.

La plus belle surprise de la Crète fut l'apaisement qu'Adrien avait ressentit sur cette île. Lui, si torturé et complexe se laissait aller à rêvasser lors de ses séjours.

Au cours de son périple il avait fait une belle découverte et était tombé amoureux d'un village de la cote sud. Il avait trouvé une chambre chez l'habitant en apercevant le panneau devant la maison. Les gens avaient été tellement sympathiques qu'il avait séjourné quelques jours à Kerames. Ce coté de la Crête, beaucoup moins touristique offrait une plus grande authenticité. A flanc de colline les ruelles étroites et les maisons blanches semblaient tout droit sortis d'une autre époque. En véritable crétois, l'endroit avait un rythme surprenant pour les non initiés.

Le village se levait assez tôt le matin pour s'animer jusqu'au déjeuner. Venait ensuite le chant des cigales qui, bien à l'abri des curieux dans les oliviers, pouvait s'en donner à cœur joie. En fin d'après midi, le village reprenait vie et l'animation du matin laissait le champ libre aux soirées longues et tranquilles. On apercevait souvent des gens assis sur un banc ou un muret à l'ombre d'un arbre de Judée ou d'un acacia de Constantinople. Le rythme de vie se calait sur le climat et les siestes d'après midi étaient longues et nécessaires. Que faire en pleine chaleur ?

En Crête, pas de toitures noires qui retiennent les rayons du soleil, ni pentues pour évacuer la neige. Sur l'île, pas de neige. Sur les toits, à la place des pentes on trouve des terrasses. Le blanc des maisons est agrémenté de quelques pierres en façade ou sur un angle de mur. Les fenêtres et volets, souvent en bois, blancs ou bleus, comme la mer de Libye en contre bas. Derrière les rideaux des fenêtres il y avait toujours un œil qui surveillait les allées et venus de tous. Dans le village, tout le monde se connaît et tout le monde s'entraide, enfin, presque tout le monde. Certaines histoires de familles restent ancrées de génération en génération. Fier, orgueilleux et homme d'honneur, le crétois est aussi accueillant et charmant. Sa méfiance à l'égard des étrangers est le reflet du passé tumultueux de ce peuple.

Depuis toujours, remontant à la nuit des temps, la Crête a suscité de nombreuses convoitises. Sa situation géographique en a fait une île de convoitises. La liberté de la Crête est passée par de nombreuses guerres et chaque siècle a connu son invasion et sa tentative de soumission du peuple Crétois. Rien n'y a jamais fait et les habitants ont toujours défendu leur terre contre les colonisateurs. C'est pour cela qu'Adrien admirait autant ce peuple. Souvent envahis, parfois surpassé, quelques fois humilié, le peuple de Crête ne s'est jamais soumis. Adrien avait apprit que les « envahisseurs », comme il aimait à les appeler avaient été un réel problème pour pratiquement toutes les îles et les insulaires jusqu'au 21éme siècle.

La tête toujours dans le creux de ses mains, Adrien fut tiré de ses pensées par le son de la voix de son inconnu :
« Tu as l'air perdu dans tes pensées Adrien. Que t'arrive t-il ? La mémoire te revient-elle ? » lui demanda t-il.
- Je crois, oui. Mais vous le savez très bien, répondit Adrien en le regardant.
- Je ne sais pas tant de choses que tu as l'air de croire, eut l'audace de dire l'homme en blanc.
- Vous en savez déjà plus que moi, lui rétorqua sèchement Adrien.
- Si peu, crois moi. Je ne suis pas celui qui sait tout. Et tu en sais plus que tu ne crois. Lorsque la mémoire te revien...
- Ou suis je, alors ?? le coupa Adrien. Je ne le sais même pas.
- Je te l'ai dit, quelque part entre la terre et ailleurs.
- C'est ou ailleurs ?
- Je ne sais pas, Adrien, ma réponse est sincère. Je n'y suis jamais allé. Personne n'est jamais venu me dire à quoi ça ressemble. Je ne connais personne qui y soit entré puis sorti. Lorsqu'on y entre, c'est pour toujours.
- Oui, mais vous ! Vous êtes bien de la bas ?. D'ailleurs, je veux dire.
- Non, pas du tout. Je ne suis ni d'ici, ni d'ailleurs. Je suis de nulle part.
- Qui êtes vous en fin de compte ?
- Ha ! Enfin une question à laquelle je connais la réponse. Je suis un de ceux qui accompagnent les mortels, de leur naissance à leur mort. Je suis un Ange Gardien, Adrien. Je suis TON ange gardien.
- Mon ange gardien ?
- Oui, nous existons. Nous ne sommes pas seulement une légende.
- Et ou sont tes ailes mon ange ? Ironisa Adrien.
- Malheureusement, comme j'étais très actif et que j'avais trop la bougeotte, on me les a coupé pour ne plus que je vole. J'ai alors perdu ma liberté, le plaisir de voler. De voir la terre d'en haut. J'ai perdu ce qui fait que j'étais moi, dit l'Ange d'un air triste.
Adrien resta interdit par la réponse de l'ange. Il ne savait pas quoi dire. Dans ses yeux, l'ange comprit son désarroi et éclata de rire.
- Mais non ! Ce n'est pas vrai. Je n'ai jamais eu d'ailes, pouffa l'ange. Les Anges gardiens n'ont pas d'ailes.
- Vous n'aviez pas pour mission de me conserver en vie ? Demanda Adrien de but en blanc.
- Je ne décide pas de sujet aussi délicat. J'exécute les ordres. Je suis un Ange gardien, pas Le décideur.
- Qui décide alors ? insista Adrien.
- Dieu, Le créateur, l'Architecte des étoiles, Allah, le Seigneur ou encore d'autres noms, je ne les cite pas tous, tu en aurais marre avant la fin. Appelle le comme tu veux, il est habitué, il répond à tous les noms, même les pires. Pas plus, tu vois ? C'est simple.

- C'est simple ?? Vous plaisantez la ? Pardonnez moi, j'ai vraiment du mal quand même. Tout est tellement....

- Étrange ? En bas aussi votre vie peut paraître étrange pour les non mortels. Moi même, selon que je sois l'ange gardien de l'un ou d'un autre, je ne saisi pas tout. Alors, tu sais, l'étrange....

- Comment ça fonctionne un ange gardien ? Le coupa Adrien dont les questions se bousculaient dans sa tête.

- Nous sommes nommés à la naissance d'un mortel et ...

- Arrêtes avec « les mortels », le stoppa Adrien. Ce n'est pas le meilleur moment pour ce mot. On ne vous apprend pas la pédagogie à l'école des Anges ?

Ce dernier ignora cette remarque qu'il trouvait inutile.

- C'est comme ça que nous vous appelons.

- Appelle nous, les hommes, c'est beau, « les hommes ». Non ?

- Très bien, si tu le souhaites. Je disais, nous sommes nommés à la naissance d'un....... enfant, pour l'accompagner durant son séjour sur terre, continua l'Ange. En général, nous sommes l'ange gardien de plusieurs......... d'entre vous.

- Pourquoi en général ?

- Dans certains cas, lorsque la mission est plus,... comment dire ? Complexe, nous ne prenons qu'un homme. Ce qui était ton cas.

- Pourquoi ça ? Demanda Adrien, curieux de comprendre.

- Tu étais très actif, et le patron en a décidé ainsi.

- Comment ça ? Le patron, c'est celui d'en haut ? Celui qui a plusieurs noms ?

- Lui même, oui.

- Et comment ça se passe ? Il vous convoque dans son bureau, étudie votre personnalité pour savoir si vous allez avoir un, deux ou trois hommes à « accompagner » ? C'est comme ça ? Sur casting ? Vous rencontrer le DRH ensuite ? Le ton d'Adrien ne laissait aucun doute sur ses pensées.

Une nouvelle fois, l'Ange préféra ne pas relever l'ironie des paroles d'Adrien. Il reprit calmement :

- Évidement non, Adrien. Ton sarcasme ne mènera nulle part.Tu peux te moquer, ne pas y croire. Je n'ai qu'une chose à dire. Regarde autour de toi. Vois ou tu es.

- Des effets spéciaux ? Un décor de cinéma ? Des images virtuels ? Tout est possible.

- Et ta mémoire ? Ton amnésie que les films te ramènent ? Le cinéma grand écran ? Les voyages express ? Du toc ? Des effets hollywoodiens ? Vous avez fait des progrès dis donc en bas, se moqua l'ange.

- Peux-tu me prouver qui tu es ? Osa Adrien.

- Bien sur. Veux tu voir ma carte de membre des anges gardiens associés ? Rigola t-il.

- Très bien, tu ne peux rien prouver donc ? As tu des pouvoirs surnaturels ?

- Un tour de magie ? A la Cooperfield ? Tu plaisantes j'espère ? Je ne suis pas un animal de cirque, se moqua l'ange, haussant les épaules.

- Qu'est ce que tu peux faire alors ? Insista Adrien.

- Je peux te faire voir ta vie. Veux-tu voir une des dernières choses que tu as vu sur terre ? Demanda l'ange.

- Heu... oui, répondit timidement, Adrien, méfiant.

- Regarde ! Et tu verras le dernier jour de ta vie sur terre, lui dit l'ange en ouvrant grand les bras pour montrer tous les murs.

4

La mer ! Adrien se retrouva à voler au dessus de l'eau, sans le fauteuil. Il avait l'impression d'être dans un film de super héros. Dans un autre contexte, la situation l'aurait certainement fait sourire. Il avait toujours aimé jouer et s'amuser de tout, ou presque tout. Ce jour la, la plaisanterie avait un goût amer. Quelque chose de difficilement définissable. Le goût de la fin peut-être. Et pourtant, une sensation de vie était présente en lui. Il ne se sentait pas mort. Il ne pouvait l'admettre, une énergie puissante était présente en son for intérieur. Il était impossible à Adrien de ne pas se sentir vivant. C'est peut-être cette raison qui le poussait à vouloir voir son corps sans vie, être sur que c'était bien le sien. Mais serait-ce bien le sien ? Après tout, selon l'homme en blanc, son corps n'avait pas été retrouvé. Il était déterminé à affronter son destin. Voir sa disparition de l'extérieur ne lui faisait pas peur, au contraire, il voulait en avoir le cœur net. Il observa tout autour de lui et aperçut des cotes au loin. Une impression de déjà vu lui fit penser qu'il s'agissait de la Crête sans en être réellement certain, puisque ses souvenirs l'abandonnaient lorsqu'il en avait besoin. Le ciel était totalement bleu, sans nuage et la mer semblait calme, très calme même. Pas de tempête à l'horizon non plus. Il se demandait comment il avait pu périr dans ces conditions. Même si sa mémoire lui jouait des tours, certains souvenirs apparaissaient et il se rappelait parfaitement avoir acheté un bateau récent et totalement sécurisé. En marin averti il n'avait pas pour habitude de prendre des risques et s'intéressait à la météo avant de prendre la mer. Était-il allé à la capitainerie ce jour la, comme à son habitude avant toute sortie ? Il ne pouvait le certifier. C'est au moment ou il se posa la question qu'il se retrouva sur le port, sur ses deux pieds, à proximité du bureau de la capitainerie.

Encore une fois il fut surpris par ce « voyage ». N'y étant toujours pas habitué, il avait du mal à encaisser la rapidité avec laquelle il était propulsé d'un endroit à un autre. Bien plus rapide que son biplan, il ne savait pas exactement à quelle vitesse il se déplaçait, mais il avait une vague idée de celle-ci et il aurait préféré pouvoir s'y préparer avant qu'elle ne l'épuise.

Adrien observa la porte de la Capitainerie et s'aperçut que celle-ci était close. Il lui sembla apercevoir une affiche sur la porte. D'où il se trouvait, il essayait de la déchiffrer sans succès. Il fronça les yeux dans l'espoir de pouvoir la lire lorsqu'il se retrouva encore une fois propulsé avec force vers l'avant et se retrouva avec le nez pratiquement collé à l'affiche. Il n'eut aucune difficulté à lire « fermé mardi, réouverture mercredi matin ». Le défaut de son île préférée était le laxisme absolu de nombreux travailleurs. Les heures d'ouverture de certains magasins pouvaient même varier d'un jour à l'autre sans prévenir. Il arrivait aux fonctionnaires de ne pas venir travailler sans aucune explication et la Capitainerie n'était pas exempte de ce mal récurrent. Comme il était aussi possible que cette affiche soit sur la porte depuis plusieurs semaines sans que personne ne l'ait ôté, Adrien chercha autour de lui un repère pour déterminer quel jour de la semaine nous étions. Rien ne lui sauta aux yeux jusqu'à ce qu'il aperçoive un homme à la terrasse d'un bar en train de boire un Sitia, vin de liqueur fruité en lisant un journal. Dés que sa pensée de le rejoindre lui traversa l'esprit, il se retrouva à ses cotés. Adrien crut comprendre qu'il lui suffisait de penser à quelque chose pour qu'il se retrouve devant. Il faudra qu'il s'en souvienne pour tenter de maîtriser et d'anticiper ces voyages qui le secouaient trop à son goût

Ses yeux se mirent immédiatement en quête de la date qu'il trouva rapidement sur le quotidien. C'était le journal de mardi. Le doute s'évapora de son esprit. Même si un miracle proposerait que ce monsieur lise le journal de la veille, la raison démontrait le contraire. La Capitainerie était bien fermée le jour de sa disparition, ce n'était pas une simple absence de quelques minutes comme il y en a souvent ici.

La coïncidence lui parut trop grande. Quelque chose avait du se passer. Dépité,il se tourna vers la mer. Celle-ci était toujours aussi calme. Le journal ne lui avait pas seulement indiqué que nous étions un mardi, il lui avait aussi apprit qu'il était en juin.

A sa connaissance et aussi loin que ses souvenirs pouvaient l'emmener, il ne se rappelait pas d'avoir connu des tempêtes soudaines en cette période. Seulement, ses souvenirs n'étaient rien, trop peu d'indication. Ou pouvait-il bien être à cet instant ?

Une nouvelle fois, suite à cette question, un flash le surpris et il se retrouva soudainement à bord d'un voilier. Il s'en voulut de ne pas avoir pressenti ce déplacement et mit quelques secondes pour recouvrer ses esprits. Son regard se porta autour de lui et il n'eut aucune peine à comprendre qu'il se trouvait sur la poupe de son propre bateau. Si sa mémoire ne lui offrait aucune vue sur les événements passés, bien des souvenirs lui apparaissaient au moment ou il les vivait. Ainsi, son bateau, le port, la capitainerie, tout lui était familier.

Il observa attentivement son voilier qui paraissait en très bon état. Il tourna la tête pour voir les eaux calmes, une mer d'huile comme disent les marins. Le voilier ne battait d'ailleurs pas des records de vitesse. A vue de nez, 8 ou 10 nœuds maxi, d'après son estimation. Beaucoup moins intense que les voyages express auxquels il était soumit. La vue de la mer fit remonter quelques bribes de souvenirs.

Adrien était un réel passionné de la mer. Il pouvait la pratiquer dessus, sur une embarcation, dessous, avec palmes et tubas ou bouteilles de plongée, moitié dessus, moitié dessous, en nageant des heures durant, crawl, brasse, dos, papillon, toutes les nages possibles. Seul le plongeon lui était quelque peu étranger. Il n'appréciait ni n'utilisait cette pratique d'entrée avec violence dans l'eau. Au contraire, pénétrer doucement dans l'eau permettait à chaque centimètre carré de sa peau de bénéficier d'une sensation de bien être. Il avait coutume de dire : « Entrer doucement dans l'eau permet à votre corps de faire connaissance avec celle qui va le porter. »

Absolument rien ne lui permettait d'envisager un quelconque accident de la mer. En scrutant l'horizon il aperçut tout de même un ciel plus foncé.

« Ce pourrait-il que soudainement le temps ait changé ? » se demanda-t-il. Il avait vu à plusieurs reprises dans la région, un ciel bleu noircir rapidement avant qu'un orage n'éclate. La force de ses orages soudain était certes puissante et surprenante, de la à faire chavirer un voilier de cette taille, « Peu de chance » remarqua t-il. Mais bon, lorsque les éléments se déchaînent, on n'est jamais sur de rien. En bon marin il savait que sur un bateau, en pleine mer, tout pouvait arriver. Le meilleur, mais aussi le pire. Même s'il n'arrivait pas à imaginer son voilier chavirer. D'après son ange gardien, ... Adrien avait du mal à penser à l'homme en blanc en l'appelant son ange gar....

« Alors Adrien. Que penses tu de la tempête qui se prépare ? » l'interrompit une voix dans son dos. Adrien se retourna et .....

Se retrouva à nouveau dans la pièce blanche.

« Une tempête ?, s'exclama-t-il. Un orage serait plus approprié, répondit-il tout en fronçant les sourcils pour réfléchir. A moins que... ajouta t-il sans finir sa phrase.

- A moins que quoi ? lui demanda son ange gardien avec un léger sourire sur les lèvres.

- A moins que je n'ai pas tout vu. Ou à moins d'une intervention, comment dirai-je .... ? extérieur, me parait approprié, répondit Adrien en le fixant droit dans les yeux. Est-ce une possibilité ? Ajouta t-il.

- C'est une possibilité comme une autre. Rien ne permet de dire que, ... quelqu'un l'a fait. Pas plus de prétendre que, ... quelqu'un a le pouvoir de le faire.

- Quelqu'un à bien eu le pouvoir de m'amener jusqu'ici, n'est ce pas ?

- Certainement, oui, dit l'ange gardien. Puisque tu es la.

- Certainement ? N'êtes vous pas un ange gardien ? Ne devriez vous pas connaître ce genre de réponses ? Demanda Adrien.

- Je le suis, effectivement. Je suis même le tien sur terre. Enfin... je l'étais, avant.

- Et les anges gardiens ne sont-ils pas envoyés par, ... quelqu'un ? Insista t-il.

Un grand sourire barra le visage de l'ange gardien. Même s'il connaissait Adrien mieux que quiconque, ces répliques et sa répartie pouvaient encore le surprendre.

« Nous sommes envoyés par quelqu'un, je confirme, Adrien.

- Est-ce que ce quelqu'un nous écoute ? Demanda Adrien.

- Je ne sais pas, ces murs ont l'air épais, nous sommes à des centaines de mètres au dessus du sol. Qui pourrait nous espionner ?

- Et si nous appelions ce quelqu'un pour lui poser la question ? Renchérit Adrien.

- Quelqu'un ? Mais qui donc veux-tu appeler ?

- Quelqu'un ! Insista Adrien.

- Mais qui ? Relança l'ange gardien, curieux de découvrir ce que pensait Adrien.

A nouveau, l'échange paraissait ne pas trouver d'issue favorable à Adrien. Le renvoie de balles lui semblait digne d'un match de tennis marathon. Il décida de stopper la conversation. Un moment de lucidité l'envahit, son cerveau tournait à cent à l'heure. Il se dit que tout ceci avait peut être une explication rationnelle. En fin observateur il scrutait chaque centimètre de la pièce, guettait chaque possibilité d'ouverture dissimulée, d'effets spéciaux. Il sondait son interlocuteur. Malgré ce don, il ne trouvait rien. Il conservait tout de même son calme pour pouvoir analyser chaque mètre carré de la pièce, chaque parole de son ange gardien, chaque situation qu'il vivait. Enfin, si l'on peut dire. Il était décidé à trouver ce qui pouvait lui indiquer la véritable nature de tout cela. De l'hypnose, des psychotropes ? Il avait tellement vu de choses dans sa vie que plus rien ne pouvait l'étonner. Toutes ces questions et ces hypothèses lui remémorèrent un voyage durant lequel il avait découvert dans certaines cultures, des rites qui seraient qualifiés de barbares par certains et de dangereux pas d'autres. Lui, avait juste assisté, sans juger et sans à priori à des scènes peu communes. Il pensait n'être rien pour juger les gens. Il avait souvent souri au folklore, avait quelques fois été impressionné et n'avait réellement eu peur qu'à une occasion. C'est le cas de cette nuit ou il s'était retrouvé dans une foret dense du Pérou. Il n'était pas la par hasard, il avait choisi ce chemin par goût pour la découverte. Son guide l'avait prévenu, ce ne serait pas une promenade touristique. Ce qui avait fait sourire Adrien qui en doutait malgré sa curiosité naturelle. C'est d'ailleurs pour cette raison qu'il était la. Le rite chamanique devait durer cinq jours entiers. A son arrivée on lui présenta le village et quelques habitants. Une maison en tortora avec deux paillasses était réservée pour lui et son guide. Ce dernier ne voulait pas qu'Adrien reste seul. Il semblait même inquiet de la désinvolture d'Adrien.

Le soir venu, le guide demanda à Adrien de déposer des objets personnels auxquels il tenait sur une natte tressée. Ce qu'il fit en déposant ainsi une bague et un bracelet au milieu d'autres bijoux, lunettes de soleil, chapeaux ou encore enveloppes. Plusieurs personnes étaient présentes autour de lui pour ce rite. Uniquement des européens sembla-t-il observer. On leur demanda de se mettre n cercle autour d'un immense bûcher. Des hommes remirent à chacun des participants un gobelet avec un liquide noirâtre à l'intérieur. A leur demande, chacun but le contenu et attendit.

Une certaine appréhension gagna Adrien. Le goût et la texture de ce liquide lui restait sur la langue. Il n'eut pas le temps de s'angoisser plus longtemps, une soudaine nausée l'envahit et il se mit à vomir. Il régurgita une première fois et n'eut pas le temps de reprendre son souffle qu'un deuxième vomissement le prit avec violence. Il voulut relever la tête lorsque pour la troisième fois il sentit son estomac se retourner et se vider. Le repas du soir se trouvait la, devant lui, en bouillie. Sans lui laisser le temps de se remémorer son dîner, une autre vague de nausée lui saisit la gorge et de nouveaux vomissements lui arrachèrent le repas du midi. Le sol à ses pieds n'était plus que repas mâchés et pas encore digérés. Étrangement, les vomissements se passaient presque sans douleur, naturellement, autant que cela puisse être naturelle de vomir.

Adrien suffoquait, il cherchait son souffle avec l'espoir de ne plus vomir. Cette accalmie lui permit d'entendre des cris plaintifs autour de lui. Il tourna la tête pour voir ses compagnons d'infortune et les trouva dans le même état que lui, voir pire pour certains d'entre eux. Il garda l'image de cette jeune femme à genoux en train de vomir en gémissant de douleur. Lui n'eut pas le temps de gémir ni de penser que son corps rendit alors son petit déjeuner. Il ne pourrait dire combien de temps tout cela avait duré. Mais les derniers instants l'avait fortement fait souffrir, son corps voulant vomir ce qu'il n'avait plus en lui. Plus tard son guide le conduisit dans son lit en le soutenant par l'épaule. Adrien était épuisé, ses forces l'avaient abandonné. La nuit ne fut pas ce qu'il avait craint. Il avait peur de vomir à nouveau, de se réveiller en sueur ou de paniquer. La seule fois ou il ouvrit les yeux, fut pour voir qu'il faisait déjà jour. Il avait dormi toute la nuit sans se réveiller. Aucun repère de temps ne lui avait permit de connaître l'heure à laquelle il s'était couché. Dés leur arrivée, on leur avait demandé de déposer montre, portable ou tout autre appareil mesurant le temps dans un coffre en bambou.

Adrien se réveilla légèrement groggy et fatigué. La journée se passa rapidement, seulement quelques boissons en guise de repas pour ne pas surcharger l'estomac et une longue sieste pour récupérer. Dans la soirée, son guide vint le réveiller. La nuit était déjà bien avancée lorsque Adrien se retrouva au milieu de la foret avec ses compagnons de rites. C'était le soir du fameux ayahuasca, « la liane de la mort ». Le breuvage qu'on lui tendit était censé libérer son être de tous les fardeaux inutiles par une introspection. Adrien était devenu méfiant après la soirée de la veille. Son guide lui assura qu'il ne vomirait plus et qu'il pouvait lui faire confiance. Le liquide laissa un goût très amer dans sa bouche. Les indigènes le firent s'asseoir sur une natte tressée. La foret autour de lui, la nuit noire, le feu géant qui crépitait, le son des percussions et des cris lui firent froid dans le dos. Il commença à douter de bien fondé de sa présence ici lorsqu'il se sentit partir et s'allongea pour s'endormir instantanément. Il se réveilla par intermittence, regardant autour de lui sans comprendre ou il était ni ce qu'il se passait. Deux mains le maintinrent au sol lorsqu'il essaya de se lever. N'ayant pas la force de résister, Adrien s'endormit à nouveau. Des voix et toute sortes de sons parvinrent jusqu'à ses oreilles sans pouvoir affirmer de leur réalité. De rêves en cauchemars, de somnolences en éveils, il subit toute sorte d'agression qui le secouait fortement sans être certain de ne pas les vivres réellement. Il ne pouvait certifier s'il avait vécu ce qu'il croyait avoir vécu, s'il avait rêvé ou si des hallucinations lui étaient réellement apparues.

Le lendemain il se réveilla dans le même lit que la veille avec l'incapacité totale de se lever. Son corps ne répondait pas, il était inerte. C'est son guide qui le rassura, le veilla et lui donna à boire et quelque chose à manger entre deux endormissements. La journée tout entière se passa entre éveils et assoupissements sans pouvoir délimiter la frontière entre les deux états. Adrien ne paniqua jamais, il se laissa aller, pensant qu'il était inutile et vain de lutter. Si quelque chose devait lui arriver ici, cela lui arriverait ici. Il préféra écouter son corps lui dicter sa conduite et le laisser faire.

Il se laissa entraîner dans un état de semi conscience. En fin de journée ses jambes acceptèrent de le porter jusqu'à l'extérieur. Son guide le convia à une petite promenade qui lui fit le plus grand bien. Même s'il était conscient qu'il ne maîtrisait pas encore totalement son corps, ni son esprit, il sentait ses forces revenir doucement. Il devait penser à guider ses jambes à chaque pas pour ne pas trébucher et cela le fit sourire. Il dîna d'un repas léger aux milieux de personnes qu'il ne connaissait pas. Même s'il n'avait aucun souvenir d'eux, il comprit très vite qu'il les avait croisés la veille et qu'ils avaient même vomi ensemble. Cette pensée amusa Adrien.

Comme lui, tous avaient les traits tirés et aucun ne parlait. Il aperçut une jeune et jolie fille qui buvait une sorte de soupe que lui même avait ingurgité. Il n'eut pas le temps d'avoir des pensées de désir qu'apparut devant ses yeux l'image de cette jeune fille en pleine souffrance lorsqu'elle rendait ses repas devant ses pieds. Cette vision de la fille vomissant le ramena à la réalité et il détourna son regard. Aucune parole ne fut prononcé, on leur avait demandé le silence absolu et ils l'avaient respecté.

Adrien fut ensuite raccompagné par son guide vers son lit. Le soleil était couché depuis un long moment, la pénombre avait envahie le village qui était devenu calme et tranquille. Véritable contraste avec les journées actives et bruyantes, accentuées par le cris des enfants qui jouent. Le village était plongé dans une autre dimension.

Sa nuit fut agitée, pleine d'images et de sons. Il se réveilla brusquement avec une forte envie de boire et il trouva prés de sa natte une cruche pleine d'eau laissée par son guide. Adrien le remercia intérieurement et fut satisfait d'avoir choisi ce personnage qui ne l'avait pas quitté un seul instant depuis son arrivée dans ce village. Sans sa présence à se cotés, Adrien aurait certainement paniqué.

Le matin suivant, il se réveilla calme mais toujours fatigué. La journée se passa entre bains et soins du corps. Il fut recouvert de boue puis massé. L'épuisement était si fort qu'Adrien se rendormait chaque fois qu'il en avait l'occasion. Il fut raccompagné le lendemain par son guide vers son hôtel en ville. Avant son départ, le chaman lui expliqua qu'il y avait quelque chose de fort qui créait un blocage et empêchait l'énergie de circuler vers les bons organes et que malgré son travail qui avait très bien fonctionné, il allait devoir faire attention à l'avenir et guetter la lumière qui ne manquerait pas de lui rendre visite. Ces remarques amusèrent Adrien, qui pourtant ne pouvait oublier les derniers jours.

Le retour vers l'hôtel fut l'occasion pour Adrien d'observer attentivement le paysage. Il se trouvait dans un état de contemplation. Les sourires sur les visages qu'il croisait le touchèrent. La pauvreté, voir la misère, était visible, et pourtant, ces gens ne semblait pas plus malheureux que lui. Leur richesse se trouvait ailleurs. Il était tellement fatigué qu'il resta deux jours dans la chambre, ne la quittant que pour prendre ses repas du matin et du midi, préférant jeûner le soir et se reposer. Il retrouva la France et Paris avec un profond plaisir. Cette expérience allait peut-être lui apporter quelque chose, peut-être pas. Il verrait bien, il l'avait et cela lui offrait une véritable satisfaction.

Au bureau, quelques semaines plus tard, Alexandra, son assistante, lui fit remarquer que certaines choses avait changé en lui. Rien de très flagrant ni de sensationnel, juste un comportement légèrement différent. Quelque chose de difficilement définissable. Une plus grande légèreté dans ses rapports avec les autres peut-être. Alexandra connaissait bien son patron, même s'ils ne travaillaient ensemble que depuis cinq ans, leur relation était basée sur une confiance absolue et une belle complicité. Elle avait vu Adrien si souvent tourmenté qu'elle avait remarqué que ce n'était pas le cas à cette période. De son coté, le jeune chef d'entreprise ne se rendait pas compte qu'Alexandra l'observait. Elle lui devait beaucoup et avait un profond respect pour lui. Presque de l'affection. C'est pour cela qu'elle voyait bien qu'Adrien était plus serein.

Il arrivait à l'heure le matin avec le sourire et n'avait pas raté un rendez-vous ces trois dernières semaines. Ce qui était un exploit pour lui. Quelque chose avait changé dans la vie d'Adrien pour qu'il soit ainsi. « peut être a t-il enfin rencontré l'amour ? » se demanda Alexandra, sans aucune pointe de jalousie. Si elle appréciait fortement Adrien, elle n'éprouvait pour lui que de la dévotion, aucunement un sentiment amoureux et encore moins de désir. Même si elle le trouvait extrêmement beau, leur relation était totalement asexuée.

« Tu n'as jamais désiré Alexandra ? » demanda l'ange derrière lui. Adrien se retourna et constata qu'il était à nouveau dans la vaste pièce blanche. Il en avait assez de ce petit jeu. Apparitions, disparitions, énigmes. Adrien se dit qu'il était temps que cela cesse. Tout avait une fin, sa mort, si tel était le cas, en était une preuve et il voulait mettre un terme à cette mascarade.

« Et si nous arrêtions ce petit jeu pour partir, il est peut être temps ? » demanda Adrien, cherchant à provoquer l'Ange..

L'ange le regarda et répondit : « partir ou, Adrien ? »

- Partir ailleurs, ne faites pas l'innocent, nous savons très bien vous et moi que de toutes façons je finirai la haut. Alors autant en finir vite ».

- Finir ? Mais la mort n'est pas une fin, Adrien.

- C'est quand même la fin de la vie, rétorqua Adrien.

- Quoi qu'il en soit, je n'ai pas le pouvoir de décider. Ma mission est de t'accompagner dans la libération de ton être. Et tu ne me facilites pas la tache. Comme tu l'as fait sur terre d'ailleurs, fit remarquer l'Ange avec une grimace qui en disait long sur ses pensées.

- Vous savez, si je suis vraiment mort, c'est un soulagement pour moi. Je ne trouvais plus d'intérêt à ma vie. Je ne demande pas à retourner sur terre. Je suis content d'être décédé. Lui dit Adrien désarmé.

- Je suis désolé, je ne sais pas ce que tu ressens, mais je compatis. Seulement tu n'as vu qu'une infime partie de ta vie. Et nous ne pouvons pas en rester la.

- Votre compassion m'énerve. Je suis mort, alors emmenez-moi la ou je suis censé aller, le supplia Adrien.

- Je ne peux pas, nous devons continuer d'explorer ta vie sur terre. Ensuite, IL décidera du moment.

- Mais combien de temps cela va-t-il durer ?

- La notion de temps est quelque chose qui m'est totalement inconnu. Je ne peux vraiment pas te répondre.

- VOUS NE COMPRENNEZ PAS !! hurla Adrien. JE VEUX PARTIR !! s'égosilla-t-il.

Adrien perdait vraiment patience. Il voulait mettre au défi ce personnage pour savoir ce qu'il se passait réellement.

- Plus vite tu accepteras que tu n'es plus sur terre et que ton comportement doit être différent, plus vite nous pourrons avancer dans notre mission, lui dit l'ange gardien avec un calme qui envahissait la pièce, la rendant plus froide encore.

- NOTRE mission ? C'est un plaisanterie ? Demanda Adrien avec une certaine agressivité dans la voix.

- Je ne comprends pas que tu ne veuilles pas te souvenir de ta vie sur terre. Ce sont les souvenirs qui sont pourtant le ciment du présent, non ?

- Excusez mon ironie, mais, vous avez-vu mon présent ? Si je suis mort, je ne vois pas ou est l'intérêt de me souvenir.

- Simplement pour voir la vie que tu as eu sur terre, renchérit l'ange.

- Et avoir des regrets ? Ressentir un vide qui se transformera en souffrance ? Mon instinct de survie, si je peux m'exprimer ainsi, me protège de certaines déconvenues.

- Tes souvenirs te permettront de savoir qui tu es.

- Je ne veux pas savoir, je suis pragmatique. Si je suis mort, inutile de perdre notre temps ici. Passons directement à l'étape suivante, évitons toute cette comédie. Vous n'avez qu'a me faire un rapide topo sur ma vie sur terre, se moqua Adrien.

- Réfléchis un peu. Arrête de tenir des propos idiots. Ton travail, ta famille, tes amis. Tu as la chance de découvrir ta vie. Peut-être as-tu laissé quelqu'un d'important sur terre, insista l'ange gardien.

- Vous devez savoir cela, vous. Vous étiez bien mon ange gardien, non ?

Adrien commençait à se calmer. Il pouvait réfléchir à la situation et savait que plein de questions resteraient en suspens s'il n'acceptait pas les conditions de l'homme en blanc. Et s'il avait eu une famille ? S'il avait laissé un enfant, ou plusieurs, une femme ? Il en doutait au regard de la façon dont il avait découvert la Crête. Plus il avançait dans sa réflexion, plus il se posait de questions. Savoir ? ou se défiler ? Il se demandait de quoi il avait peur. Les paroles de l'ange lui avait indiqué qu'il avait certainement fait du mal sur terre. Et si les souvenirs qu'il devait revoir étaient uniquement une vision du mal qu'il avait fait ? Ce serait une véritable torture. Et s'il avait fait de belles choses, voudrait-il s'en remplir les yeux pour nourrir son être ? Adrien était partagé, tiraillé. Et cet ange qui ne le laisserait pas tranquille de toutes façons. Il devait prendre une décision. Se battre contre cet homme en blanc ou affronter ses souvenirs.

Au fur et à mesure de son questionnement, Adrien sentait que le poids de la curiosité faisait pencher la balance. Peut être qu'à travers ses souvenirs il se sentira vivre à nouveau. Mourir à 36 ans était injuste selon lui. Il devait savoir ce qu'il avait fait de si mal pour mériter de partir si jeune. Il leva la tête vers l'ange gardien, le regarda, tenta de le sonder, sans succès. Il n'arrivait pas à lire en lui. L'ange ne lui laissait aucune emprise. Il restait impassible devant lui.

- D'accord ! Je veux bien me souvenir, dit-il, feignant le dépit.

Adrien ne tenait pas à montrer à ce personnage qu'il voulait vraiment savoir. Instinctivement il préféra lui faire croire qu'il le faisait par obligation. Mais un ange n'était-il pas capable de deviner ses pensées ? Peu importait maintenant, il savait que mettre le doigt dans l'engrenage du souvenir appellerait d'autres désirs de souvenirs, suivis d'autres et puis d'autres, jusqu'à vouloir tout se souvenir. Il le savait et le désirait maintenant.

- Sage décision, Adrien. Tu ne le regretteras pas, répondit l'Ange avec un sourire énigmatique.

5

Adrien se retrouva propulsé sur son île préférée. Il avait décidé d'acheter une maison sur le versant sud de la Crête, dans le village dont il était tombé amoureux. Il n'avait pas voulu attendre plus longtemps, son désir d'acquérir un pied à terre pour venir régulièrement s'y ressourcer était trop fort pour patienter. Adrien trouvait ici ce qu'il n'avait jamais connu ailleurs, la sérénité. La tranquillité du village et la quasi absence de touristes lui convenaient parfaitement. Il avait repéré une jolie maison en bord de falaise qui était à vendre. La propriétaire étant absente lors d'un précédent séjour, il avait réussi à la joindre pour prendre rendez-vous. Le moment était venu, il était tout excité à l'idée de visiter ce qui, il en était sur, serait son havre de paix. Il admirait la maison depuis l'extérieur en attendant la visite. La façade en pierre claire était sublime, avec un rafraîchissement elle serait parfaite pensa-t-il. Les volets blancs en bois méritaient un bon décapage et une couche de peinture pour leur donner un bel aspect. Une peinture patinée, pensa Adrien, pour conserver l'identité de la maison. Un petit escalier de trois marches en béton grossier vous amenait jusqu'à la porte d'entrée. Elle lui plaisait déjà. Simple, fondue dans le paysage environnant elle lui semblait parfaite pour être son refuge.

Composée d'un étage, le toit était assez plat, comme toutes les maisons de méditerranée et pouvait servir de terrasse. Un grand bougainvillier courait sur le mur à l'est. Il était très facile de se repérer, la maison tournait le dos à la route et faisait face à la mer de Libye. Adrien se trouvait du coté route, au nord de la villa et il avait hâte d'aller voir le coté mer. Ses jambes le démangeaient. La fin de l'été n'annonçait pas l'automne ici, et les fleurs et arbres du jardin étaient resplendissants malgré un jardin à l'abandon. Le bougainvillier n'était que fleurs violettes en cette saison. Adrien admirait toujours la maison et imaginait ce qu'elle serait avec quelques travaux de rafraîchissement et un nettoyage du jardin lorsqu'une voix l'interpella : « Monsieur Lechevalier ? ». Il aperçut alors une dame de forte corpulence aux cheveux gris réunis en chignon qui se tenait sur le perron de la maison. Elle lui fit signe de la rejoindre. Il ouvrit le portillon rouillé qui tenait à peine et parcouru la trentaine de mètres qui le séparait d'elle. Le chemin en gravier blanc était submergé de mauvaises herbes et on ne pouvait voir ou commençait la pelouse - si on pouvait appeler cela de la pelouse - et ou finissait le sentier. Lorsqu'il arriva près de la femme, il remarqua les deux grosses poteries en terre cuite blanche qui avaient été recollées grossièrement et encadraient la porte d'entrée.

« Bonjour Madame Coch... »

- Luciela, l'interrompit-elle. Appelez moi Luciela, comme tout le monde ici.

Luciela était une femme de caractère. A bientôt soixante dix ans elle ne faisait pas son age remarqua Adrien. Elle avait été jolie dans sa jeunesse et cela sautait directement aux yeux. Sa robe a carreaux bleus sous un tablier marron qui semblait usé d'avoir trop servi lui donnait un air de campagne française. On voyait au premier regard sa simplicité. Sa génération quittait l'école très jeune dans les villages reculés et Luciela n'avait pas échappé à cette règle. Sa grande gentillesse rendait négligeable sa faible éducation scolaire et son vocabulaire simple et direct.

- Je suis désolé d'être en tablier, j'ai fait un peu de ménage pour la visite, lui dit-elle avec un grand sourire qui laissait paraître une dentition anarchique.

Elle invita Adrien à entrer dans la maison pour débuter le tour du propriétaire. C'était une vaste maison. En bas, un grand salon, salle à manger jouxtait une cuisine fermée qui devait accueillir les repas quotidiens. Les murs étaient un peu jaunis, voir décrépis à certains endroits. La cuisine était toute simple, des placards en bois brut foncé côtoyaient une table et des chaises qui semblaient des mobiliers de récupération sortis d'un film des années soixante dix. Des morceaux de plâtre manquaient au plafond ainsi que sur les murs et la robinetterie semblait hors d'époque.

On voyait que la maison n'était pas entretenue depuis longtemps, faute de moyens. Adrien imagina tout de suite le futur aménagement. Il était digne de son surnom MIAM. Son esprit était d'une rapidité ahurissante et son imagination débordante lui permettait de se projeter immédiatement.

En cassant la cloison, il obtiendrait une vaste pièce de plus de 60m² estima-t-il. Un bel espace ouvert, comme il les aimait.

Le coin salon et le coin repas donneraient sur la cuisine qu'il ferait aménager en plus fonctionnelle et moderne pour le plus grand bonheur de la personne qui l'utiliserait, vu que lui ne cuisinait jamais. Au premier regard, même s'il n'y connaissait rien, il vit que la plomberie serait à refaire. Les tuyaux apparents ne laissaient aucun doute sur la vétusté de l'installation. Les sols paraissaient en bon état, de large carreaux dans les tons blanc cassé occupaient la totalité du salon et de la cuisine. De grandes baies vitrées permettaient à la lumière d'être omniprésente dans la maison. Les menuiseries devaient être changées, c'était évident pour Adrien. Il mettrait du double vitrage en PVC ou aluminium pour ne pas avoir à les entretenir et les conserver en bon état, avec la mer à proximité tout s'abîme vite.

La visite continuait et Adrien sentait le stress de Luciela. Faire visiter une maison et la vendre est un métier, faire visiter la maison dans laquelle on avait tous nos souvenirs est bien plus douloureux. Et certaines pièces devaient rappeler des souvenirs heureux à Luciela. Adrien l'avait remarqué lorsqu'elle lui avait parlé de la cheminée, elle avait précisé avoir passé de longs moments d'hiver près du feu avec son mari. Un voile de tristesse avait alors marqué son visage pourtant souriant. Elle continua de lui présenter le rez de chaussée. Une minuscule salle d'eau jouxtait une vaste chambre avec une terrasse qui offrait une merveilleuse vue sur la mer. La chambre était vaste alors que la salle de bain peinait à faire deux mètres carrés. Il resta quelques instants sur la terrasse à contempler la mer de Libye en admirant l'horizon ou ciel et mer se confondaient en un bleu intense. Les quelques végétaux bas permettaient de conserver un peu de verdure devant la terrasse sans gêner la vue sublime sur la mer. Adrien n'avait pas besoin d'aller plus loin. Il savait que cette maison était faite pour lui. Il désirait cette vue, elle se dressait devant lui, la mer semblait lui tendre les bras.

Il était conquis, émerveillé même. Il suivit malgré tout Luciela pour ne pas la vexer. A l'étage il découvrit deux chambres avec une terrasse commune donnant aussi sur la mer. Son imagination fertile le projeta dans la maison idéale. Un petit tour dans le jardin lui confirma qu'il serait heureux ici. A chaque recoin du petit jardin, la vue sur la mer l'avait ébloui. Il se retourna vers la femme :

« Merci, Luciela, ce n'est pas la peine de continuer », osa-t-il dire.

- Elle vous plaît pas ma maison ? Interrogea-t-elle avec crainte. Vous savez, c'est mon mari et mon beau frère qui ont tout fait. Alors il y a des petits défauts, je sais. Et puis on pouvait pas l'entretenir. C'est pas une maison pour touristes. C'est pas le luxe.

- Ce n'est pas ça Luciela, C'est ....

- Je veux bien qu'on discute le prix. J'ai pas les moyens de la garder, mon mari a disparu en mer et....

- Calmez vous Luciela, l'interrompit-il. Je veux acheter votre maison et je vous en donnerai le prix indiqué, poursuivit-il calmement.

Luciela fut surprise. Elle n'arrivait plus à dire un mot. Son corps venait de se crisper tout entier. Depuis la mort de son mari elle ne pouvait plus payer un crédit qui avait du être prolongé pendant la crise en Grèce. Elle avait les larmes aux yeux, toute émue elle réussit à dire : « Merci, Monsieur !! Ho mon dieu !!, s'exclama-t-elle, « Merci, merci ».

Adrien voyait l'émotion dans ses yeux. Il était lui même bouleversé par tant de gratitude. Il ne savait quoi dire et se contenta de sourire pudiquement.

« Vous savez, reprit-elle, notre village n'est pas très touristique et il n'y a plus d'argent chez nous, alors j'avais tellement peur de ne pas réussir à vendre la maison. On m'a dit que j'allais mettre au moins deux ou trois ans avant de la vendre. Et que je n'obtiendrai pas le bon prix. Et comme je ne pouvais pas attendre tout ce temps.... ». sa phrase resta en suspens.

- Pourquoi vendez-vous votre maison ? demanda Adrien. Si cela n'est pas trop indiscret, ajouta-t-il.

- Non, ne vous inquiétez pas. Mon mari a disparu en mer il y a environ un an et comme ces dernières années tout allait mal nous avons fait des emprunts pour essayer de vivre convenablement et nous avons du hypothéquer la maison. On s'en sortait plus, vous savez ! Alors comme je fais qu'un peu de ménage, je ne peux plus rembourser l'emprunt. La banque m'a donné six mois avant de me la prendre. Ho !! Je devrais pas vous dire tout ça, vous allez maintenant discuter le prix. Je suis une femme simple, j'ai pas fait l'école, ici il fallait s'en sortir le plus tôt possible.

Ho !! Je devrais pas vous dire ça !! » répéta-t-elle apeurée.

- Arrêtez de vous inquiéter, Luciela. Le prix me convient parfaitement et je ne vais rien négocier. Par contre si vous connaissez un artisan du bâtiment, j'aimerai faire quelques changements et...   Adrien s'interrompit en apercevant le regard de la vieille femme. Il reprit rapidement. Excusez-moi ! Je suis maladroit, dit-il, s'apercevant qu'il parlait de la maison qu'avait fait son mari.

- Non, c'est rien, c'est votre maison maintenant. Je connais quelqu'un qui peut vous aider. Mon beau frère, le mari de ma sœur. Il a beaucoup travaillé dans cette maison, il connaît bien le métier, c'est un maçon. J'habite chez ma sœur maintenant, je peux lui demander si vous voulez ?

- Bien sur, avec plaisir. Alors vous habitez chez votre sœur ? A Kérames ?

- Oui, à Kérames. On est nées ici. C'est un charmant village ou on vit tranquillement. Mais les jeunes restent pas, ils trouvent pas de travail. Beaucoup partent sur le continent ou vont à Heraklion. C'est une grande ville et il y a beaucoup de touristes. Ici, seuls quelques habitués ont des résidences secondaires ou bien la famille qui vient. Moi je m'en fiche maintenant, et avant, avec mon mari on s'en sortait comme on pouvait, on vivait simplement. C'était pas tous les jours faciles, mais on est tellement bien dans notre petit village, dit-elle avec de la nostalgie dans la voix.

Le village de Kérames comptait à peine plus de 200 habitants qui se connaissaient tous. Sa situation géographique sur les falaises au dessus de la mer lui procurait un charme fou et ses ruelles étroites lui donnaient ce coté pittoresque des villages de Crète. Les petites maisons en calcaire blanc et pierres à flanc de roche offrait une vue incroyable sur la mer de Libye. Et Adrien venait d'acquérir une de ces maisons. Il n'en revenait toujours pas. L'attrait essentiel de Kerames pour Adrien, était sa situation au sud. Le paysage très accidenté ne permettant pas de faire de grande route traversant la Crète du nord au sud, il y avait effectivement peu de touristes qui s'y risquaient. Les grandes villes et aéroports se situant au nord de l'île, Adrien pensait avoir trouvé son paradis. En tout cas, c'était la sensation qu'il avait. Il fallait donc rapidement conclure l'affaire avec Luciela.

- Luciela, je veux acheter votre maison. Nous devons aller chez le notaire pour signer l'acte.

Elle fut surprise de la précipitation d'Adrien. Mais elle ne pouvait laisser passer l'occasion.

- D'accord. Faisons comme vous voulez, répondit-elle la gorge serrée. Ma is je ne sais pas comment il faut faire.

Adrien avait alors un grand sourire. Il allait réaliser son dernier rêve. En deux appels il avait réussi à régler l'affaire avec son avocat.

Lorsque les documents furent signés, Adrien proposa à Luciela d'aller fêter ça. Il tenait à l'inviter à boire un verre.

- Je veux bien, ici il n'y a qu'un endroit. C'est le bar de ma nièce. Elle l'a créé il y a un an et c'est dur pour elle. Une femme qui achète un bar est toujours mal vue ici. Alors, je veux bien qu'on aille chez elle.

- Super ! S'exclama Adrien. Allons voir votre nièce. Comme ça je découvrirai mieux votre charmant village.

Il faisait bon en cette période de l'année, le sirocco qui balaie régulièrement la cote sud de l'île offrait un fond d'air salvateur. Dans les ruelles étroites du village, Adrien et Luciela étaient à l'abri du vent et la chaleur se faisait plus pesante. Heureusement, le bar était à une cinquantaine de mètres de la place du village ou ils s'étaient garés. Le Thalassa se situait au bord de la falaise avec une grande terrasse qui offrait une vue magnifique sur la mer, ce qui lui rappela la terrasse de sa nouvelle maison. En fait de bar, Adrien découvrit quelque chose à mi-chemin entre un bar de plage et un snack. Il reconnut tout de suite le lieu fermé pour cause de travaux lors de sa première visite à Kerames. Tous deux s'assirent à la terrasse. Adrien avait les yeux rivés sur cette vue magique lorsqu'il entendit une voix : « Luciela !! Que fais-tu ici ? Quelle bonne surprise ».

- Ma chérie ! Répondit Luciela en se levant pour prendre la jeune femme dans ses bras. Voici Monsieur Le chevalier, dit-elle en se détachant de sa nièce et montrant Adrien qui semblait figé. Il vient d'acheter la maison et comme il voulait fêter ça, j'ai donc pensé à venir ici ajouta la vieille dame.

La jeune femme se tourna vers Adrien sans dire un mot. Elle le regarda droit dans les yeux. Adrien ne pouvait détacher son regard des yeux de la jeune crétoise. Même s'il voyait beaucoup plus de dureté que de sympathie dans ce regard il était totalement subjugué par la beauté de la jeune femme et ses yeux noirs.

« Tu étais vraiment obligé de vendre la maison, tata ? » demanda-t-elle à Luciela en la regardant.

- Tu sais bien ma chérie, depuis que tonton est plus la je n'arrive pas à m'en sortir. Il fallait bien le faire. Et puis maintenant que t'as ta vie, j'ai pu récupérer la petite chambre chez ta maman.

- Et c'est vous qui l'avez acheté ? Demanda-t-elle sèchement en direction d'Adrien.

- Oui, c'est moi, réussit à dire Adrien sur la réserve, sentant l'austérité dans la voix de la jeune femme.

- J'espère que vous l'avez payé un bon prix au moins. Cette maison est tout ce qu'avait ma tante et ...

- Calista !!! l'interrompit brusquement Luciela en lui faisant les gros yeux. Tu n'as pas le droit de parler comme ça à Monsieur Lechevalier.

La jeune femme prit une forte inspiration avant de répondre.

- Excuse moi, tata, mais tout ça me rend folle. Si notre pays n'était pas en crise je l'aurais racheté moi, ta maison, dit-elle sur un ton d'excuses envers sa tante.

- Excusez la, Monsieur Lechevalier. Elle est jeune et pleine de sang comme on dit ici.

- Ce n'est pas grave, je peux comprendre, répondit Adrien qui n'arrivait toujours pas à détacher ses yeux de la jeune femme.

Luciela se tourna vers sa nièce.

- Calista, Monsieur Lechevalier a acheté la maison parce qu'elle était à vendre. Et il a payé le prix indiqué, sans négocier. Et il peut être un futur client pour toi. Je crois pas que tes affaires aillent si bien pour perdre un client, la sermonna Luciela.

- Je suis désolé, Monsieur Lechevalier, je me suis emporté inutilement. Pour me faire pardonner, c'est moi qui vous offre un verre, lança-t-elle.

- Certainement pas, intervint Adrien. J'ai invité votre tante à fêter la vente de sa maison et je tiens à honorer mon invitation, fit-il remarquer.

Calista le regarda une nouvelle fois durement. On sentait bien que les mots d'excuses qu'elle prononçait n'était pas en adéquation avec sa pensée.

- Vous compliquez la situation, Monsieur. Comment vais-je me faire pardonner alors ?

- Très facilement. Appelez-moi Adrien et vous serez pardonné.

Si on lui avait donné le choix, Calista aurait refusé. Cependant, non seulement dans ce village tous s'appelaient par leur prénom, et en plus sa tante était présente et l'avait déjà réprimandé.

- D'accord Adrien, dit Calista en lui tendant la main. Reprenons à zéro. Moi c'est Calista, enchantée.

Elle se devait d'apparaître sympathique avec cet homme. Elle ne voulait pas faire échouer la vente, elle connaissait la situation de sa tante et l'urgence de celle-ci.

- Enchanté, Calista, moi c'est Adrien. Votre établissement à une vue époustouflante, je risque de venir vous voir souvent lors de mes séjours ici, lui dit Adrien, tout sourire.

- Si c'est pour la vue, vous aurez de quoi faire de votre terrasse. Vous verrez, la vue est lumineuse au printemps, sublime en été, magnifique à l'automne et reposante en hiver. Un véritable rêve. Mais je ne pense pas que vous en profiterez en hiver, conclut-elle sur un ton sans équivoque.

- Oui je sais. J'en ai eu un petit aperçu. Je ne sais pas pour l'hiver. Que me conseillez vous de boire dans votre bar ?

- Vous allez pas être déçu, intervint Luciela. C'est une experte en vin du pays, ma Calista.

- C'est parfait, faites moi découvrir un vin blanc, je vous fais totalement confiance, affirma   Adrien en la regardant dans les yeux et lui adressant un grand sourire

Ce fut Calista qui fut désarmée cette fois-ci. Sa colère précédente ne lui avait pas laissé voir le bleu intense de ses yeux. Elle découvrait qu'Adrien était réellement très beau. Un sourire ravageur sur un visage aux traits fins. « Le diable en personne « , pensa-t-elle.

Surprise, elle se retourna et se dirigea vers le bar sans mot dire.

Elle revint quelques minutes plus tard avec deux verres de vin blanc. « Voila pour vous, Adrien, et pour toi, tata, comme d'habitude ».

- Merci ma chérie, dit Luciela avec un grand sourire à l'adresse de sa nièce.

- Vous ne buvez pas un verre avec nous ? Demanda Adrien.

- Je ne peux pas, j'ai deux clients au bar et les affaires ne sont pas florissantes comme l'a gentiment signalé ma tante, alors je les soigne, n'est-ce pas tata ? Ajouta-t-elle en signe de douce provocation.

- Ils en ont de la chance, se permit de dire Adrien.

- Il y a le petit Erkoss ? Demanda Luciela.

- Oui tata. Il est la, comme chaque jour. Il se tient bien, il ne me crée aucun souci. Si tous les clients étaient comme lui. Je vous laisse, je vais m'occuper des autres clients. Revenez quand vous voulez Adrien, lui dit-elle.

Il la regarda s'éloigner.

- Elle est belle, hein ! Ma Calista ! Dit Luciela en le voyant
- Très belle, sembla chuchoter Adrien

Il resta quelques instants les yeux dans le vague, la tête ailleurs. Luciela le tira de ses pensées :

« Vous allez venir souvent à Kérames ? », l'interrogea-t-elle.

Ces mots le sortirent du néant et il releva lentement la tête vers la femme.

- Le plus souvent possible. J'aime cette île, j'aime cet endroit, j'adore ce village, et je craque déjà pour le Thalassa. Je suis sur que je serai bien dans la maison, dit-il en souriant. Est-ce que je peux faire quelque chose pour vous, Luciela ? Si je peux être utile, ce sera avec plaisir, proposa-t-il.

- Vous avez déjà acheté la maison, répondit-elle. Maintenant tout va être remboursé. La maison, le bateau de mon mari et tous les petits crédits qu'on a fait pour s'en sortir. Je n'ai pas grand chose mais je ne devrais plus rien à personne et mes nuits vont enfin être tranquilles. Même si je dors dans une chambre si petite qu'on peut y mettre qu'un petit lit, je suis vivante et ma santé n'est pas trop mauvaise. J'ai vécu de belles choses avec Markus. Maintenant je vais finir tranquillement ma vie. Je n'ai besoin de rien.

- Combien gagnez-vous en faisant vos ménages ? Demanda Adrien.

La question surpris Luciela. Elle ne s'attendait pas à ça. Elle répondit néanmoins en toute franchise.

- 475€. Je gagne 475€. C'est pas beaucoup, je sais. C'est pour ça que je vis chez ma sœur. Il me resterai rien si je devais louer quelque chose. Je vais devoir travailler encore quelques années. Je mourrai en travaillant, j'ai pas de doute.

- Si je vous fait une proposition, êtes vous prête à y réfléchir ?

- Une proposition ? Qu'est-ce que vous voulez dire par la ? Je ne comprends pas, dit Luciela.

- Vous allez comprendre. Je vous explique ! J'ai acheté votre maison et je compte y venir assez souvent pour des cours séjours et plus longtemps les mois d'été. En gros, je vais venir cinq ou six fois dans l'année et une fois, trois ou quatre semaines en été. La maison va rester inhabitée le reste du temps. Et vous savez comme moi qu'une maison qui n'est pas aérée régulièrement vieillie plus vite. Ça sent le renfermé et je déteste ça. Pareil pour le ménage, je ne vais pas arriver pour deux ou trois jours et avoir le temps de tout nettoyer, ni envie d'ailleurs. Je préfère profiter de ce beau village et de cette magnifique mer, dit-il en montrant la vaste étendue bleue devant eux. Et je vais être sincère, je ne sais pas faire à manger. Je fais tous mes repas aux restaurants, je trouve ça plus pratique. Je crois que ce serait meilleur pour ma santé de manger des plats sains. J'ai donc trois problèmes importants que vous pouvez résoudre.

- Que je peux résoudre ? Répéta Luciela. Vous voulez que je fasse le ménage ? Je peux aussi aérer la maison avant votre arrivée si vous me prévenez, je veux bien le faire.

- Êtes vous une bonne cuisinière, Luciela ? Demanda Adrien.

- Mon Markus s'est jamais plaint, s'amusa-t-elle à dire.

- Super !!! Je vous embauche, lui dit Adrien avec enthousiasme.

- M'embaucher ? Mais j'ai déjà un travail, Monsieur Le chevalier.

- Je vous en offre un meilleur et mieux payé, dit-il sur un ton enjoué.

- Je sais pas Monsieur Le chevalier. Qu'est ce que je dois dire ?

- La, c'est le moment ou vous devez demander quelle rémunération je vous offre.

- Combien je vais gagner ? Répéta-t-elle avec surprise.

- Je vous fais une proposition complète et non négociable. Disons que 500€ par mois pour vous me semble le minimum. Cela vous convient-il ?

- Je ne sais pas Monsieur Lechevalier, hésita-t-elle. C'est bien, oui. Mais si vous revendez la maison, comment je fais moi après ? C'est beaucoup d'argent 500€, vous pourrez me les donner tous les mois ? Paniqua-t-elle.

- Sans aucun problème. Je vous ferai un contrat en bonne et due forme. Alors, 500€ pour entretenir la maison et faire mon linge ça vous va ?

- Ben..... oui, Monsieur Lechevalier. C'est un bon salaire. Je ferai aussi la cuisine pour vous quand vous serez la. Vous allez voir, je fais des plats typique grecs.

- D'accord. Cela me semble tentant. Cependant, j'ai trois conditions avant de conclure notre contrat, dit-il, un sourire aux lèvres.

Luciela pensa que quelque chose clochait. Sur la défensive, elle lui affirma :

-Tout ce que vous voulez Monsieur Lechevalier.

- Adrien, appelez-moi Adrien. C'est ma première condition. Acceptez et je vous parlerai de ma deuxième conditions.

- Oui, Monsieur Adrien, ça va pas être facile mais je peux faire un effort.

- Adrien !!, insista-t-il. Oubliez le Monsieur.

- Adrien ! voilà je peux le dire, dit elle en riant. Adrien ! Répéta-t-elle.

- Très bien ! Je suis content Luciela. Ma deuxième condition est simple. J'aimerai que vous cuisiniez aussi d'autres plats que le grec. J'aime bien, mais il y a tellement de plats français que j'aimerai vous faire découvrir.

- Je sais pas faire mais je peux apprendre.

- Merci. Deuxième condition acceptée alors ? Demanda-t-il un grand sourire lui barrant le visage.

Luciela fit oui en opinant de la tête. Ce qui accentua le sourire d'Adrien qui reprit sur un ton plus solennel.

- Luciela, je pense que pour mieux entretenir la maison, ouvrir les volets, aérer les pièces, il faut que vous soyez tous les jours sur place.

- Tous les jours ? Je peux, vous savez mon travail de femme de ménage j'y vais chaque jour. C'est un vrai travail.

- Je veux dire,................ tout le temps.

Luciela ne paraissait pas comprendre, elle le regardait l'air interrogateur.

- Avez-vous compris ma demande, Luciela ? l'interrogea Adrien, conscient que ce n'était pas très clair.

- Non, Monsieu..... Adrien. Non Adrien,se reprit-elle.

- Je vais être plus direct. Je vais faire réaménager la maison, et j'aimerai faire faire un endroit pour vous. Avec une chambre et une belle salle de bain. Pas besoin de cuisine puisque vous utiliserez celle de la maison. Comme ça, vous pourrez être tranquille et moi aussi. Si quelqu'un habite ici quand je n'y suis pas, cela me rassurera. Qu'en pensez-vous ? Demanda-t-il en craignant qu'elle ne refuse.

- Je sais pas quoi dire.

- Dites oui, cela m'ira très bien et vous me rendrez un très grand service.

- Oui, alors, répondit Luciela d'une toute petite voix. On aurait dit une petite fille timide qui ne savait pas ce qu'il fallait dire.

Adrien se leva et la prit dans ses bras. Luciela se laissa faire, elle semblait groggy. Adrien s'en aperçut et la regarda droit dans les yeux.

- Merci, Luciela, vraiment merci. Faites moi confiance, vous ne le regretterez pas.

- Je dois le dire à ma sœur, elle va pas le croire.

- Bien sur, je vous laisse aller voir votre sœur. Moi, je crois que je vais rester ici pour dîner. Je profiterai de la vue, et de la cuisine de votre nièce.

- Vous ne serez pas déçu, on est de bonnes cuisinières dans la famille, dit-elle en se levant de la chaise. Adrien en fit de même pour la saluer. Luciela le prit dans ses bras et le serra comme elle aurait serré son propre fils. Lorsque l'étreinte s'arrêta, Adrien lui sourit tendrement et ajouta.

- Je reprends l'avion demain, mon avocat prendra contact avec vous pour les formalités administratives. On va faire une belle équipe tous les deux. J'en suis convaincu.

Luciela ne répondit pas. Elle était trop émue pour articuler un seul mot. Si elle avait eu un fils, elle aurait aimé qu'il ressemble à Adrien. Même si elle n'avait pas eu une éducation très poussée, elle n'était pas dupe. Adrien faisait ça pour elle. C'est lui qui lui rendait un grand service et non l'inverse. Elle allait pouvoir continuer à vivre dans sa maison. Malgré les quelques aménagements que voulait réaliser Adrien, le principal était la. Elle prit le chemin la menant à la maison de sa sœur pendant qu'Adrien se mit à consulter la carte des menus.

6

Les bras sur les accoudoirs d'un des deux fauteuils clubs, Adrien était perdu dans ses pensées. Un sentiment de satisfaction profonde l'envahissait. Il avait bien vu que l'acquisition de cette maison lui tenait à cœur. Cerise sur le gâteau, il était fier d'avoir choisi d'employer Luciela. A chaque voyage il craignait d'observer une mauvaise action de sa part ou pire encore. Peu de souvenirs lui revinrent en mémoire, alors il essaya d'imaginer comment était la maison aujourd'hui. Ce qu'il avait pu en faire, de quelle façon il cohabitait avec Luciela. Tentative vaine, ses pensées le ramenaient toujours vers Calista. Il était maintenant deux fois sous le charme. Dans sa vie passée sur terre, il avait remarqué les yeux qu'il avait fait en la voyant pour la première fois. Aucun doute possible, son charme avait opéré dés leur première rencontre. Et aujourd'hui aussi, vu de l'extérieur, il était conquis par la beauté de la jeune femme et son caractère bien trempé.

« J'ai toujours compris l'effet que te faisait Calista », intervint l'Ange.

Adrien se retourna vers lui, un léger sourire sur les lèvres.

- Et qu'est-il arrivé ensuite avec elle ? Demanda-t-il avec curiosité.

- Ça ! Tu dois le découvrir par toi même. Ne l'oublies pas, c'est à toi de retrouver tes souvenirs.

Décidément, les discussions avec ce personnage tournaient courts.

- Tu as toujours eu un faible pour les îles et les insulaires féminines, reprit l'Ange.

Adrien ne comprenait pas ce qu'il voulait dire par la. Il n'avait aucun moyen de le faire sans se souvenir, ce qu'il fit remarquer à son Ange Gardien.

- Comment voulez vous que je sache ? Je n'ai quasiment aucun souvenir de ma vie sur terre.

- Je sais, c'est pour cela que je t'aide en te montrant ta vie. Je te propose un nouveau voyage, sur une île paradisiaque. Comme tu les aimes.

Adrien n'eut pas le temps de répondre, la forte secousse le surprit une nouvelle fois. Il se retrouva immédiatement sur un tabouret haut, devant un comptoir de ce qui ressemblait à une paillote. Les gens étaient tous en maillots de bain et les femmes portaient des paréos. La plage de sable fin était bordée de cocotiers et la mer turquoise se dressait devant lui. Un paysage paradisiaque, il n'y avait pas d'autres mots pour décrire ce qui l'entourait. Un couple assis près d'une table basse en bambou attira son attention. Comme à chaque voyage, il chercha un indice, un repère, un visage familier lui permettant de se souvenir. Une voix l'interpella de la plage :

« Tu viens nager Adrien ? ».

Il se retourna vers le jeune homme qui l'avait appelé. Il paraissait avoir dans les 25 ans, plutôt grand, un corps fin, des cheveux bouclés blonds lui tombaient sur les épaules. Il ne le reconnut pas tout de suite. Son attention fut attirée par le serveur qui s'adressa en français à un couple assis au bar. « C'est une île française » pensa-t-il . Il se retrouva brusquement sur le sable à coté du jeune homme qui l'avait interpellé. La mémoire lui revint. Il était prés d'Edward, son ami d'enfance. Adrien se souvint alors de toutes les histoires qu'ils avaient vécues ensemble. Depuis le collège, ils ne se quittaient pas. Il n'était pas surpris de se retrouver dans un tel endroit en sa compagnie.

« C'est quand même génial ses vacances à Tahiti » dit Edward à son encontre.

« Tahiti ! » Voilà ou ils se trouvaient. Sa mémoire revint. Ils venaient de finir leurs études et avaient décidé de partir en vacances avant d'entrer dans le grand bain de la vie active. Edward était un ami fidèle, il estimait beaucoup Adrien et pensait que leur destin serait toujours lié. Il voulait d'ailleurs qu'ils postulent tous les deux dans les mêmes boites, ou au moins dans les mêmes villes pour rester proches l'un de l'autre et il avait pour cela dressé une liste des entreprises capables de leur offrir un job à chacun.

Edward ignorait que son ami avait d'autres projets. Adrien ne lui avait pas encore annoncé qu'il allait monter une entreprise de vente sur internet. Il n'avait pas trouvé le courage de lui dire, encore moins le jour de la remise des diplômes, lorsque Edward lui proposa un séjour à Tahiti pour « s'éclater et fêter la fin de nos études» lui avait-il dit. Adrien savait qu'il devait lui annoncer avant qu'il ne l'apprenne par quelqu'un d'autre et même s'il ne voulait pas gâcher leurs vacances, il devait être honnête avec son ami.

C'était décidé, il lui dirait ces prochains jours. Son aveu risquait de froisser leur amitié, Adrien en était conscient. Pour le moment ils allaient prendre un cours de surf. Moea, la monitrice s'approcha d'eux, un sourire aux lèvres. Sa longue chevelure brune glissait le long de son dos jusqu'au bas des reins. Bien qu'elle avait un corps musclé sculpté par de longues heures de sport, son allure fine et sa démarche légère lui conférait une silhouette très agréable à regarder. Et les deux hommes ne s'en privaient pas. Comme toutes les femmes tahitiennes, Moea était chaleureuse et elle embrassa les deux jeunes sans retenues. Elle prit Adrien par la main et les invita tous deux à la suivre. Au bout de quelques mètres, elle s'arrêta devant trois planches de surf et leur proposa d'en choisir chacun une en dehors de la sienne. Il ne fut pas difficile à Adrien et Edward de déterminer quelle planche était celle de Moea. Une peinture d'elle en maillot de bain recouvrait la totalité du surf. Durant le cours de deux heures, ils écoutèrent avec intérêt les conseils de Moea. Tous les deux doués pour le sport, Adrien s'en sortait mieux que son ami. Il avait toujours eu un rapport particulier avec la mer et en moins d'une heure, il pouvait se lever sur sa planche sans tomber et rester debout sur quelques mètres. Ils s'amusèrent énormément, entre éclats de rires et chutes inattendues les deux amis profitaient pleinement de ce moment. Moea riait autant qu'eux lorsqu'ils tombaient ou essayaient de rattraper leur surf qui les avait mis à l'eau et continuait sans eux. Une profonde complicité liait les deux hommes et tout le monde pouvait le voir. Moea s'était aperçu de cette amitié et l'appréciait. C'est pour cela qu'elle accepta de boire un verre avec eux au bar de la plage, pour continuer de rire à trois. Elle n'eut aucun mal à se fondre dans leur duo. Naturellement Edward et Adrien décidèrent de prendre des cours chaque jour. Moea fut enchantée et leur proposa de ne pas payer toutes les leçons. Ce qu'ils refusèrent de concert, expliquant qu'ils avaient organisé des événements durant leurs deux dernières années d'études pour se payer un voyage et qu'à leur grande surprise leurs gains leur avaient permis d'atterrir en Polynésie française. Ils étaient bien décidé à quitter ce paradis sans un sou. Durant les jours suivants, les trois compères ne se quittèrent que pour laisser Moea donner des cours de surf à d'autres touristes. Les jours défilaient et Adrien voyait se rapprocher l'heure de vérité, ce moment fatidique ou il devrait annoncer son choix à son ami. Il craignait réellement la réaction d'Edward. Il était sur ce projet depuis un an avec Cristofer et n'en avait touché mot à personne. Conscient que son futur associé n'était pas très apprécié par ses amis, Adrien n'avait osé leur avouer. Cristofer n'avait fait aucun effort pour être accepté dans ce groupe d'étudiants. Edward le trouvait hautain et dédaigneux, ce qui était un trait de caractère de Cristofer que niait totalement Adrien. Pour conserver la quiétude au sein de son groupe d'amis, Adrien ne conviait jamais son futur associé aux soirées qu'ils organisaient. Il voyait régulièrement Cristofer en dehors du groupe pour peaufiner leur dossier. Business plan, demande d'emprunt, tout était bouclé.

A son retour de Tahiti, ils allaient déposer l'argent de leur capital en banque et se lancer dans l'aventure de l'entreprenariat.

A Tahiti, Moea ne les quittaient jamais. Les trois compères déjeunaient ensemble chaque jour en bord de plage et leurs soirées se passaient en ville. Adrien avait aperçu les regards d'Edward pour Moea. Il n'était pas dupe, ils se plaisaient mutuellement. Sans savoir ni comprendre comment, un plan surgit dans sa tête. C'est avec ce genre d'idées fulgurantes qu'il fut surnommé plus tard MIAM, Mille Idées A la Minute.

Le plan machiavélique se mit en place rapidement dans son cerveau. Il entreprit de mettre ses idées en action le soir même. Il devait permettre à Moea et à Edward de se rapprocher. Lors de leur promenade habituelle d'après dîner, il prétexta une grosse fatigue pour retourner à l'hôtel plus tôt. Ce qui devait arriver arriva. Le lendemain matin, il comprit à la mine radieuse de son ami qu'il avait fait le premier pas. Son impression se confirma au déjeuner lorsqu'il aperçut les sourires complices de Moea et Edward. Il lui restait trois jours avant le départ, ce qui voulait dire le même temps pour lui annoncer son choix professionnel. La journée se passa comme il l'avait prévu. Les deux tourtereaux n'osaient pas flirter devant lui. Adrien jubilait d'observer que son plan tortueux prenait tournure. Il allait donner le coup de grâce le lendemain matin.

Au petit déjeuner il interpella son ami :
« J'ai bien vu votre manège à Moea et à toi. Je ne suis pas aveugle », commença-t-il.
Edward encaissa et ne répondit rien. Adrien ajouta avec agressivité sans attendre.
« Pourquoi as-tu fais ça ? ».
- Qu'ai-je fait ? Demanda Edward, surpris par la question.
- Pourquoi est-ce que tu es sorti avec Moea ? Je vous ai vu, vos regards ne mentent pas, alors avec moi non plus ne mens pas.
- Ben .. Ça s'est passé comme ça, naturellement. Mais .... mais... quel est le problème ? demanda Edward, désappointé par le ton de son ami.
- Je ne t'ai pas dit il y à plusieurs jours que j'avais un coup de cœur pour elle ? Ne me suis-je pas dévoilé auprès de toi ?
- Si ! Tu me l'as dit, Mais ....
- Alors pourquoi tu l'as fait ? L'interrompit Adrien, feignant le désespoir sur son visage.
- Je... Je ne savais pas que c'était si important pour toi, répondit Edward, tout penaud.
- C'est quoi un coup de cœur pour toi ? Cette fille, c'est.... c'est. Je ne sais même pas comment te le dire.
- Écoute Adrien, tu exagères ! A chaque fois que tu rencontres une jolie fille, tu as un coup de cœur pour elle. Pour une fois que c'est moi.
- Pas cette fois-ci. C'est différent ! Moea, c'est comme s'il venait d'arriver ce que j'attendais.
- Je suis désolé, Adrien, je ne sais pas quoi te dire, lui répondit sincèrement Edward.
- Avec des amis comme toi, on n'a pas besoin d'ennemis, ajouta brutalement Adrien.
- Arrête Adrien, tes paroles sont blessantes et dépassent ta pensée, intervint Edward, bien décidé à ne pas se laisser faire.
- Elles ne dépassent rien du tout, c'est toi qui à dépassé les limites.
- Quelles limites ? Celles que tu as toujours fixées ? Celles qui t'ont toujours arrangé ? Sois sérieux Adrien. Je ne sais pas ce qu'il t'arrive, c'est grotesque.

- GROTESQUE ? Dit Adrien en élevant la voix. Je vais rentrer à Paris. Toi tu peux rester ici, tu as mieux à faire apparemment. Je vais appeler Cristofer pour qu'il vienne me chercher à l'aéroport.

- Cristofer ? Mais qu'est ce qu'il vient faire la celui-ci ? Demanda Edward abasourdi par cette remarque.

- J'ai plus confiance en lui qu'en toi. Au moins il ne m'a jamais trahi lui.

- Toi peut-être pas !. Mais il à quand même essayé de me faire virer de la fac je te rappelle.

- Aujourd'hui, je regrette qu'il n'ait pas réussi, dit Adrien en se levant.

Edward ne bougea pas, il était sous le choc des paroles de son ami. Il préféra laisser Adrien partir. Ses mots avaient été trop dur pour lui. Il valait mieux que la discussion s'arrête la avant qu'elle ne dégénère encore plus.

Adrien fit ce qu'il avait dit. Il prit un avion et Cristofer vint le chercher à l'aéroport. Il ne répondit à aucun appel d'Edward. Il coupa même les ponts avec ses autres amis, prétextant qu'ils avaient tous pris parti contre lui. Il eut le chemin dégagé après cela. Son autoroute de la réussite comme il aimait à dire pour se rassurer, s'ouvrait devant lui.

De son coté, Edward resta quelques temps à Tahiti. Il aimait cette île, il appréciait fortement Moea et plus rien ne l'attendait à Paris. Ses innombrables appels étaient restés sans réponse de la part d'Adrien et ses amis lui avaient appris qu'il ne voulait plus les voir eux non plus. Il décida malgré cela de rentrer à Paris pour voir Adrien. Il avait déménagé, parti sans laisser d'adresse. Ses nombreuses recherches lui permirent de retrouver sa trace par l'intermédiaire de la société qu'il avait créé. Leur rencontre fut encore plus houleuse que leur dernière discussion. Edward comprit qu'Adrien ne voulait plus entendre parler de lui. Il n'insista plus jamais et retourna à Tahiti auprès de Moea.

« Drôle de fin pour une si belle amitié », lui fit remarquer l'Ange.

Adrien restait pensif. Sa bêtise avait gâché une belle amitié.

- Je ne savais pas comment lui annoncer. Il m'en aurait voulu de m'associer avec Cristofer. Notre amitié ne devait pas être si forte pour se briser à cause d'une fille, ou d'un associé, osa Adrien.

- Vision étroite d'un esprit obtus. Capacité à mentir pour détourner la vérité sur un chemin qui n'est pas le sien. Tu es très doué, Adrien. Même toi, tu finis par croire tes mensonges. Sois persuadé toi même et tu persuaderas les autres. Ça te va bien, on peut te l'appliquer.

- Tu me trouves de nombreux défauts. N'aurais-tu pas un peu échoué avec moi ? Est-ce une punition pour toi d'être la ?

- Je ne suis pas puni. Enfin, je ne le crois pas. Ce n'est pas moi qui suis remis en cause ici. C'est toi, tes actes sur terre et ta vie dont tu dois te souvenir.

- Et c'est moi l'esprit obtus.....

- Je reconnais que je n'ai pas eu la même réussite avec toi qu'avec d'autres ... hommes. Mais vos choix sur terre vous appartiennent. Nous vous accompagnons, vous offrons des signes, vous permettons de choisir votre chemin. Nous ne faisons rien à votre place, vous êtes responsables de vos actes. Nous vous indiquons que plusieurs chemins sont possibles au moment du choix. C'est vous qui décidez ensuite.

- Nous sommes imparfaits. Je ne prétendrais jamais le contraire. Si Dieu nous a fait à son image, ne l'est-il pas lui même ?

- Tu mets la réponse dans ta question. Nous sommes ici pour toi, pas pour discourir sur le créateur. Le reste de ta vie t'attend et il y a beaucoup à voir, lui dit l'Ange. Alors regarde, ajouta-t-il avant de disparaître pendant qu'Adrien se tournait vers le mur opposé.

La pluie résonnait sur les fenêtres du bureau d'Adrien. Il était tard, l'étage s'était vidé et il appréciait ce moment de tranquillité. Il pouvait travailler sans être dérangé. Le dossier qui l'attendait allait lui prendre une partie de la nuit et il fut soulagé de savoir qu'il ne serait pas obligé de rentrer chez lui ensuite. Le studio jouxtant son bureau servirait une nouvelle fois. Adrien ouvrit un placard pour vérifier qu'il y avait bien une chemise neuve et des sous vêtements. Il retourna ensuite derrière son bureau et s'attela à étudier le dossier. Il sortit du tiroir de son bureau une chemise rouge ou était noté en majuscules Tillio. Les heures passèrent sans qu'Adrien ne s'en rende compte. Son estomac lui rappela qu'il n'avait pas dîné. Il décida d'appeler le traiteur du quartier avec l'espoir qu'il serait encore ouvert.

« Bonsoir, c'est pour une commande, pouvez-vous encore livrer, s'il vous plaît ? » demanda-t-il.
- Bonsoir Monsieur, je suis en train de fermer, je suis vraiment désolé, j'aurai bien ai....
- Bonsoir Natacha, c'est Adrien Lechevalier. Comment allez-vous ? La coupa-t-il.
- Bonsoir Monsieur Lechevalier. Je vais bien, merci, et vous même ? S'exclama joyeusement la jeune femme.
- Bien aussi, merci. Je suis désolé de vous avoir dérangé si tard. Je vous souhaite une bonne soirée, voulut conclure Adrien.
- Attendez ! Vous êtes à coté, je peux vous emmener quelque chose. Qu'est-ce qui vous ferait plaisir ? Je n'ai plus grand choix à cette heure-ci, mais je peus vous trouver de quoi diner.
- Ce que vous voulez. J'ai une petite faim. Mais je ne veux pas vous obliger.
- Vous ne m'obligez pas, soyez sans inquiétude. Je serai à votre bureau dans dix minutes. Je demanderai au gardien de m'ouvrir, comme d'habitude ?
- Comme d'habitude, oui. Un grand merci, Natacha.
- Je vous en prie, Monsieur Lechevalier. A tout de suite.
Elle raccrocha et prépara une barquette de beignets de fleurs de courgettes, des verrines de gaspacho aux écrevisses, des papillotes de jambon aux figues et d'autres mets qui se mangeait froid et avec les doigts. Elle mit les barquettes dans un sac plastique et s'approcha pour fermer la porte. En mettant la clef dans la serrure, elle hésita un instant, fit demi tour pour attraper une bonne bouteille de vin rouge avant de se diriger vers les bureaux de CIAL.
Le gardien la fit entrer après l'accord d'Adrien et la dirigea vers l'ascenseur. Arrivée à l'étage prévu, Adrien l'attendait devant la porte de l'ascenseur. Il remarqua la robe courte qu'elle portait avec des talons hauts qui la grandissaient de dix centimètres. Adrien pensa qu'elle ne pouvait pas travailler dans cette tenue en cuisine et qu'elle s'était changée avant de venir.

Sa journée était finie et il la trouvait très sexy en dehors de son travail. Sa robe noire près du corps laissait apparaître ses jolies formes et il le remarqua. Ses talons hauts offraient au regard des jambes interminables et fines.

Se reprenant, il voulut lui prendre les sacs des mains, ce qu'elle refusa, lui demandant ou elle devait poser les plats. Il l'invita à entrer dans son bureau, ouvrit la porte de son studio et lui indiqua la table basse devant le canapé accordéon qui lui servirait de lit ce soir.

Elle sortit les mets du sac et les disposa avec élégance sur la table en y ajoutant une petite touche de décoration. Elle sortit la bouteille de vin en dernier et la tendit à Adrien en lui disant avec un grand sourire :

« Cadeau de la maison ! »

Surpris, Adrien lui rendit timidement son sourire.

- Merci, c'est très gentil de votre part.

- Ça me fait plaisir. Vraiment ! répondit la jeune femme, toujours souriante. Vous m'invitez à boire un verre ? Lui demanda-t-elle sans détour.

- Bien sur. Je vais l'ouvrir, dit-il en ouvrant un tiroir pour sortir un tire bouchon.

Il attrapa deux grands verres à vin et les servit.

- J'espère que je ne vous retarde pas ? interrogea Natacha.

- Du tout, non ! Je viens de finir un dossier épineux, je comptais manger tranquillement et passer la nuit ici.

- Vous dormez au bureau ?

- Pas exactement, nous sommes dans un studio avec tout le confort nécessaire, dit-il en se levant.

Il se dirigea vers une porte et l'ouvrit en disant : « Salle de bain. »

La refermant il ouvrit le placard.

- Vêtements de rechange, costumes, chemise et bien entendu, sous vêtements.

- Ha ! Je n'ai pas ce problème, dit-elle.

Adrien l'observa sans comprendre et la fixa en ouvrant grands les yeux avec interrogation.

- Je n'en ai pas, ria Natacha.

Voyant que Adrien ne comprenait toujours pas elle ajouta :

- De culotte ! Je n'en ai pas. Donc ! Pas de problème de sous vêtements.

L'air ébahit d'Adrien laissa la place à un grand sourire. Il s'approcha avec assurance de la jeune femme.

- Et je dois vous croire sur parole ? Osa-t-il demander.

Le sous entendu était évident.

- Vous ne me croyez pas ? Lui répondit-elle sur le ton de la provocation en écartant très légèrement les jambes.

- Ça demande vérification, dit-il, s'approchant d'elle un peu plus.

Il glissa une main sous sa jupe et poussa un léger gémissement en s'apercevant qu'elle disait vrai. Sa main se retira lentement de sous la jupe en caressant délicatement le creux des cuisses de la jeune femme, lui arrachant un soupir de plaisir. Il attrapa leurs deux verres et lui tendit le sien. Sans lâcher son regard, il approcha son verre pour trinquer avec elle.

- Aux absents alors ? Souffla-t-il.

C'est Natacha qui ne comprit pas cette fois-ci.

- A votre culotte, précisa Adrien, plongeant son regard dans celui de Natacha, avant d'approcher ses lèvres des siennes pour l'embrasser.

« Quel tombeur tu fais ! » se moqua l'Ange.

- Un brin de jalousie te tenaille-t-il ? Ironisa Adrien.

- Non, les Anges n'ont pas de sexe, c'est bien connu. C'est pour cela que nous prenons des décisions en toute quiétude. Nous ne sommes pas pollués par le désir. L'envie nous est inconnue et la colère étrangère. L'absence d'orgueil nous permet l'acceptation de l'autre, sans juger. Quant à la gourmandise, de quelle nature soit-elle, nous n'y avons goût.

- Par contre, vous êtes de sacrés donneurs de leçons.

Et tu peux ajouter, la luxure dans laquelle je vis, la paresse qui quelques fois me guette. Oublie l'avarice qui ne me va pas très bien. Voila ! Nous avons fait le tour des pêchers capitaux. Très original ton sermon, mon Ange. J'espère que tu as d'autres arguments à me soumettre si tu veux me faire culpabiliser ou sortir de grandes phrases.

L'Ange regarda Adrien dans les yeux. Son regard était toujours froid et dur. Il était difficile de le sonder, mais Adrien avait la sensation qu'il ne l'appréciait pas. Le silence s'installa entre eux.

7

L'ange rompit le silence sur un ton GLACIAL :

« Comment se passe ton introspection ? » lui demanda-t-il.

- Plutôt bien, je ne vois pas ou j'ai fait du mal, répondit calmement Adrien qui sentait que ce personnage cherchait à le déstabiliser.

- Ce que tu penses ! Je ne crois pas que ton comportement avec les gens et les femmes soit particulièrement sympathique.

- Je ne suis pas d'accord. Je ne leur promets jamais rien, elles croient peut-être des choses dont je ne suis pas responsable, se défendit-il.

- Ce n'est pas parce que les gens ne te conviennent pas qu'il faut les traiter comme tu es capable de le faire.

- Je reste en désaccord avec toi, lui dit Adrien.

L'ange eut un grand sourire. Il le regarda droit les yeux et ajouta avec un calme désarmant :

- Adrien, tu triches avec les gens. Avec les filles que tu as rencontrées, et elles sont nombreuses. Tu mens sur ton prénom, tu ne les amènes jamais chez toi, tu leurs donnes un faux numéro de téléphone si elles insistent et tu les jettes sans même te poser la moindre question. Aucun sentiment quelconque ou compassion n'apparaissent.

- C'est ta vision, elle est unilatérale et je ne demande rien à ces filles. Surtout pas d'attendre quelque chose de moi, s'énerva Adrien.

- Évidemment, ! L'excuse facile derrière laquelle tu te caches. Il est plus simple de se mentir à soi même. Je n'ai rien promis donc je ne suis responsable de rien. Tu te dédouanes tout simplement.

Adrien écoutait avec attention. Il ne comprenait pas encore ou l'ange voulait en venir. Il ne se sentait coupable de rien envers ces femmes, ou ne voulait pas. Ce qui n'était pas le cas avec ses amis qu'il avait banni de sa vie et s'en voulait. Eux étaient importants à ses yeux.

- Derrière ces personnes à qui tu ne promets rien, reprit l'Ange, il y a des sentiments humains, des gens qui cherchent à combler un vide. Un espoir les anime, les pousse vers toi, bel homme avenant. Tu es un si beau parleur qu'elles boivent tes paroles et cela te plaît tant. Tu es toujours dans un rôle de charmeur. Elles ont l'impression de rencontrer quelqu'un de bien au départ. Et tu as toujours utilisé ton savoir faire avec les filles pour arriver à tes fins. Adrien, tu manipules les gens, c'est évident. Et lorsque tu voulais vraiment quelque chose, tu étais prêt à tout ou presque pour l'obtenir.

Adrien observait l'Ange qui restait silencieux à présent. Il ne savait quoi lui répondre. C'était une forme de procès qu'il lui faisait, et il trouvait ça désagréable et inutile. Il ne voulait pas se laisser faire :

- Je pense que c'est une qualité de se donner les moyens d'obtenir ce que l'on veut. On appelle cela de la détermination, dit fermement Adrien, bien décidé à contredire son Ange Gardien.

L'ange fronça les sourcils et eut un regard sévère pour Adrien. Comment Adrien pouvait-il affirmer de telles énormités ? Se demanda-t-il.

- Regardes, lui dit-il sèchement.

Adrien se retourna sans appréhension, il savait qu'un nouveau voyage l'attendait. Il était prêt. Il n'avait pas le choix. Seule la crainte de la violente secousse du voyage l'inquiétait.

Paris, bureaux de CIAL au siège parisien de la société de Cristofer et Adrien.

Alexandra s'aperçut qu'Adrien n'avait pas la tête à son travail. Même s'il lui arrivait de manquer quelques uns de ses rendez-vous, lorsqu'il était au bureau habituellement, il était concentré et extrêmement efficace. Surtout depuis son retour d'Amérique du Sud. Elle s'était rendu compte que son patron lui demandait plusieurs fois la même chose dans la même journée. Elle le connaissait suffisamment pour s'apercevoir que quelque chose clochait. C'est lui qui l'avait embauché cinq ans plus tôt malgré son manque d'expérience dans le domaine des nouvelles technologies.

Elle savait qu'elle n'était pas la plus qualifiée pour cet emploi et avait obtenu un rendez-vous inespéré avec le fameux Adrien Lechevalier que l'on surnommait dans les journaux MIAM. Lorsqu'elle s'était rendue dans ses bureaux, elle n'était pas très à l'aise. Après de nombreuses hésitations, elle avait mis un tailleur stricte, noir avec des bas noirs et des chaussures à talon de la même couleur, ce qui la rendait très sexy avec un soupçon de sévérité pensa-t-elle. Elle ne connaissait pas encore les codes vestimentaires de l'entreprise et espérait qu'elle n'était pas trop décalée. Le poste d'assistante de direction demandait une tenue soignée selon elle et son expérience lui avait dicté son choix. Elle voulait faire bonne impression sans paraître trop habillée, alors le noir et la jupe lui étaient apparus un bon compromis. Contre toute attente, Adrien s'était montré charmant avec elle. Pas comme certains recruteurs qui n'avaient aucun scrupules à vous torturer et y prendre du plaisir lors des entretiens. Malgré la gentillesse d'Adrien, elle avait souffert au cours de l'entrevue. Le stress l'avait rapidement gagné et elle avait quelques fois été déstabilisée par MIAM. Bien entendu elle lui avait trouvé un charme fou, mais Alexandra avait réussit à faire abstraction de son physique pour se concentrer sur le job. En sortant des bureaux, si on lui avait demandé la suite des événements, elle aurait sans aucun doute affirmé qu'elle ne serait pas retenue. Pas suffisamment d'expérience et trop de lacunes lui semblaient être les adjectifs adaptés à sa performance. Certaines questions d'Adrien l'avait pourtant mis en confiance. Elle avait même avoué ne rien connaître aux entreprises du web. De toute façon, il ne lui servait à rien de mentir, sa méconnaissance se verrait rapidement si elle devait être mise à l'essai. Autant être franche et honnête dés le départ pour qu'il n'y ait aucun malentendu. C'est une des qualités qui avait plu à Adrien. Il avait plusieurs candidates, dont deux très qualifiées et expérimentées pour ce poste. Pourtant, son choix s'était porté sur Alexandra sans hésitation. Cristofer était encore une fois en désaccord avec lui. Il ne comprenait pas qu'on puisse envisager d'embaucher une novice dans le métier. Qui plus est, au chômage. Pour lui, on devenait demandeur d'emploi par choix ou par incompétence, ce qui l'amenait à penser qu'on ne gagnait rien à embaucher ces personnes. Adrien n'entendait rien à ce raisonnement. Il avait argumenté en expliquant que justement le fait qu'elle ne connaissait rien au web allait lui permettre d'avoir un œil neuf et vierge sur l'entreprise. Il avait ajouté qu'il serait idiot d'embaucher quelqu'un qui avait de l'expérience et un cadre déjà bien trop établi. Il cherchait autre chose. La jeune entreprise devait travailler différemment des autres concurrents du web pour réussir et c'est avec un nouveau regard qu'il pourrait se différencier. Il ne voulait pas en démordre. De toutes façons son choix était fait et il lui rappela qu'il n'était pas intervenu dans le recrutement de son assistante de Los Angeles. Il lui demanda donc d'en faire autant. Cristofer du se plier à cette conclusion. Il restait persuadé qu'Adrien avait embauché cette jeune fille uniquement pour coucher avec elle. Lorsqu'il avait vu la photo sur le CV, il avait décidé de la croiser dans les couloirs avant qu'elle ne rencontre son associé. Il connaissait les goûts d'Adrien en matière de femmes et Alexandra correspondait pleinement à ses références. La photo ne l'avait pas trompé, Alexandra était une femme sublime. Son tailleur la rendait trop sexy pour un rendez-vous professionnel, pensa Cristofer, mais il n'était pas Adrien.

Et il doutait fortement de l'objectivité des critères de recrutement de son associé. Quoi qu'il en soit, il savait que son avis recevrait une fin de non recevoir. De son coté, Adrien pensait qu'il n'avait pas à se justifier et resterait ferme.

Ils étaient tous deux associés et il rapportait suffisamment d'argent à l'entreprise pour qu'on le laisse tranquille. Alexandra n'avait certes pas les compétences attendues au départ, cependant c'était une belle femme, dynamique et souriante. Il n'était pas dupe, elle lui plaisait. Mais il se persuada que ce n'était pas les raisons de son choix. Adrien pensait qu'elle serait efficace dans son service commercial et que son physique agréable serait un atout auprès des décideurs et partenaires financiers. Si lui n'avait pas été insensible à son charme, les autres ne le seraient pas non plus. C'était un atout dans le commerce et une arme de communication selon lui. Les gens se souviendraient d'elle et de son physique avantageux. En tout cas, il s'obligeait à croire dur comme fer qu'il n'y avait pas d'autres raisons à son embauche.

Alexandra avait vite remarqué que son patron ne la regardait pas avec indifférence et qu'il avait toujours un prétexte pour la faire venir dans son bureau. Elle était tellement contente d'avoir retrouvé un boulot qu'elle se fichait totalement de ce fait.

Elle s'était interdit de vouloir coucher avec lui. C'était la porte assurée ensuite, lorsqu'il aurait eut ce qu'il voulait. Elle connaissait la réputation de son patron. Tout Paris la connaissait d'ailleurs et même au delà de la capitale. Ses exploits se lisaient régulièrement sur les sites web. Malgré cela, elle trouvait quelque chose de touchant à Adrien. Il était très difficile de rester indifférent à ce personnage attachant et particulier.

Elle avait rencontré beaucoup de choses avec lui au cours de leur collaboration et elle lui avait plusieurs fois sauvé la mise lors de ses rendez-vous manqués. Alexandra trouvait toujours une excuse valable et avait un don pour retourner une situation qui paraissait dans une impasse.

Et ce jour la, elle avait décidé de mettre ses talents une nouvelle fois au service d'Adrien. C'était un jeudi après-midi. Elle entra décidée dans le bureau de son patron. Celui-ci leva la tête et sourit à son arrivée.

« Oui, Alexandra ? » demanda-t-il, un sourire toujours aux lèvres.

- Adrien, on se connaît plutôt bien tous les deux. Vous êtes un super patron, vous avez un don pour la commercialisation des produits et les négociations. Ce n'est pas pour rien qu'on vous surnomme MIAM. Mais depuis plusieurs jours je vois bien que vous n'êtes pas à votre travail. Vous avez la tête ailleurs. Je ne vous ai jamais vu comme ça. Si je ne vous connaissais pas, je dirai qu'il y a une femme la dessous.

Il s'enfonça dans son fauteuil pour se mettre à l'aise. Les paroles de son assistante était proche de la vérité.

- Alexandra, j'ai fait une rencontre qui, je crois, va bouleverser ma vie. J'en ai peur ou plutôt, j'en suis heureux, dit-il un grand sourire aux lèvres.

- Vous avez rencontré une femme ? lui demanda Alexandra avec un large sourire.

- Pas quelqu'un, non. Quelque chose.

- Vous êtes encore tombé amoureux d'une œuvre d'art ? Demanda-t-elle dépitée.

Elle connaissait le goût de son patron pour l'art en général et surtout pour la peinture contemporaine. Il avait de nombreux tableaux chez lui et dans son bureau. Il était capable d'investir de grosses sommes pour acquérir le tableau ou la statue qui lui avait procuré une forte sensibilité. Elle avait toujours pensé qu'il trouvait dans l'art l'émotion qu'il ne trouvait pas chez les femmes.

- Non, je n'en suis pas encore la dans ma vie, lui dit-il en éclatant de rire. Je suis tombé amoureux d'un endroit. Depuis je ne pense qu'a ça. Chaque jour, ajouta-t-il dans un long soupir.

Elle reconnaissait bien son patron, toujours dans l'excès. Elle savait que tant qu'il n'aurait pas usé toutes les ressources de cet endroit, il n'aurait pas la tête à son travail. Autant l'aider pour passer à autre chose le plus tôt possible. Adrien était coutumier de ce genre de caprices et cela ne durait jamais bien longtemps. Il se comportait souvent en enfant gâté.

- Allez-y, Adrien ! Demain c'est vendredi, prenez trois jours, je m'occupe de tout jusqu'à votre retour. Revenez moi lundi, en pleine forme et la tête à votre boulot, nous avons rendez vous avec un nouveau fournisseur et c'est important, c'est vous qu'il veut rencontrer.

La proposition de sa collaboratrice aiguisa l'intérêt d'Adrien. Il n'en attendait pas plus pour se décider et saisit l'occasion.

- Très bonne idée ! répondit Adrien en se levant. Je rentre dimanche soir et je serai au bureau lundi matin. Jusque la, je vous laisse la boutique. Vous êtes un ange Alexandra, ajouta Adrien en franchissant la porte de son bureau en coup de vent.

- Et si Cristofer apelle...

- Je m'en occupe, le coupa-t-elle.

Les yeux pétillants d'Adrien était sans équivoque.

Il était décidément incorrigible, pensa-t-elle. C'est aussi pour cela qu'il était si attachant. Elle ne savait même pas quel était le nouvel endroit qui avait ses faveurs.

Adrien trouva un vol pour Heraklion dans la soirée. Arrivée à l'aéroport crétois, il loua une voiture pour parcourir la centaine de kilomètres qui le séparait de Kèrames. Les routes étroites et sinueuses de la Crête l'obligeraient à deux heures de route. Peu lui importait, il était content d'être la et de pouvoir rejoindre le village, même tard dans la soirée.

Il en profita pour appeler Luciela et lui annoncer qu'il était sur la route. Celle ci paniqua, elle ne s'attendait pas à le voir et lui demanda ce qu'il voudrait dîner en arrivant. Ce n'était pas le genre de questions qu'il se posait en temps normal, alors la, en Crête, il était à mille lieux des interrogations alimentaires et ne sut quoi lui répondre.

Luciela avait préparé quelques légumes grillés et les avait posés sur la table de la cuisine. Elle serait certainement couchée à son arrivée.

Lorsqu'elle se leva le lendemain, Adrien était encore au lit. Elle n'attendit pas longtemps avant qu'il ne se lève. Il était déjà douché et avait enfilé un pantalon de toile clair et un tee-shirt. Adrien lui fit un baiser sur le front alors qu'elle lui demandait :

« Qu'est ce que vous voulez au petit déjeuner ce matin ? »

- Je prends mon petit déjeuner dehors. Il fait un temps magnifique et je regretterai de ne pas en profiter, lui répondit-il.

- Comme vous voulez. Je vais travailler à 11 heures, j'ai encore une semaine de ménage à devoir à mes anciens clients, je rentrerai dans l'après midi. Pour ce midi je ne serai donc pas la.

- Bien sur, Luciela. Ne vous inquiétez pas pour moi. Je sais me débrouiller.

Adrien lui fit une nouvelle bise sur le front et quitta la maison. Il se rendit directement sur la place du village pour garer sa voiture. Le soleil tapait déjà très fort, heureusement, il repéra rapidement un emplacement ombragé pour la voiture. Il emprunta les escaliers qui menaient au snack de Calista en espérant qu'il serait ouvert et qu'elle serait présente. Adrien avait préféré ne pas le demander à Luciela.

Fidèleà ses habitudes, il se mit directement en terrasse pour pouvoir profiter de la vue sur la mer. Il consultait la carte pour faire son choix lorsqu'il vit sortir un jeune homme du bar qui s'approcha de lui tout sourire.

« Bonjour, Monsieur. Qu'est ce que vous désirez ? » lui demanda le jeune homme.

- Bonjour, je voudrais un café, un bougatsès et un œuf dur s'il vous plaît, demanda Adrien. Calista n'est pas la ? Osa-t-il ajouter.

- Ah non ! Ce matin c'est moi. Elle sera la vers 11 heures si vous voulez la voir.

- Merci, je comptais juste la saluer si elle était présente.

- Voulez-vous que je lui fasse une commission ?

- Ça ira, merci, non, dit-il en secouant la tête.

C'était une des rares fois ou Adrien était totalement à l'aise, sans vraiment savoir pourquoi. Être la lui suffisait.

Le serveur revint quelques minutes plus tard avec la commande d'Adrien.

- Vous êtes Monsieur Lechevalier ?, lui demanda-t-il en lui servant son petit déjeuner.

- Heu... oui, admit Adrien. Comment le savez-vous ?

- Kérames est un tout petit village, et à cette époque de l'année nous n'avons pas beaucoup de touristes. Les autres mois non plus d'ailleurs. Et comme vous correspondez à la description que m'a faite Calista, j'en ai déduit que vous étiez Monsieur Lechevalier.

« Calista a donc parlé de moi », pensa Adrien. Il ne savait pas si c'était une bonne ou une mauvaise nouvelle. Elle n'avait pas été très avenante à leur première rencontre. Et s'il n'y avait pas eu Luciela, il ne savait pas comment cela aurait pu se terminer. Le serveur était déjà parti lorsqu'il sortit de ses pensées. Pour le moment il pouvait profiter de son petit déjeuner en terrasse avec la mer comme toile de fond.

Son repas local avalé, Adrien décida de rentrer chez lui se changer pour aller découvrir l'arrière pays montagneux. Il n'avait jamais pratiqué la montagne, et celle-ci lui tendait les bras. L'expérience valait certainement le détour, après tout, c'était aussi ça, son nouveau chez lui. Il s'équipa du mieux qu'il pouvait pr peur de ne pas etre à la hauteur.

Le paysage qu'il découvrit lui arracha un cri de surprise. La végétation abondante se mêlait aux massifs rocailleux et secs. Des sentiers étaient présents sur les parties les moins accidentées. Il respira profondément avant d'entamer une marche qui lui ferait certainement du bien.

Il voulait découvrir cette île sous tous ses aspects et de ce cote de la Crête, les montagnes étaient omniprésentes. Le soleil allait être son compagnon durant sa balade. Pour se protéger, il avait revêtu une casquette et portait un short, un tee shirt et des chaussures de randonnées qu'il avait acheté il y plusieurs années lorsqu'il avait décidé de faire du trek. Un seul lui avait suffit, il n'en avait plus jamais pratiqué ensuite. Ce jour la, il s'était senti prêt à affronter ce monde qui lui semblait hostile jusqu'à ce moment. Sa balade dura un peu plus d'une heure. Il était content d'avoir pensé à prendre une gourde isothermique tant la chaleur était écrasante.

Il avait flâné sans but en ne pensant à rien et cette promenade lui avait permis de faire le vide tellement il y avait de beaux paysages autour de lui. Il avait fini par regagner sa voiture, à la fois épuisé et émerveillé par ce qu'il avait découvert. Il n'en revenait pas d'avoir autant apprécié la montagne et il était temps de rentrer. Luciela ne serait peut être pas encore partie et il lui demanderait ainsi si elle pouvait appeler son beau frère. Impatient que les travaux débutent rapidement il allait profiter de sa présence pour rencontrer le maçon.

Luciela lui donna le numéro de téléphone de sa sœur. C'est la qu'il pourrait joindre son beau frère à partir de 13 heures. Elle ajouta que ce soir elle lui ferait une spécialité crétoise au dîner et s'arrêterait chez l'épicier à son retour pour ça. Adrien acquiesça et lui rappela qu'il avait ouvert un compte à l'épicerie pour être tranquille.

Une fois Luciela partie, il en profita pour faire le tour du jardin. Il n'en avait jamais eu auparavant et n'y connaissait absolument rien. Il désirait simplement qu'il soit propre et entretenu. Luciela avait suffisamment de travail avec la charge de la maison, il allait certainement devoir trouver un jardinier.

Vers 11h30 il monta dans sa voiture pour se rendre au Thalassa, le snack de Calista. Arrivé au bar, il remarqua qu'il n'y avait personne en terrasse et s'assit tranquillement en attendant qu'on vienne prendre sa commande. Il n'attendit pas longtemps, presque aussitôt, Calista le rejoignit. A sa grande surprise, elle s'assit face à lui et le salua.

- Bonjour, Adrien, comment allez-vous ?

- Bonjour, Calista, je vais bien, merci, répondit-il sur la défensive. Et vous comment allez-vous ? Lui demanda-t-il.

- Très bien. Luciela ne m'a pas prévenu que vous veniez. Vous êtes parmi nous pour quelques jours ?

- Court séjour. Je repars après demain. Il n'y a pas grand monde dans le village, c'est calme, votre bar aussi d'ailleurs, se permit-il de faire remarquer. C'est souvent comme ça ?

- A cette heure-ci, c'est normal, les gens travaillent. Ils s'arrêtent vers 13 heures pour déjeuner. Et vous, déjeuner ou apéro ?

- Les deux, je suis venu pour ça.

- Et moi qui pensait que vous étiez la pour moi, lui dit Calista avec un sourire coquin.

Adrien fut surpris. Il resta interdit devant la remarque de la jeune femme. Elle était encore plus belle que dans son souvenir.

- Je plaisante, Adrien. Ne faites pas cette tête. Se moqua-t-elle. Je vous offre l'apéritif avant de déjeuner. Un petit verre de vin ?

- Oui, avec plaisir. Vous avez le temps de boire quelque chose avec moi. ?

- Désolé, non. Le boulot, répondit-elle en se dirigeant vers le bar.

Adrien but tranquillement son verre de vin avant de passer commande. Vers 13H30 la terrasse s'était bien remplie alors qu'il finissait son repas. Il commanda un café au jeune homme qui le servait.

Ce fut Calista qui vint lui apporter son café. Au passage elle interpella un homme qu'elle appela papa. Ce devait donc être le beau frère de Luciela. Adrien n'aurait pas besoin de lui téléphoner et s'il avait du temps il l'emmènerait directement à la maison pour lui expliquer ce qu'il attendait. Il demanda à Calista si elle pouvait lui présenter son père. Devant son regard surpris, il lui dit qu'il voulait le faire travailler au nouvel aménagement de la maison. Cette réponse ne plut pas à Calista qui n'en laissa rien paraître. Il avait racheté la maison de sa tante et maintenant il voulait tout casser. « Quel culot ! » pensa-t-elle.

Pour couronner le tout, il voulait demander à son père de le faire. « Si j'avais assez d'argent pour que mon père arrête de travailler je le ferai » se dit-elle. Mais les chantiers se faisaient rares, et son père devaient de plus en plus souvent se rendre à Sfakia ou Réthymno deux villes de Crète pour trouver du travail. Ce qui lui faisait faire beaucoup de route et le fatiguait. Calista n'avait d'autres choix que de présenter son père à Adrien. Elle ne s'y faisait décidément pas à cet homme qui venait avec son argent et décidait tout.

« Papa » cria Calista. Un homme de taille modeste dont la peau mate tranchait avec ses cheveux entièrement blancs se retourna :

- Oui ! Qu'est ce qu'il y a ma fille ? demanda-t-il.

- Viens, je vais te présenter Monsieur Lechevalier, il a besoin de tes services.

L'homme se leva pour rejoindre sa fille. Il s'approcha tout sourire d'Adrien et lui tendit une main franche. Adrien se leva et la serra. Il s'aperçut que celle-ci était la main rugueuse d'un travailleur manuel. Sans attendre, Calista retourna au bar. Elle ne voulait pas assister à cette discussion qui l'énerverait encore plus.

« Asseyez-vous, Monsieur, je vous en prie ».

- Vitali, dit l'homme en s'asseyant. Je m'appelle Vitali. Ici tout le monde s'appelle par son prénom.

- J'avais cru comprendre, effectivement, Vitali. Moi c'est Adrien.

- Alors, Adrien, qu'est ce que je peux faire pour vous ?

- J'ai besoin d'un maçon pour effectuer quelques travaux dans la maison.

Vitali le regarda longuement avant de reprendre.

- Des gros travaux ? Vous savez, la maison est saine, je la connais bien.

- Ne vous inquiétez pas, je ne vais pas détruire la maison. Juste quelques aménagements intérieurs et la réfection de la façade. Luciela m'a dit que vous étiez capable de faire des travaux de ce genre.

- Oui, je peux le faire, c'est mon métier, je suis maçon depuis toujours.

La conversation continua quelques instants et ils conclurent d'un rendez-vous à la maison dans l'après midi.

Satisfait de cette rencontre, Adrien rentra chez lui. Il avait envie de faire une petite sieste à l'ombre, dans un hamac. Il prit un livre et se laissa aller à un de ces moments ou il pouvait s'évader et ne penser à rien.

8

« Souvenirs, souvenirs...... souvenirs.... ».

Les mots de l'Ange Gardien se perdirent dans la pièce blanche.

- Je n'ai pas encore tout remis dans l'ordre et je ne suis pas toujours persuadé d'avoir fait le mal que tu m'as dit, lança Adrien comme un défi.

- Je n'ai rien dit de tel. Je t'ai simplement dit qu'on pouvait perdre la mémoire pour de multiples raisons. Et que certains préféraient ne pas se souvenir de tout. Vous appelez cela la mémoire sélective. C'est un arrangement avec vous même. Ce que tu fais très bien d'ailleurs. S'il y avait un classement de la mauvaise fois, vous seriez nombreux à postuler au titre de champion.

Adrien commençait à être sincèrement à bout. Il avait fait certainement du mal autour de lui, comme chaque être sur terre, évidemment. Qu'on le veuille ou non, il peut arriver de faire souffrir quelqu'un sans forcément le vouloir. Ses souvenirs ne lui permettaient pas de savoir s'il avait véritablement fait de mauvaises choses durant sa vie. Et il voulait savoir, cela le démangeait.

Comme s'il lisait dans ses pensées, l'ange reprit : « Tu as fait de belles choses dans la deuxième partie de ta vie, mais étant jeune tu as fait quelques dégâts ».

- Peut-être que tu as raison. Peut-être que toi aussi tu te contentes d'une seule vision. T'est-il déjà arrivé de te mettre à la place des autres pour essayer d'imaginer ce que tu aurais fait à leur place dans une situation donnée ? Moi, par exemple, je me suis souvent demandé ce que j'aurai fait durant la seconde guerre mondiale. Aurai-je été un résistant ? Un collabo ? Ou aurai-je laissé le temps passer sans faire de bruit ? En toute sincérité je n'ai jamais su répondre à cette question. Je n'ai pas vécu cette situation, et je pense que les décisions dépendent de nombreux critères. Si j'avais été juif, la question se poserait différemment. Si j'avais eu une famille à nourrir et un enfant à protéger, peut-être que ne pas faire de bruit pour les préserver aurait été mon choix. Et si j'avais été seul et sans attache, je ne suis pas sur que j'aurais eu suffisamment de courage pour rejoindre la résistance. Tu vois, il faut se poser des questions avant de juger. Et se mettre à la place des autres. En bas, comme tu dis si bien, nous appelons ça de l'empathie. Sais-tu faire preuve de compréhension ? demanda Adrien plein de convictions.

- Évidemment, Adrien. Je suis un ange gardien. Par définition, je suis la petite voix qui contre balance chacune de tes décisions. Je ne juge pas. Cela m'est étranger. Je te l'ai déjà dit, je suis juste la pour montrer aux hommes qu'il y a plusieurs choix possibles devant chaque situation. Il n'y a pas toujours de bons ou de mauvais choix. Il y a Des choix. Alors, inutile de me faire un cours sur la théorie du libre arbitre. JE SUIS le libre arbitre.

Adrien commençait à se rendre compte de la situation. En tout cas il en avait une idée. S'il acceptait que cet homme, tout de blanc vêtu était bien un ange gardien, il ne comprenait toujours pas pourquoi il devait faire le point sur sa vie. De toutes façons, il était mort. En même temps, il était curieux de savoir ce qu'il avait pu faire sur terre. Ses souvenirs étaient trop peu nombreux. Les « voyages » qu'il faisait lui permettaient de voir des bribes de sa vie et quelques souvenirs se greffaient à ces situations. Ce n'était pas suffisant pour savoir quel homme il avait été et il désirait en voir encore. Il était toujours dans ses pensées lorsqu'un nouveau flash l'éblouit et que la sensation de prendre un uppercut en plein estomac le saisit.

Il se retrouva dans sa maison de Crête. L'été était apparu et il allait pouvoir profiter de quinze jours de vacances. Il avait décidé, contre l'avis de Cristofer, de prendre quatre semaines cette année. Pour ne pas déséquilibrer son service commercial et ne pas être éloigné trop longtemps du bureau, il avait accepté de couper ses congés en deux. C'était la seule concession qu'il avait fait. Quinze jours en juillet et quinze jours en août était son dernier mot.

Et sa première quinzaine débutait. Les travaux étaient terminés dans la maison. Une extension permettait dorénavant à Luciela d'avoir ses appartements indépendants. Une entrée séparée avait été réalisée à la demande de la femme.

Une salle de bain, une chambre et un petit salon composaient les 40 m² de la résidence de Luciela.

Adrien avait fait réaliser une cuisine entièrement équipée dignes d'un restaurant. Luciela, comme toutes les Crétoises passait des heures dans la cuisine. Dans les foyers de l'île, c'était la pièce principale ou tout le monde aimait à se retrouver. De l'extérieur, un petit escalier lui permettait d'entrer chez elle sans passer par la porte principale. Si Adrien avait au départ refusé, prétextant qu'il était hors de question qu'elle passe par une entrée de service, Luciela l'avait persuadé, lui expliquant qu'elle serait plus à l'aise en ayant l'impression d'avoir une entrée bien à elle. Comprenant sa demande, il avait accepté pour que Luciela se sente à l'aise.

Adrien était très satisfait du nouvel aménagement de la maison et n'en revenait toujours pas du prix que cela lui avait coûté. Le niveau de vie était certes plus bas qu'en France, le salaire minimum environ deux fois moins élevé. Mais le tarif du papa de Calista avait été presque trois fois moins cher que ce qu'aurait payé Adrien à Paris. Il n'osait pas faire la comparaison avec Los Angeles, tellement cela paraissait indécent. Comme à son habitude depuis son arrivée à Kerames, il n'avait pas négocié le devis et avait payé le prix demandé. Il était vraiment content du résultat.

La route lui parut extrêmement longue, il arriva tard et Luciela lui avait préparé des sandwichs. Elle habitait dans son nouvel appartement et s'occupait dorénavant de la maison à plein temps. Ce qui apportait une grande satisfaction à Adrien.

Il monta dans la suite qu'il avait fait aménager à l'étage. Une immense chambre avec salle de bain attenante, petit salon et surtout une grande terrasse avec vue sur la mer. Il observa le lit de deux mètres de large et passa dans la salle de bain avant de pouvoir en profiter.

Sa nuit fut douce, il se sentait tellement bien ici qu'il dormit profondément, ce qui lui arrivait très rarement à Paris. Il était certain d'avoir trouvé son paradis. Adrien se leva vers 8h00. Une véritable grasse matinée pour lui, habitué à se lever vers 5h00. Luciela l'observa dans son short blanc et son tee-shirt jaune fluorescent. Il portait aux pieds une paire de basket avec des lacets de la même couleur que le tee-shirt. Il ne passait pas inaperçu.

« Bonjour, Adrien, bien dormi ? » lui lança-t-elle.

- Comme un bébé. Sensationnel. Ne préparez pas de petit déjeuner tout de suite. Je vais aller courir une demi heure ou trois quart d'heure si j'y arrive. Je rentrerai prendre une douche et ensuite je mangerai quelque chose.

.A tout à l'heure, lui dit-il en lui faisant un baiser sur le front.

- A tout à l'heure. Faites attention, il fait déjà chaud ce matin.

Adrien partit courir et s'aperçut que Luciela avait raison.La chaleur était déjà bien présente. Le paysage montagneux procurait des pentes qui allaient le fatiguer rapidement se dit-il. Ses écouteurs sur les oreilles il entama une course lente. Il enfila sa casquette pour se protéger du soleil sans arrêter de courir. Sa course fut difficile, la chaleur suffocante rendait la tache bien plus complexe qu'il ne s'y était attendu.

Il mit tout son courage et sa détermination à courir une demi heure. Son tee shirt ne pouvait plus absorber la moindre goutte de sueur tant il était déjà inondé. Peu lui importait, il avait atteint son objectif, même dans la douleur.

Sa souffrance ne lui avait pas permis de pouvoir apprécier le très beau paysage qui défilait devant lui. Son but ce matin la n'était pas de flâner mais de courir et de se dépasser. Une petite victoire sur le mental.

A son retour Luciela était dans le jardin en train d'arracher des mauvaises herbes. Très essoufflé et dégoulinant de sueur, Adrien s'arrêta près d'elle.

« Ne faites pas ça, Luciela. Ce n'est pas votre rôle. Vous allez vous faire du mal. Préparez-moi plutôt un bon petit déjeuner dont vous avez le secret ».

- On peut pas laisser les herbes envahir le chemin, lui répondit-elle en se redressant difficilement.

Elle suivit Adrien qui rentrait dans la maison. Il monta directement à l'étage pour prendre une douche pendant que Luciela lui préparait un petit déjeuner.

Il buvait un café quand il la félicita pour les travaux. Il en profita pour lui dire qu'il ne déjeunerait pas à la maison ce midi en s'abstenant de préciser qu'il avait hâte de revoir Calista.

Il arriva au Thalassa vers 12H00 et aperçut quelques touristes en terrasse. Il prit place à la table la plus proche de la mer, comme à son habitude. Le vent balayait allégrement ce coté de la ville et procurait une sensation de fraîcheur à Adrien. Au bout de quelques minutes, le serveur s'approcha de lui :

« Bonjour Monsieur Lechevalier, comment allez-vous ? » lui demanda-t-il.

Adrien fut surpris de le trouver la. Même si cela était normal puisqu'il était serveur ici, il s'était attendu à voir Calista venir le saluer.

- Je vais bien, merci. Vous avez un petit peu de monde aujourd'hui, c'est extra.

- Oui, nous sommes contents. Ça fait du bien à la patronne qui commençait à être intenable.

Adrien sauta sur l'occasion.

- Et comment va Calista alors ?

- Très très bien. Elle est au bar et rigole avec les habitués. Il y a son admirateur, Erkoss qui est la.

Sans savoir pourquoi, la remarque fit quelque chose à Adrien. Il se doutait bien que Calista avait des admirateurs qui la trouvaient aussi belle que lui, mais il était vexé qu'elle ne soit pas venue le voir. Il pensa qu'elle viendrait certainement lui servir son repas. Il voulut rejeter cette pensée qui lui montrait qu'il tenait à voir Calista plus qu'il n'aurait souhaité. Adrien ne voulait pas accepter que la Crète n'occupe pas toute seule son esprit lorsqu'il était à Paris. Même s'il était conscient que Calista l'attirait, c'était plus la beauté de la jeune femme qui lui procurait un profond désir que tout autre sentiment. Il en était persuadé. Désir et non amour.

Il prit tout son temps pour déjeuner. Les tables se vidaient une par une. Adrien commanda un café en espérant que Calista viendrait le lui apporter. Ce fut encore le jeune serveur qui lui amena sa boisson. Il but et resta encore quelques instants sur la terrasse pour apprécier l'horizon. Il décida de se lever pour aller régler son addition au bar et, sans se l'avouer, il faisait ce chemin pour voir Calista. Celle-ci était derrière le comptoir. Il n'y avait plus aucun client au bar. Adrien salua la jeune femme et demanda son addition. A son tour elle le salua avec un sourire poli et s'approcha de la caisse enregistreuse. Elle édita le ticket et le lui tendit avec une simple formule de politesse. Adrien régla son repas et s'en alla en souhaitant une bonne journée à Calista.

N'attendant pas sa réponse il franchit la porte rapidement. Adrien ravalait sa colère en se dirigeant vers sa voiture de location. Il n'en revenait pas de la froideur avec laquelle Calista l'avait reçu. Il rentra directement chez lui et monta dans sa chambre pour se calmer. Il décida de travailler un peu. La diffusion de l'internet étant limitée ici, il avait avec lui une clé lui permettant un accès au web. Il passa toute l'après midi à travailler. Vers 18h00 Adrien descendit voir Luciela. Elle était encore dans le jardin. Il en conclut qu'il serait préférable d'embaucher un jardinier.

Lorsqu'il voulut lui en parler, elle se braqua. Selon elle, il était inutile d'avoir un jardinier et de faire des dépenses. Elle avait largement le temps de faire le ménage, la cuisine et de s'occuper du jardin. Adrien n'insista pas. Il décida d'orienter la discussion sur Calista. Luciela lui annonça que ce soir il y avait une grande fête chez Calista. Presque tout le village serait réunit. Il sauta sur l'occasion et proposa à Luciela de s'y rendre ensemble. Elle accepta sans hésitation. Chacun se rendit dans ses appartements pour se préparer.

La fête battait son plein, Adrien était surpris qu'ils soient si nombreux. Il y avait plus de monde que la totalité des habitants du village. Luciela lui expliqua que tous les villages alentours étaient représentés. Adrien compris mieux cette affluence. Il regarda autour de lui en quête d'une table et s'aperçut que la terrasse était pleine à craquer et plus aucune place assise n'était disponible. Il se retourna vers Luciela qui faisait de grands signes vers le fond la terrasse. Deux couples étaient assis à une table et Luciela entraîna Adrien vers eux : « Ma sœur et son mari. Venez, nous aurons des places assises » lui dit elle en le précédant.

Il était soulagé de pouvoir s'asseoir. Une fois les présentations faites Adrien leur proposa de leur offrir un verre pour fêter la fin des travaux. Vitali insista pour que ce soit lui qui offre le premier verre pour ça. Il y tenait tellement qu'Adrien abdiqua. Son esprit alerte lui indiqua que cette fois-ci, Calista viendrait sûrement les voir. Il était encore surpris de penser à elle.

La soirée se passait très bien. Un groupe folklorique avait joué des morceaux typiques de l'île en début de soirée avant de laisser la place à un DJ qui animait la nuit. Calista était rapidement venu dire bonjour à ses parents et s'était excusée de ne pouvoir passer du temps avec eux.

Elle serra la main d'Adrien en lui adressant un sourire rapide. Elle ne revint pas durant le repas, on la voyait courir de table en table les bras chargés tantôt de plats, tantôt de boissons. Adrien lui jetait un coup d'œil de temps en temps dans l'espoir de croiser son regard. Il n'arrivait pas à savoir ce qui le poussait à agir ainsi. Il la trouvait réellement très belle, cependant ce n'était pas la première fois qu'il voyait une femme aussi attirante. Souvent, il s'était réveillé à coté de très jolies créatures qu'il quittait aux premières lueurs du jour sans s'en soucier. Calista l'intriguait. Des sentiments contradictoires se mêlaient en son esprit. Un désir fou d'elle s'opposait à la colère que le mépris de la jeune femme lui inspirait. Le désir paraissait tout de même plus fort tant elle l'obsédait.

A la fin du repas, un jeune homme vint se joindre à eux et Luciela fit les présentations.

« Erkoss, voici Monsieur Adrien Lechevalier. Adrien, je vous présente Erkoss, un ami d'enfance de Calista ».

« Voici donc le fameux Erkoss », pensa Adrien en se levant.

Les deux hommes se serrèrent la main. Erkoss réussit à récupérer une chaise et prit place auprès d'eux. Le couple d'amis se leva et salua la table avant de partir. Les parents de Calista annoncèrent qu'ils partiraient après avoir fini leurs verres. Luciela était fatiguée et demanda à son beau frère s'il pourrait la ramener pour qu'Adrien puisse profiter de la belle soirée. Malgré le refus d'Adrien, Vitali insista pour le faire.

Erkoss et lui restèrent ainsi tous les deux. La population plus âgée laissait la place à de jeunes gens qui arrivaient encore, ce qui fit que la terrasse était toujours bondée.

Erkoss semblait sympathique à Adrien. Il lui expliqua avoir grandi dans ce village. Il avait le même age que Calista et d'aussi loin qu'il se souvienne, ils avaient toujours été amis. Selon lui, ils se considéraient plus comme frère et sœur que comme de possibles amoureux. Ils discutèrent de beaucoup de sujets. Adrien lui parla de sa découverte de la Crête et du coup de foudre qu'il avait éprouvé pour le village de Kérames. La petite différence d'age entre eux deux ne se sentait pas et ils s'entendaient plutôt bien. Ils passèrent le reste de la soirée à discuter. Le sujet préféré d'Erkoss était Calista. Ce qui n'était pas pour déplaire à Adrien qui en apprenait beaucoup sur elle.

Lorsqu'ils s'aperçurent qu'ils avaient trop bu, ils remarquèrent que la terrasse étaient pratiquement vide et que la nuit était bien avancée. Erkoss se leva et invita Adrien à se joindre à lui. Ils se dirigèrent vers l'intérieur du bar qui était totalement désert. Calista était en train de laver et ranger les verres. Elle eut un grand sourire à l'adresse d'Erkoss et Adrien fut chagrinée de voir qu'il n'existait pas. Heureusement, l'alcool l'avait rendu plus zen. Ils s'assirent au comptoir tous les deux pour boire un nouveau verre.

« Je pense que tu as assez bu Erkoss ? » lui dit Calista en mettant un verre devant Adrien.

- Pourquoi moi ? Et lui ! Tu le sers quand même ? Il a bu pareil que moi. Répondit Erkoss, vexé.

- Oui, mais lui, ce n'est pas mon ami d'enfance. Je ne suis pas obligé de prendre soin de lui, rétorqua-t-elle, sans même un regard à l'intention d'Adrien.

Ce dernier suivait la conversation sans dire un mot. Il aurait bien eu du mal à articuler une phrase audible. De son coté, Erkoss était ébahi. Calista touchait sa fierté d'homme à cet instant. En temps normal il aurait sourit, mais cette fois-ci, devant un étranger il ne pouvait pas la laisser faire. Il était profondément vexé et l'alcool n'arrangeait rien.

Calista le connaissait bien. Elle perçut dans son regard quelque chose qui allait lui exploser au visage. Elle attrapa un verre, le remplit rapidement et lui tendit avec un sourire en lui disant :

« Mais si tu ne veux pas que je prenne soin de toi, c'est toi qui décides ».

Adrien n'avait toujours pas prononcer un mot lorsqu'il osa dire à l'intention d'Erkoss :

- Moi j'aimerai bien qu'une aussi belle jeune femme prenne soin de moi.

Erkoss le regarda en souriant alors que Calista lui répondit sèchement :

- Erkoss est mon ami, il est comme un frère. C'est normal que je prenne soin de lui.

- Heu.. moi je dis ça, je dis rien, crut-il bon d'ajouter sur le ton de la plaisanterie..

- He bien ! Ne dites rien alors ! Répliqua sèchement Calista.

Erkoss avait l'impression d'assister à un combat de boxe. Et Adrien venait de prendre un uppercut qui l'avait sonné. Il se mit à sourire fortement à cette pensée. La jeune femme s'en aperçut et s'emporta.

- Je ne vois pas ce qu'il y a de marrant dans tout ça. Vous avez trop bu et vous devriez rentrer chez vous, dit-elle en retirant les deux verres pour les vider dans l'évier.

Adrien essaya de négocier.

- Hé !! Je vous les paye ces verres. On a le droit de les boires quand même.

- Le droit ! dit-elle en le regardant dans les yeux. Vous voulez faire la loi dans mon bar peut-être ?

Adrien fut surpris par le ton agressif de Calista. Erkoss tenta de la calmer sans résultat. Il savait qu'elle ne cesserait qu'une fois qu'elle aurait dit ce qu'elle avait sur le cœur et il craignait le pire.

- Qui êtes vous pour vous comporter comme ça depuis votre arrivée ? Tout n'est pas à vendre ici. Vous arrivez avec vos millions. Oui ! vos millions ! je sais qui vous êtes, Monsieur Adrien Lechevalier. Vous débarquez, vous achetez la maison de pauvres gens qui ne s'en sortent plus, vous cassez tout dedans, sans vous préoccupez des sentiments des autres, et vous avez le culot de demander à mon père, qui avait construit cette maison avec mon oncle de tout refaire à VOTRE goût. Et pour couronner le tout, vous poussez jusqu'à débaucher ma tante de son travail pour la faire travailler pour vous, dans son ancienne maison comme domestique. Vous êtes immonde, Monsieur Lechevalier. Et la ! Vous êtes chez moi, et je ne vous dois rien. Alors je vous prierai de bien vouloir quitter mon établissement tout de suite et de rentrer chez vous. Vous avez trop bu et je ne vous servirai pas. Pareil pour toi Erkoss, plus d'alcool, dit elle en se tournant vers son ami.

Adrien la regardait tranquillement. Il n'avait pas voulu l'interrompre. Il avait trop bu, mais n'était pas sourd, et ce qu'il venait d'entendre l'avait profondément heurté. Il venait d'être touché en plein visage et cela lui faisait du mal. Même s'il ne voyait pas les choses comme ça, que Calista le pense était complètement ahurissant et désarmant. Erkoss ne disait plus un mot, il ne bougeait même pas un cil.

Adrien se leva de son tabouret, se tourna vers Erkoss qui avait la bouche grande ouverte et lui serra la main. Il se retourna ensuite vers Calista.

« Bonsoir Calista. Je vous souhaite une bonne nuit », dit-il avant de franchir la porte.

Erkoss regarda Calista et réussit enfin à articuler :

- Ça ne va pas Calista ! Qu'est-ce qu'il t'a fait ce monsieur pour que tu le traites ainsi ?

- C'est bon toi ! Répondit-elle brutalement. Ne t'en mêles pas ! Tu ne vas pas toi aussi prendre sa défense et me dire que c'est un homme bien non ?

- Si ! Réussit-il a articuler. C'est un mec bien, même si je ne le connais pas. T'as pas été cool du tout Calista. Il ne t'avait rien fait, dit Erkoss en se levant pour quitter le bar. Et il a été poli de ne pas te répondre. C'est un homme bien élevé, lui ! ajouta-t-il en se dirigeant vers la porte.

- Attends !! Je vais te ramener lui lança-t-elle.

- Non ! Je vais rentrer à pied ! Je préfère, pour ce soir. Bonne nuit.

Erkoss quitta le bar, laissant Calista interdite, un chiffon dans les mains en train d'essuyer un verre.

9

Autour d'Adrien la pièce blanche se dessina. Il se retrouva en présence de son Ange Gardien comme à chaque retour.

« Tu as raison, Adrien. Tout n'est qu'une question de point de vue », lui dit ce dernier.

Adrien était encore sous le choc des paroles de Calista.

- Calista n'a pas été juste avec moi. Je n'ai pas profité de la détresse de sa tante. Celle-ci dirait même que je lui ai rendu service en lui offrant une vie décente. Quant à son père, il a accepté le chantier et a été payé en conséquence. Je lui ai donné plusieurs semaines de travail, ce qui lui a permis de ne plus faire la route chaque jour jusqu'à des villes quelques fois lointaines. Je ne pense pas avoir débauché sa tante, en tout cas, pas dans ces termes. Je lui ai proposé un emploi, mieux payé pour moins de travail et qui lui permet de vivre en un lieu confortable dans une maison qu'elle connaît et ou elle a tellement de souvenirs. Je n'agis pas en grand homme, je ne demande aucun laurier. Je ne veux pas de reconnaissance non plus, mais je n'accepte pas le procès de Calista. Je ne le mérite pas. Je ne vois pas les choses de cette façon. C'est un autre point de vue, effectivement, conclut-il avec tristesse.

- C'est ton point de vue. Tu juges tes actes selon une vision qui t'est propre. Ne m'as tu pas parlé d'empathie tout à l'heure ?

Adrien scruta l'Ange gardien. Il n'avait pas envie de rentrer dans un débat inutile, il voulait simplement quitter ce lieu, peu importait sa destination. Il en avait marre de ce jeu ou il ne savait pas ce qui l'attendait au prochain flash. Il était content de voir Calista, même si les conditions de leur rencontre ne lui indiquaient rien de bon. Mais que préférait-il ? Partir ? La revoir ?

« Veux-tu voir autre chose de ta vie ? » lui demanda l'ange qui semblait précéder les réflexions d'Adrien..

Adrien n'était sur de rien. Ou de presque rien. Il avait beau hésiter, il ne désirait qu'une seule chose au fond, savoir ce qu'était advenue sa relation avec Calista. Cela tournait à l'obsession, même s'il n'entrevoyait pas d'issue favorable, il voulait savoir si elle avait changé d'opinion sur lui..

- Ai-je le choix dans les images ? Interrogea Adrien.

- Pas vraiment, s'entendit-il répondre.

Adrien avait des difficultés avec ce personnage. Décidément, rien n'était simple et clair ici. Qu'en sera-t-il sera lorsqu'il ira « ailleurs » ?

- Je veux bien revoir Calista. Mais dans un beau souvenir, s'il en existe, osa-t-il ajouter.

- Soit ! Dis l'ange en montrant une nouvelle fois un mur blanc.

Bien qu'Adrien fut surpris de la réponse, il n'eut pas le temps de le montrer.

Un souffle sembla l'aspirer et il se retrouva sur la terrasse du bistrot en bas de son appartement parisien. Le journal qu'il lisait indiquait le 8 juillet, surlendemain de la dernière fois qu'il avait vu Calista. Ses remarques lui avaient provoqué un choc et il avait décidé de rentrer à Paris. Même s'il savait qu'il retournerait en Crête, il était la pour arrêter de penser à elle. Elle lui avait fait du mal avec des paroles blessantes qu'il trouvait toujours injustes. Il avait donc décidé de prendre quelques jours loin de Kérames pour encaisser et faire le point. Parti précipitamment la veille, sans rien dire à personne, il se sentait soulagé. Même Luciela ne le savait pas.

Ses vetements étaient restées sur l'île, de toutes façons, ici, il n'utilisait pas les bermudas, shorts et tee shirts qu'il mettait sur l'île. En attendant il buvait un café avant de se rendre à son bureau. Comme chaque matin, il appela une compagnie de taxi par téléphone pour y aller. Quelques minutes plus tard le véhicule stoppa devant le bistrot, Adrien monta et lui indiqua l'adresse de son bureau. La voiture remontait le périphérique lorsque la sonnerie de son téléphone lui indiqua qu'il avait reçu un texto. Immédiatement il appuya sur les touches pour lire le message et s'aperçut que le numéro lui était inconnu. Il ouvrit le message pour le lire et écarquilla les yeux. Il s'y reprit à deux fois pour être sur qu'il avait bien lu. « Vous ai pas vu hier. Pouvez-vous passer aujourd'hui, j'aimerai vous parler ? Calista. »

Il n'en revenait pas. Elle avait du demander son numéro à Luciela. Ce texto remua Adrien. Étrangement, les battements de son cœur s'étaient accélérés. Égal à sa réputation de MIAM, il prit immédiatement une décision :

« Emmenez-moi à l'aéroport s'il vous plaît. » demanda-t-il au chauffeur.

- Très bien, Monsieur, répondit le chauffeur sans aucune question.

Malgré la saison d'été il trouva un avion avant midi. Il estima qu'il serait à Kerames entre 18H00 et 19H00, ce qui lui laisserait le temps de se doucher avant d'aller dîner chez Calista.

Durant le vol il eut le soin d'imaginer son retour et de l'enrober. Il dirait à Luciela qu'il était allé changer la voiture de location qui lui semblait avoir des problèmes et en aurait profité pour rester un peu à Héraklion et faire le tour de la ville. Il pouvait dire la même chose à Calista. Cette version ne lui montrerait pas combien il avait été marqué par ses remarques. Ou un tout petit peu alors, pensa-t-il. Sa journée à Héraklion lui aurait permis d'évacuer le stress suite à la soirée désastreuse au Thalassa. Ça pouvait faire mouche avec Calista s'il savait placer les mots au bon moment. Le voyage fut l'occasion d'imaginer le scénario de ses retrouvailles avec Calista. « Elle lui présenterait ses excuses, il dirait, magnanime, que ce n'est rien, qu'il peut comprendre sa réaction et que protéger son village et ses proches était naturel ». Il ne cessa d'y penser durant le vol sans vouloir s'avouer qu'il était très excité. Il trouva rapidement une voiture de location en prenant soin de ne pas prendre le même modèle.

Le chemin du retour fut plus long que prévu. Il y avait beaucoup de monde sur la route, notamment des autocars et avec des routes si étroites, il était impensable de doubler en toute sécurité. Adrien du prendre son mal en patience, même s'il ne détenait pas cette qualité.

Il arriva à Kerames à 19H30, hésita à aller directement au Thalassa lorsqu'il s'aperçut qu'il était habillé pour aller travailler et portait un costume en lin. Il ne voulait pas qu'elle pense qu'il s'était mis sur son trente et un pour venir la voir. Ici, il vivait en short et tee shirt. Adrien décida de passer chez lui avant de revoir Calista.

Luciela fut heureuse en l'apercevant. Elle n'eut pas le temps d'articuler un mot qu'il grimpait les marches quatre à quatre et moins de dix minutes plus tard les redescendait en courant.

« Désolé Luciela, je ne dîne pas la ce soir, ne m'attendez pas, je rentrerai tard. On se verra demain, bonne soirée », dit-il en sortant rapidement de la maison. Luciela le regarda sortir sans rien dire. Quelques secondes plus tard, la porte s'ouvrait à nouveau et Adrien reparut. Il s'approcha de Luciela et lui déposa un baiser sur le front avant de repartir immédiatement. Ce geste de tendresse faisait à chaque fois sourire Luciela, et qu'il y ait pensé avant de partir la toucha encore plus.

Lorsqu'il arriva au Thalassa, il alla directement en terrasse, comme à son habitude. Il n'attendit pas longtemps avant que Calista le rejoigne.

- Bonsoir Adrien, lui dit-elle en s'asseyant face à lui. Merci d'être venu, ajouta-t-elle sans laisser paraître le moindre embarras.

- Je suis venu dès que j'ai pu, répondit Adrien qui à présent doutait des raisons de la demande de Calista de le voir.

- J'ai craint que vous ne veniez pas. Et j'avais besoin de vous voir, dit-elle un peu timidement.

- Je suis là, dit-il, sans montrer son impatience alors qu'il bouillait intérieurement.

- Je vais aller directement au but, attaqua-t-elle. Je voudrais vous présenter mes excuses pour notre dernière rencontre. J'ai été méchante et..... ..... certainement injuste avec vous. Je crois que vous ne le méritez pas. Enfin, j'espère.

Ces paroles arrachèrent un soupir de soulagement à Adrien qui fit tout pour ne pas montrer sa satisfaction .

- Je l'espère aussi, dit-il avec un sourire.

- Depuis hier, je ne pense qu'a ça. Mon comportement irresponsable....

- Vous êtes dure avec vous, la coupa-t-il.

- Bien plus que ça encore. Et je le mérite. Je ne sais pas ce qui m'a pris. Elle marqua une pause avant de reprendre. Ou plutôt si ! Je sais, dit-elle dans un soupir.

Intrigué par sa dernière remarque, Adrien lui adressa un regard interrogateur avant de lui demander :

- Qu'est ce qui vous a pris, alors ? Si je peux vous poser la question.

- Oui, vous pouvez. Et je vais vous répondre. Vous allez certainement me trouver ridicule après ça.

Adrien s'abstint de lui dire qu'il ne la trouverait jamais ridicule. Mais que lui arrivait-il ?

Calista marqua une pause, prit sa respiration et enchaîna.

- J'en ai eu marre. Je ne sais pas si vous vous rendez compte que votre arrivée a fait beaucoup de bruit ici. On pourrait presque faire une série avec vous, dit-elle dans un débit de paroles peu maîtrisé.

Il l'écoutait attentivement sans comprendre. Elle le regarda et reprit de plus belle :

- Adrien adore Kerames ! Adrien achète la maison de Luciela ! Adrien fait travailler papa ! Adrien est un bon client du Thalassa ! Adrien embauche tata ! Adrien héberge tata ! Adrien vient à la fête du village ! Adrien est copain avec Erkoss ! Adrien le bien aimé de Kerames ! Dans le village, tout le monde parle de vous. Vous êtes étranger, Adrien, et on ne les aime pas beaucoup ici. Sauf vous. Alors, moi, j'ai fait une overdose d'Adrien. Adrien le bien élevé, Adrien le beau célibataire, Adrien le ...

- Stop !!! l'arrêta Adrien. Pitié. Même moi il me rend dingue cet Adrien.

Ils éclatèrent de rire de concert. Elle l'observa longuement. Un silence bienfaisant s'installa quelques instants.

- Je suis sincèrement désolé, lui dit-elle en le regardant dans les yeux.

- J'accepte vos excuses. Et inutile d'en parler cent ans au risque de donner encore de l'importance à cet « Adrien », dit-il en mimant les guillemets avec ses doigts.

– Merci de votre gentillesse. J'espère vraiment ne pas vous avoir mis mal à l'aise ce soir la. Moi ça me trotte depuis hier matin. Je vous ai guetté pour voir si vous alliez venir. Puis j'ai mal dormi et ce matin j'ai appelé Luciela pour avoir votre numéro de téléphone. Elle m'a dit que vous étiez parti tôt ce matin et qu'elle ne savait pas ou vous étiez. Alors je vous ai envoyé ce message et j'ai attendu votre venue. Ce matin j'ai travaillé tôt et ce midi je regardais tellement souvent la terrasse qu'Achile m'a demandé si je voulais le remplacer en terrasse pour servir, dit-elle en riant. Et ce soir j'espérais votre arrivée.

Voila, je vous ai fait mes excuses. Mais pourquoi n'êtes vous pas venu ce midi, pour me faire souffrir ? Je reconnais que je le méritais.

Adrien commença à dérouler son scénario bien ficelé.

- Je suis parti à Héraklion, je rencontrais des problèmes avec la voiture de location et ..... Il s'arrêta net. Avez-vous été honnête avec moi ce soir ? L'interrogea-t-il.

- Oui, pourquoi ? Demanda-t-elle, surprise.

- Alors je vais l'être aussi avec vous. Comme ça nous aurons été francs l'un envers l'autre. Après la soirée, j'ai passé une mauvaise nuit. Je me suis levé plusieurs fois pour tourner en rond. Je me suis dit que j'avais peut-être mal abordé le village, que j'étais responsable de la situation. Je pense que l'image que les gens ont de nous est celle que nous retranscrivons inconsciemment. J'ai donc pris la décision de quitter Kerames pour rentrer à Paris m'éclaircir les idées et faire le point.

Calista ne le quittait pas des yeux. Il la regarda avant de reprendre.

- Lorsque j'ai eu votre message ce matin, je n'étais pas persuadé d'avoir bien lu tout d'abord. J'ai du m'y reprendre à deux fois. Je me trouvais sur la route de mon bureau et j'ai décidé de revenir à Kerames. J'ai sauté dans le premier avion, imaginé un scénario justifiant mon absence et je me suis précipité ici après être passé me changer. Voila pourquoi je ne pouvais pas être là ce midi.

Calista n'en revenait pas. Cet homme était fou, ou inconscient, ou irresponsable. Ou , ou.....

- Et vous êtes revenu à cause de mon message alors ?

- Grâce au message, corrigea-t-il.

Calista ne savait pas quoi penser. Cet homme avait un comportement plutôt impulsif. Il était parti sur un coup de tête et était revenu sur un autre coup de tête. Où était la réflexion dans tout ça ?

Elle se permit une remarque qu'elle regretta aussitôt.

- Vous avez quand même tendance à faire ce que vous voulez grâce à votre argent.

Adrien ne répondit pas tout de suite. Il la regarda les yeux écarquillés. Le silence qui s'était installé mit Calista mal à l'aise.

Elle allait dire quelque chose lorsque Adrien prit la parole.

- Vous croyez que c'est mon argent qui m'a fait quitter l'île précipitamment ?

- Non ! Pardonnez ma bêtise. Je n'arrête pas de dire des sottises et de m'excuser après ces derniers temps.

- N'en parlons plus. Vous êtes à moitié pardonnée.

- A moitié seulement ? demanda-t-elle.

- C'était une sacré colère, ça mérite plus que des excuses et je peux ajouter votre dernière remarque à votre crédit de mauvaise foi.

- J'en conviens. Et comment puis-je me faire pardonner la seconde moitié ? Demanda-t-elle avec un air malicieux.

- Luciela m'a dit que vous étiez très douée pour la plongée sous marine.

- J'ai été monitrice de plongée avant d'ouvrir le bar. Je ne plonge plus depuis. A regret d'ailleurs.

- J'aimerai que vous me fassiez découvrir les fonds de la mer de Libye, lui dit-il.

- Ça va être compliqué, je travaille tous les jours et j'ai très peu de temps libre.

- Vous ne voulez pas ? Lui demanda Adrien très calmement.

- Ce n'est pas ça, c'est ...

- Je loue un bateau et le matériel nécessaire. J'adore plonger. Et à moins d'aller sur un site plein de touristes, ce que je déteste, je ne plongerai jamais ici, insista-t-il. Nous y gagnerons tous les deux. J'aurai plongé, vous serez pardonnée et vous, surtout, cela vous fera du bien de plonger à nouveau. Vous n'aurez plus ce regret.

- D'accord ! Je vais me débrouiller. Pour le matériel, j'ai ce qu'il faut. Et nous emprunterons le bateau de Erkoss. Il est très bien pour ça.

- Extra ! S'exclama Adrien. Quand plongeons-nous ensemble ? Demanda-t-il, ne voulant pas qu'elle change d'avis après coup.

- Demain je ne peux pas, par contre, après demain c'est possible. Erkoss ne devrait pas tarder à arriver. Je lui demanderai. Je dois rentrer au bar. Vous venez l'attendre avec moi ?

- Ce serait avec plaisir, mais ma journée a été mouvementée et j'ai besoin de me reposer. Saluez le pour moi, lui dit-il en se levant pour partir.

- Entendu. Bonne soirée, Adrien. A demain ? Et encore merci.

- A demain. Bonne soirée à vous aussi. C'est moi qui vous remercie.

Adrien rentra chez lui sans même se rendre compte qu'il n'avait pas dîné. Son estomac le lui fit remarquer par un grognement. Il trouverait bien quelque chose dans le réfrigérateur. Luciela en faisait toujours trop.

« Est-ce un moment qui t'est agréable? » demanda l'ange gardien.

« Encore lui ! », pesta intérieurement Adrien.

Il resta un instant sans parler. S'il avait du mal à reprendre ses esprits lorsqu'il « revenait » dans la pièce blanche, il était cette fois-ci sous le charme de sa dernière discussion avec Calista et il voulait le savourer. Certains souvenirs étaient même très proches de se réveiller, il le sentait et il les attendait. Il n'avait aucune envie de discuter avec l'ange, il voulait connaître la suite de son histoire avec Calista. Rien n'était plus important pour lui. Il voulait savoir. Même ici, elle était son obsession.

Adrien reprit ses esprits et releva la tête vers son ange gardien.

« Est-ce que j'ai le droit de voir la suite ? » demanda-t-il sans détour.

- Je te le répète, oui et non. Toutes les parties de ta vie qui te paraissent essentielles, tu les revivra. Sans vraiment maîtriser les événements, c'est toi qui décides des images que tu revois.

- C'est moi qui décide ? Et comment dois-je faire ?

- Je ne pourrai pas t'en dire plus. Je ne le sais pas moi-même. C'est une première pour moi, je n'avais jamais été confronté à une situation pareille et je ne peux donc pas t'aider.

- La première fois pour toi ? Et tu n'estimes pas que cette information est suffisamment importante pour me la donner dès le début ? Dit Adrien, légèrement excédé.

- Je ne crois pas. Je ne peux pas te donner toutes les informations en même temps. Nous ne sommes pas ici pour discuter de ce que je sais ou non. Je dois t'orienter vers des images marquantes de ta vie sur terre. C'est la mission que l'on m'a confiée et rien ne pourra m'en détourner. Le reste ne me concerne pas.

- C'est une blague ? Demanda Adrien, complètement abasourdi par les propos de son interlocuteur. Il y a une caméra cachée, ce n'est pas possible autant de bêtise autour d'un seul ...... être !

- Tu perds ton sang froid, Adrien. Nous pouvons dialoguer sur tous les sujets que tu veux. Restons juste mesurés dans nos propos.

- Tu penses que cela m'interpelle ? Je manque de souvenirs, je n'ai aucune idée du temps qui passe ni aucune notion du temps qu'il reste. Je suis sujet à des hallucinations dont je ne suis pas certain de la véracité. Et j'ai en face de moi un petit soldat qui fait ce qu'on lui demande sans chercher à comprendre. Et tu veux que je mesure mes propos ? Tu es complètement à coté de la plaque mon vieux. Tu n'as absolument rien appris sur terre. Comme conscience, on fait mieux, s'énerva Adrien.

L'ange ne répondit rien. Il ne se sentait pas concerné et n'avait en tête que sa mission. Il était étranger à toutes manifestations de sentiments et ne s'était jamais posé de questions. Ce n'était certainement pas cet homme qui allait tout chambouler. Il le connaissait bien. Un être imbu de sa personne, irrespectueux envers les femmes ne pouvait pas lui donner de leçons. Il décida d'utiliser un souvenir marquant. Rien de très grave, juste une nouvelle manifestation de l'irrespect d'Adrien envers les gens.

« Regarde, ce dont tu as été capable, et apprécie si cela est possible. Ensuite tu me feras la leçon ».

Adrien ouvrit les yeux, il se réveilla en entendant du bruit dans la salle de bain. Il regarda autour de lui et reconnu la chambre d'hôtel. Il venait ici régulièrement. La porte de la salle de bain s'ouvrit et une superbe femme sortit portant pour unique vêtement un string.

« Bonjour Adrien. Bien dormi ? ».

« heu.. oui. Pas mal. Bonjour » arriva-t-il à bafouiller. La femme s'approcha du lit et s'arrêta devant lui. Adrien la contempla, elle était sublime. Il lui fit un petit sourire qu'elle lui rendit et qui irradia son visage. Elle jeta ses yeux dans ceux d'Adrien et lui demanda : « Petit déjeuner aspirine ? »

Il opina de la tête sans mot dire. Ce qui lui donna un mal de crane impossible. Il eut l'impression que son cerveau bougeait à l'intérieur de sa boite crânienne et il détestait cette sensation. La jeune fille s'approcha du téléphone et appela la réception pour commander un petit déjeuner pour une personne et des cachets contre la migraine. Surpris, Adrien lui demanda pourquoi elle ne prenait pas de petit déjeuner. Elle n'avait pas le temps, trop pressée et il était déjà tard lui fit-elle remarquer. Adrien regarda l'heure, près de 10H00. « Ho non !! Mon RV de 10h00 ce matin. Raté » se dit-il. C'était pourtant un rendez-vous important pour son entreprise. Il devait négocier avec Tillio, patron d'une grosse société sur internet. Ce rendez-vous pouvait lui permettre de récolter des fonds pour son entreprise. Avec cette nouvelle levée de fonds, lui et Cristofer deviendraient des poids lourds de la vente sur le web. Si son associé était un génie de l'informatique, Adrien avait la charge de toutes les négociations. Achats, ventes, commercial, son savoir faire était reconnu et ceux qui avaient traité avec lui se souvenaient de MIAM.

Adrien devait appeler Alexandra d'urgence, elle lui sauverait la mise en trouvant un prétexte à son absence. Cette fois-ci, il craignait la réaction de Cristofer. Il chercha son téléphone, en vain. Aucune trace. Il allait demander à la jeune femme si elle l'avait vu lorsqu'elle ferma la porte de la salle de bain. Désespéré, il se laissa tomber sur le lit.

Elle ressortit habillée quelques secondes plus tard. Doucement, elle s'approcha de lui, l'embrassa sur le front et lui glissa à l'oreille « Cindy. ».

- Quoi ? Cindy ? lui demanda-t-il sans comprendre.
- Mon prénom ! C'est Cindy. Lui répondit-elle avec un clin d'œil.
- Je... je sais ! bafouilla t-il.
- je ne crois pas, Adrien. Avec la cuite que tu tenais hier soir.
- Évidemment que je m'en souviens, insista t-il pour garder contenance.
- Très bien, n'en parlons plus. Je me suis trompée. Bonne journée alors, lui lança t-elle en s'approchant de la porte de la chambre.

- Ben attend, Cindy, tu ne vas pas partir comme ça, dit-il sans savoir pourquoi.

- Bien sur où avais-je la tête ? Tu as raison, je vais te laisser mon numéro de téléphone, dit-elle en griffonnant sur un bloc notes posé sur le bureau. Elle se dirigea a nouveau vers la porte, l'ouvrit et regarda quelques secondes Adrien sans rien dire.

- Oui ? demanda t-il.

- Chloé .

- Quoi, Chloé ?

- Mon prénom.................. c'est Chloé, dit-elle, prête à partir.

- Mais oui, bien sur, je savais. Excuse moi Chloé, c'est idiot. Je n'ai pas la mémoire des prénoms, s'excusa-t-il avec un aplomb à toute épreuve.

- J'espère que tu as la mémoire des chiffres pour retenir mon numéro de téléphone.

- Ah ça, tu peux compter sur moi ! s'exclama Adrien très gêné.

- Tant mieux, Bye, beau gosse, dit-elle en refermant la porte.

Adrien se leva du lit pour prendre sa douche. Il sortait de la douche lorsqu'on tapa à la porte. Une serviette autour de la taille il ouvrit tout sourire en pensant que Chloé revenait. Une serveuse amenait le petit déjeuner. Adrien la pria de le poser près du lit et s'approcha du bureau pour récupérer le numéro de téléphone de Chloé. Il déplia le papier pour le lire. Tout étonné il s'exclama tout haut : « pauvre conne va !! ». La serveuse se tourna vers lui :

« Monsieur ! Quelque chose ne va pas ? ».

Gêné, Adrien s'excusa, ce n'était pas après elle qu'il en avait. Il lui donna un pourboire et s'assit sur le lit, pensif. Il relut à nouveau le papier, « pauvre con ».

« A ce moment que penses -tu ? » demanda l'ange.

- Je suis un idiot, mais je n'ai rien fait de mal. Cette fille était consentante. Je ne me souvenais plus du prénom, ce n'est tout de même pas un crime, se défendit Adrien.

- Je ne suis pas en accord avec toi. Le problème, ce n'est pas la fille. Même si je réprouve ton comportement avec les femmes, ce n'est pas le plus grave dans cette histoire.

- Qu'est ce que j'ai fait ?

- Qu'est-ce que tu n'as pas fait ? devrais-tu demander. Tu ne t'es pas rendu à ton rendez-vous. Tu n'as pas conclu cette affaire, Cristofer est entré dans une colère noire pour te qualifier d'être irresponsable. Vos relations se sont tendues suite à ce raté de ta part. Voila ce que tu n'as pas fait. Tout ça pour une femme dont tu ne savais même plus le prénom le lendemain matin. Tu devrais revoir ton échelle des priorités. Quelques fois, il est bon d'être un soldat et d'exécuter ses missions sans s'en détourner.

Adrien n'avait pas de réponse à fournir. Des souvenirs des tensions avec Cristofer lui apparaissaient à présent. Ils en étaient là par sa faute. Mais ses pensées revenaient sans cesse vers Calista et son histoire avec elle. Allait-il continuer de la voir ? Il voulait connaître le devenir de cette relation. Même s'il savait que les premiers souvenirs appelleraient le désir de connaître la suite, sa curiosité était aiguisée.

10

« Es-tu toujours dans l'attente de partir ? » demanda l'ange gardien en s'approchant doucement du fauteuil.

Adrien leva la tête vers lui, il n'avait pas véritablement envie de répondre. Il était hors de question qu'il donne raison à son Ange Gardien. Ce dernier ne lui inspirait pas confiance. Il était persuadé qu'il lui cachait quelque chose. Cependant, Adrien savait qu'il devait aller dans son sens s'il voulait connaître la suite de son histoire sur terre. Il avait une raison qui le poussait à se taire et à faire semblant.

- Tu ne m'as pas laissé le choix. Je dois voir ma vie et me souvenir. Je veux bien reconnaître que certaines choses valaient d'être vécues. Et vues. Mais, oui, j'attends de partir, c'est la finalité ici, n'est-ce pas ?

- Ça arrivera, et peut-être ne voudras-tu plus partir.

- Et peut-être arrêteras-tu d'enfoncer des portes ouvertes, comme on dit sur terre. Peux-tu m'offrir d'autres souvenirs ? Adrien pensait que plus il en verrait, plus vite il pourrait quitter cet endroit avec des souvenirs.

- Oui, je peux. Allons-y ! Tu as l'air tellement impatient, répondit l'Ange en souriant.

Adrien n'eut pas le temps de répondre quoi que ce soit. Il sentit ses poumons gonflés et avait beaucoup de mal à respirer. Une forte douleur à la poitrine l'empêchait de respirer convenablement. Sa vue était trouble, il ne distinguait pas bien ce qu'il y avait autour de lui. Ses sensations étaient étranges encore une fois, ses oreilles bourdonnaient, il n'entendait plus rien et avait l'impression d'être oppressé. Sa tête allait exploser. La panique commençait à le gagner lorsqu'il sentit quelque chose sur son épaule. Il ouvrit les yeux qu'il avait fermé dans la panique et se retrouva en face de Calista. Il la regarda et fut surpris de distinguer avec trouble son visage derrière un masque. Des bulles émergeaient de sa bouche. Ils étaient sous l'eau, son visage s'éclaira et il fut rassuré de trouver le sourire de Calista. Avec des signes bien déterminés, elle lui demanda si tout allait bien. Il joignit son pouce à son index pour former un rond qui signifiait que tout était OK. Elle lui indiqua de la suivre et ils s'enfoncèrent un peu plus vers les profondeurs. C'était surtout la sensation qui envahissait Adrien. En véritable professionnelle, Calista ne descendait jamais très bas avec un débutant. Ils n'avaient pas dépassé les 15 mètres de profondeur. Elle s'était souvenue de l'époque où elle donnait des cours et avait expliqué à Adrien qu'à la remontée il faudrait qu'il fasse exactement comme elle, les variations de pression entre 0 et 10 mètres étaient fréquentes et dangereuses. Lorsque le moment arriva, il la suivit en ne la quittant pas des yeux jusqu'à la surface. Ce qui n'était pas pour lui déplaire. Ils remontèrent tous deux sur le bateau.

Adrien se laissa tomber sur une banquette :

« Wahou ! Quelles sensations ! » commenta Adrien en enlevant son masque pour respirer à pleins poumons.

- Prenez votre temps, Adrien. Respirez calmement. Sinon la tête va vous tourner.

Il n'osa pas répliquer que la tête lui tournait déjà, et pas pour les raisons évoquées. Il ajouta simplement :

« Merci, Calista, vraiment merci », avec une pointe d'émotion dans la voix.

Adrien se sentait comme un enfant qui fait ses premiers pas. Il était fier de lui et serein à cet instant. Il regarda Calista qui enlevait sa combinaison de plongée et admira les jolies courbes de son corps. Décidément, cette femme lui procurait des sensations qu'il avait du mal à contrôler. Il voulait s'interdire certaines pensées mais en était bien incapable. Il l'observait toujours lorsqu'elle l'interpella :

« Tout va bien, Adrien ? » s'inquiéta-t-elle.

- Tout va très bien, répondit-il, surpris. Je me suis rarement senti aussi bien même, ajouta-t-il avec un grand sourire.

- Je reconnais que la sensation de la plongée est assez particulière. Depuis que j'ai ouvert le bar, je n'ai pas plongé une seule fois. Merci à vous de m'avoir permis de le refaire. C'est quelque chose dont il ne faudrait jamais se passer.

- C'est le monde à l'envers, c'est à moi de vous remercier, s'exclama Adrien.

- Remercions nous mutuellement. C'était génial, c'est ce qui est important, non ?

- Génial, oui ! Le mot n'est pas usurpé. C'est une expérience que je ne suis pas prêt d'oublier. Et je l'ai vécue grâce à vous. Et maintenant j'ai envie de la revivre.

- Maintenant que nous avons une expérience assez sympathique en commun, ne serait-il pas plus simple de nous tutoyer ?, demanda Calista.

Adrien n'avait pas osé le demander. Il en crevait d'envie, mais ne voulait pas se découvrir. Il accepta en confirmant que c'était une bonne idée.

Un forte émotion s'empara de lui. Il venait de vivre un de ses rêves et avait eu la chance de le faire avec une femme sublime qui lui procurait quelque chose qu'il n'arrivait pas à définir. Même si ce sentiment étrange commençait à le déranger, il ne voulait pas qu'il le quitte. Il se sentait tellement bien en présence de Calista.

Le bateau s'approchait de la côte à vive allure. Calista le maniait avec habileté pendant qu'Adrien admirait les rochers abruptes devant eux qui faisaient désormais partis de sa vie. Ils rejoignaient la côte, ce qui lui permit d'admirer le paysage vu de la mer. Il avait mille fois vu le ciel et la mer se confondre à l'horizon et appréciait cette quiétude que procurait ce mariage au loin. Calme, lisse et discret. L'opposé s'offrait à lui. Roche creusée par la mer, paysage escarpé, rien n'était lisse, mais torturé. On pouvait facilement imaginer que le temps avait marqué son empreinte.

« Quelle belle sensation, n'est-ce pas ? » demanda l'ange.

Adrien se retourna brusquement, il regrettait de ne plus être sur le bateau en compagnie de Calista. Il en voulait à son Ange Gardien, mais il savait que c'était le prix à payer pour ses souvenirs. Pleine d'ironie, la situation lui arracha un sourire. Même s'il n'avait toujours pas envie de discuter avec l'ange, son seul objectif dorénavant était de voir la suite de cette histoire qui se dessinait. Peu importait qu'il doive regretter son départ, les images qu'il voyait étaient plus fortes que la peur ressentie. Il se demanda quel était le jeu de son ange gardien. Adrien craignait de lui avouer son désir d'en savoir plus. Peut-être que son Ange utiliserait cette information contre lui. Il était perdu dans ses pensées lorsque l'Ange le relança :

« Tu ne m'as pas répondu. As tu apprécié ce passage de ta vie ? Je le vis pour la deuxième fois et je mesure l'intensité de ce moment pour toi. Malgré cela, je m'interroge toujours sur tes sentiments envers Calista. »

- Moi aussi, répondit Adrien avec un sourire. La seule évidence qui me saute aux yeux est la confusion de ceux-ci. La suite me donnera peut être des réponses à mes questions, ajouta-t-il dans l'espoir que l'ange lui permette de repartir voir Calista. S'il y a une suite, ajouta-t-il.

- Adrien ! commença l'ange. N'oublies pas que je suis la personne qui te connaît le mieux au monde. J'ai passé beaucoup de temps avec toi. Essaie de ne pas l'oublier, cela évitera des malentendus entre nous, finit-il de dire. Ne tente pas de me prendre pour un imbécile. Je t'en remercie d'avance.

Adrien voyait très bien où son ange voulait en venir. Il lui rappelait que tenter de le manipuler ne servait à rien. Mais il avait plusieurs cordes à son arc et un sens de la répartie unique.

- Que veux-tu dire ? Interrogea-t-il. Que tu sais ce que je pense ? Je te trouve plein de certitudes pour un Ange Gardien. Plutôt présomptueux pour quelqu'un qui n'est qu'un exécutant, le titilla Adrien.

L'ange ne répondit pas, le fixant dans les yeux. Il resta silencieux un court moment avant de se retourner en disant :

« REGARDE ! »

Adrien avait invité Erkoss à dîner au Thalassa pour le remercier de lui avoir prêté son bateau. Ils étaient tous les deux sur la terrasse alors que Calista tenait le bar. Tout était différent entre eux. Erkoss avait grandit sur cette île et n'avait pratiquement jamais quitté son village. Il n'avait fait aucune étude, très jeune il avait dû travailler pour aider ses parents, ce qui l'avait à la fois arrangé et bien embêté. S'il n'aimait pas l'école, il la supportait pour voir Calista qui avait fait toute sa scolarité avec lui. Et son seul regret était d'avoir vu partir la jeune fille qu'elle était, faire des études sur le continent. Il raconta à Adrien comment il avait difficilement vécu cette séparation. Il ne montrait jamais sa détresse à Calista lorsqu'elle revenait à Kerames passer des week-end qui se faisaient de plus en plus rare au fil des années. C'est lors des grandes vacances qu'ils se retrouvaient le plus. Ce fut une période douloureuse pour Erkoss. Surtout lorsque Calista lui parla d'un certain Marko. D'après ce qu'elle lui en avait dit, il était étudiant en droit, avait une grande passion pour le théâtre qu'il pratiquait dans une troupe amateur et était surtout « très craquant » selon les propres paroles de la jeune fille. Erkoss se souvint du sourire radieux qui avait éclairé le visage de Calista lorsqu'elle lui avait parlé de Marko. Il accusa le coup à cette époque et il aurait voulu pouvoir dire à Marko que s'il faisait le moindre mal à Calista, c'est à lui qu'il aurait affaire. Il apprit que Calista et lui avaient entamé une relation sentimentale par une lettre que lui avait envoyé sa meilleure amie. Ils avaient correspondu durant toutes les études de Calista. Il n'était absolument pas jaloux précisa-t-il. Selon lui, les gens du village pensaient qu'il était amoureux d'elle parce qu'il était très protecteur envers Calista. Et comme il avait une carrure impressionnante, cela lui permettait de tenir les dragueurs à l'écart. Il avait plusieurs fois utilisé son physique pour repousser quelques prétendants. Ce qui alimentait à la fois son histoire avec Calista et sa légende personnelle d'homme fort et viril. Ce qui ne lui déplaisait pas en tant que mâle crétois. Adrien écoutait attentivement Erkoss lui raconter son histoire en jetant de temps en temps un coup d'œil vers la porte du bar, espérant que Calista apparaîtrait. Il y avait peu de monde ce soir, il se demanda si elle allait les rejoindre après leur repas. Erkoss parlait toujours alors qu'Adrien se trouvait perdu dans ses pensées.

« Tu m'écoutes ? » lui demanda-t-il, s'apercevant qu'Adrien était absent.

- Oui ! Oui ! Je suis la ! Pardonne moi, j'étais un peu ailleurs, s'excusa Adrien.

Une pensée traversa cependant son esprit. Etait-il avec Erkoss parce qu'il l'aimait bien ou pour en savoir plus sur Calista. Encore une torture intellectuelle. A quel moment toutes ces questions finiront-elles par quitter son esprit ?

« Une pensée ? demanda l'ange. Ou une petite voix dans ta tête ? »

Adrien se demanda ce qu'il venait de se passer. Il mit quelques secondes pour comprendre qu'il était à nouveau dans la pièce blanche. Hagard, il regarda l'ange qui se tenait devant lui.

- Mais que fais-tu ?

- Rien, répondit l'ange. Ce moment de ta vie n'était ni important ni exceptionnel.

- Alors pourquoi me l'avoir montré dans ce cas ? Interrogea Adrien.

- Je ne choisis pas les images, c'est toi. Et puis cela te montre de quelle façon j'ai pu être présent dans ta vie.

Adrien n'en revenait pas. Son ange voulait lui donner une leçon, lui montrer qu'il l'avait influencé. Qu'il était bien présent durant sa vie sur terre. Et qu'il l'avait alerté quelques fois. C'était complètement déplacé et inutile pensa-t-il. Ils n'étaient pas ici pour un concours de gros bras. Adrien s'assit dans un des deux fauteuils et regarda l'ange avec dépit.

« N'avons nous pas quelque chose de plus important à faire que nous chamailler ? » osa-t-il demander.

L'ange ne prit pas la peine de répondre, il acquiesça d'un léger mouvement de tête, comprenant que le but était ailleurs. Il se retourna et lui indiqua le mur devant son fauteuil. Adrien regarda en direction du mur.

Il se retrouva sur la plage. Il marchait pieds nus le long de la mer. L'eau était encore chaude à cette heure de la journée. Au mois de juillet la température de l'air pouvait facilement dépasser les 30° et la mer de Libye atteignait allégrement 25°. Adrien aimait se promener en fin de journée sur la plage. De ce coté de la côte, la rareté des touristes permettait d'être au calme en bord de mer. Ce qui n'était pas le cas aux abords des grandes villes, ou hôtels et camps de vacances étaient nombreux. Rien de tout cela à Kerames, aucune structure pour accueillir le tourisme de masse. Quelques maisons se louaient par ci par là, rien qui puisse perturber la tranquillité du village. Des bateaux venaient tout de même mouiller dans les criques très recherchées de la côte sud. Adrien aimait cette impression de grandeur que lui offrait une vue jusqu'à l'horizon. Il était capable de rester plusieurs heures, assis sur la plage à contempler l'horizon, écouter le bruit de l'eau et observer les va et vient des vagues sur le sable. Il adorait aussi marcher le long du bord, les pieds dans l'eau. C'est ce qu'il faisait, mocassins à la main, lunettes de soleil vissées sur le nez et torse nu. Il avait un livre dans une main, ce qui démontrait qu'il avait passé du temps sur la plage. Il se dirigea vers les rochers qu'il grimpa pour rejoindre la route plus haut. La sécheresse était impressionnante en été. Si la fraîcheur de l'hiver et les pluie nombreuses permettaient à la végétation d'être verte et abondante jusqu'à la fin du printemps en montagne, le bord de mer souffrait des embruns et du vent qui fouettaient la côte sud de la Crête. On pouvait apercevoir lors de promenades en montagnes de jolies fleurs à l'état naturel comme le convolvulus, les orchidées sauvages, les férules et bien d'autres plantes endémiques. Coté rivage, les rares plantes qui poussaient sur les pentes abruptes de ce coté de l'île étaient plus chétives. Si Adrien aimait la mer par dessus tout, il avait apprit à apprécier le paysage montagneux de Crète et s'autorisait de longues balades en solitaire. Il partait quelques fois plusieurs heures en randonnée, emportant un sac à dos et le nécessaire pour cette activité. Il avait découvert quelque chose qu'il ne soupçonnait pas en lui. L'envie de se retrouver seul, la recherche de la tranquillité, la joie de se promener sur des chemins accidentés. A chaque sortie il se disait qu'il la ferait en hiver pour observer les changements de paysage lorsque la neige recouvrirait le sol. Il pourrait voir la mer du haut de ces montagnes enneigées. Un véritable bonheur à vivre. Il savait que son histoire avec la Crète ne faisait que commencer.

Sa voiture était garée en plein soleil. Lorsqu'il y pénétra il eut l'impression d'être un poulet qu'on glissait dans un four. Heureusement, il avait mis un pare soleil sur le tableau de bord pour éviter que le volant ne soit brûlant. Il mit la climatisation en marche et se dirigea vers Kerames. Il ne lui fallut que quelques minutes pour atteindre le village et il se rendit directement au Thalassa pour se rafraîchir. Comme chaque fois, il s'assit sur la terrasse, face à la mer. Il voulait profiter encore quelques instants de ce moment. Calista s'approcha de lui et le salua. Au grand regret d'Adrien, les crétois ne se faisaient pas la bise pour se dire bonjour. Il aurait tant aimé embrasser Calista. Même s'il avait converti Luciela à qui il faisait régulièrement des bises, ce n'était pas de coutume ici.

Calista prit place à coté de lui après avoir déposé une bouteille de Retsina et une assiette avec de la feta, du kefalotiri, un fromage au lait de brebis légèrement salé et de l'apaki, une charcuterie crétoise assez relevée. Elle observa Adrien qui ne disait mot. Il lui sourit simplement.

« C'est demain ? » demanda-t-elle.

- C'est demain, répéta-t-il simplement avec une certaine tristesse dans la voix.

- Tu reviens quand ?

- Si je m'écoutais je ne partirai pas.

- Et pourtant.... et puis comme ça, tu seras content de revenir. On s'ennuie vite ici, tu sais.

- Je ne m'ennuie pas, j'apprécie.

- Allez ! Buvons un verre, dit-elle en leur servant du Retsina.

Ils trinquèrent, mais Calista voyait bien qu'Adrien n'était pas vraiment là.

- Hé !! l'interpella-t-elle. Profite de ta soirée, tu vas ramener dans tes bagages des souvenirs d'une soirée ratée ? A quelle heure pars-tu ?

- J'ai pris un avion dans l'après midi. Ce doit être vers 15h30, si je me souviens. C'est drôle comme la mémoire peut être sélective lorsque l'esprit refuse certaines choses.

- Je te propose un truc. Erkoss ne devrait plus tarder. Je bois un verre avec toi et je te laisse avec lui. Comme ça vous pourrez avoir une discussion de garçons, dit-elle en riant.

- Ce n'est pas....

- Teu ! Teu ! Teu ! Je ne veux pas savoir. Tu passes un moment avec Erkoss, puisque vous vous entendez bien, vous dînez ici, c'est moi qui vous invite, je termine mon service et je viens vous rejoindre. Ils feront la fermeture sans moi. Pour une fois.

Adrien n'en revenait pas de ce qu'il avait entendu. Calista lui proposait de passer la fin de soirée avec lui. Enfin ! avec eux ! Mais c'était un détail pour lui.

- Tiens, justement, voilà Erkoss. On va lui proposer.

Naturellement, il accepta avec plaisir. Il avait justement une petite soirée prévue sur la plage avec une bande de copains. Il suffirait qu'ils s'y rendent après le service de Calista.

Calista s'en retourna au bar en les laissant seuls.

« Ben ça alors ! » s'exclama Erkoss en écarquillant grands les yeux.

- Qu'y a t-il ? Demanda Adrien.

- Je crois que c'est la première fois qu'elle quitte son service plus tôt. T'es bien vu, je pense. Après la plongée, la fin de service anticipée, que te réserve l'avenir ? ajouta-t-il avec un clin d'œil.

Adrien était surpris de la remarque d'Erkoss. Ce sont d'ailleurs ses derniers mots qui ne quittèrent pas son esprit de la soirée. Il y pensa sans arrêt. Il voyait régulièrement Calista au Thalassa, et elle lui avait accordé une deuxième sortie en mer pour plonger, mais à aucun moment il n'avait eu l'impression qu'elle s'intéressait à lui. Il n'avait remarqué aucun signe et il se demanda si son instinct était encore affûté ou si la confusion de ses propres sentiments l'aveuglait. Il décida qu'il verrait plus tard, se torturer l'esprit ne l'avancerait à rien et la déception serait trop grande s'il se trompait. Il pouvait profiter de la présence d'Erkoss qu'il commençait sérieusement à apprécier. Le repas se passa admirablement, leurs différences permettant à chacun de découvrir un peu plus l'univers de l'autre. Adrien apprit qu'Erkoss exploitait une petite oliveraie et qu'il avait un troupeau de brebis lui permettant de faire du fromage. C'est d'ailleurs lui qui fournissait les produits au Thalassa et à plusieurs autres restaurants de l'île. Sans être riche, cela lui permettait de vivre dans le seul endroit où il se sentait bien et il était heureux.

Erkoss ne remarqua pas l'ironie de la situation. Adrien si. Lui était riche et cela l'empêchait de vivre dans le seul endroit où il voulait vivre. La vie avait un humour qui ne faisait décidément pas rire Adrien.

« La vie est faite de surprise, n'est-ce pas Adrien ? » demanda une voix qu'il n'avait pas envie d'entendre à ce moment là.

Adrien se retourna brusquement en direction de l'ange :

« Pourquoi maintenant ? Mais pourquoi ? » cria-t-il.

- Calme toi Adrien. Il ne s'est rien passé d'extraordinaire à cette soirée. Calista était le centre d'attention de tout le monde et elle n'a pas eu beaucoup de moment à t'accorder. Il faut la comprendre, elle n'avait pas profité d'une soirée depuis tellement longtemps. J'espère que tu n'es pas trop déçu ?

Adrien regarda son ange gardien et se demanda ce qui le retenait de l'étrangler.

11

Adrien avait son téléphone collé à l'oreille et il faisait la grimace. Au bout du fil, Cristofer était très en colère. Adrien était revenu depuis trois jours à Paris et déjà il voulait repartir en vacances. Cristofer tenait l'entreprise à flot depuis trop longtemps et cela ne pouvait plus durer selon lui. Ils étaient associés et chacun avait un rôle bien défini dans l'entreprise. Cristofer s'occupait de la partie informatique à Los Angeles et Adrien gérait le service commercial depuis Paris. Et cela faisait un bout de temps qu'Adrien ne remplissait plus entièrement son rôle. Les pertes accumulées de ces derniers mois en témoignaient. Cristofer n'était pas dupe, il savait pertinemment qu'Alexandra avait souvent couvert son patron lors de ses ratés. Il n'en pouvait plus et cette fois-ci, il ne lâcherait pas, Adrien devait rester à Paris pour conclure les nouveaux contrats avec leurs partenaires. L'entreprise avait tellement de difficultés qu'il fallait se soutenir et avancer droit devant. Adrien n'écoutait pas son interlocuteur. Il n'avait que faire de l'entreprise, son seul désir était de retourner là-bas. Il savait que s'il le faisait, la rupture avec son associé était inévitable. Il lui avait pardonné l'échec de la transaction lors du rapprochement avec Tillio, mais il ne pourrait accepter une énième incartade d'Adrien. Ce dernier ne voulait plus l'écouter. Il abrégea la conversation et raccrocha sans ménagement. Il se leva de son bureau devant le regard ébahi d'Alexandra. Elle le rattrapa devant l'ascenseur.

« Adrien ! Attendez ! Ne partez pas ! » le supplia-t-elle.

Il la regarda, Alexandra avait l'air paniquée, des larmes lui apparaissaient dans les yeux.

La porte de l'ascenseur se referma sur Adrien qui descendit sans mot dire. Son assistante resta devant la porte close quelques instants. Elle savait que Cristofer ne l'accepterait pas. Elle avait essayé de résonner Adrien avant qu'il n'appelle son associé. Rien n'y avait fait, sa décision était prise.

Un taxi attendait Adrien en bas de l'immeuble, il grimpa dedans et demanda à être emmené à l'aéroport. Son billet était déjà réservé. La pluie sur Paris avait fini d'achever son moral en berne depuis son retour et il avait décidé de partir le matin en se levant. . Dans quelques heures il serait à Kerames. Il devait voir Calista, ces trois derniers jours lui avaient fait ouvrir les yeux. Non ! Calista n'était pas qu'une jolie femme qu'il voulait à son tableau de chasse, comme il avait pu le croire. Il ne pensait qu'à elle et à « son » île. Ses longues balades sur les chemins montagneux lui manquaient, il avait besoin de ses promenades le long de la mer en soirée les pieds nus dans l'eau et rêvait de ses apéros et repas au Thalassa,. Il devait prendre le temps de découvrir Erkoss. Il voulait plonger à nouveau dans les eaux claires de la mer de Libye avec Calista. Et, ce qu'il désirait encore plus que tout le reste, voir Calista. Cela était devenu complètement infernal, incontrôlable, obsessionnel. Pour comprendre ses sentiments il devait y faire face. Adrien n'était pas habitué à cette situation. Beaucoup de filles étaient passées dans sa vie, certaines pour une nuit, d'autres pour une ou deux journée ou le temps d'un week-end parfois. Quelques unes s'étaient rapidement sauvées, d'autres avaient voulu rester. Il n'avait jamais remis sa liberté en question et aucune ne l'avait obsédé à ce point. Ce soir, il irait la voir, l'attendrait jusqu'à la fin de son service, même si cela devait durer jusqu'au petit matin. La marche arrière était impossible et s'il devait payer très cher son départ sans l'accord de Cristofer, il espérait que le jeu en valait la chandelle. Il jouait gros ce soir. Sa vie contre son empire.

Arrivé à l'aéroport, il se rua pour louer un véhicule. Il prit des risques sur la route et son impatience faillit le mettre dans un ravin. Il freina brusquement, s'arrêta et se mit sur le bas coté le temps de reprendre ses esprits. La frayeur ressentie calma ses ardeurs au volant. Il reprit la route et roula avec prudence jusqu'au Thalassa. Il n'avait pas pris le temps de se changer et lorsqu'il sortit de la voiture climatisée, la vague de chaleur qui lui sauta au visage lui rappela la différence de température avec Paris.

Son front se mit à suer immédiatement et il décida de laisser sa veste dans la voiture. Il se présenta au Thalassa en chemise blanche et pantalon en toile assortit à des mocassins comme il en avait l'habitude.

Il se dirigea directement à la terrasse pour s'asseoir face à la mer. Son cœur battait, il avait besoin de mettre ses idées en place avant de retrouver Calista. Et cette vue, cette sensation d'habitude, l'apaisait. Et si elle ne voulait pas de lui ? Et s'il s'était trompé sur ses propres sentiments ? Le stress le gagnait et ses incessantes questions le submergeaient. La terrasse était à moitié pleine. Il faisait une chaleur accablante, ce qui n'arrangeait rien avec sa tenue vestimentaire. Il essayait de se calmer lorsque Erkoss s'approcha de lui.

« Adrien ! Que fais-tu ici ? Je te croyais rentré à Paris » lui dit-il avec surprise.

- Je l'étais, réussit-il à répondre malgré l'émotion qui le tiraillait.

- Et tu es revenu ? T'es foutu mon gars, dit Erkoss en riant.

Adrien n'arrivait pas à rire à sa plaisanterie. Son visage ne montrait aucune émotion. En le voyant, Erkoss arrêta subitement de rire.

« Ben.... C'est encore pire que ce que je croyais. T'es amoureux mon gars. Je le sens depuis un moment, et là ! Ton air idiot me le confirme », ria-t-il.

- Je te l'ai toujours dit, Erkoss, la Crète est ma plus belle découverte. J'en suis tombé amoureux dès ma première visite. Quant au village....

- Ce n'est pas de l'île que tu es amoureux mon ami, ni du village. C'est de Calista. Rends toi à l'évidence, le coupa-t-il.

Adrien ne voulait pas en parler avec Erkoss. Il devait savoir ce que Calista ressentait pour lui. Et il n'y a qu'elle qui pouvait lui apporter les réponses à ses questions. Il fallait qu'il la voit dès ce soir. Cela ne pouvait attendre, son cerveau avait besoin de réponses. Il se tourna vers la porte du bar.

« Ne cherche pas, elle n'est pas la » lui dit Erkoss en haussant les épaules.

- Je ne la cherche pas, répondit Adrien sur la défensive.

- Excuse-moi, je me suis trompé alors. Mais c'est tant mieux parce que tu serais déçu.

Adrien lui lança un regard interrogateur qui engagea Erkoss à continuer.

- Calista passe la soirée en ville avec un homme qu'elle a rencontré il y a peu, continua-t-il. Ils devaient dîner ensemble dans un restaurant à la mode dont j'ai oublié le nom. D'ailleurs, même celui du gars je l'ai oublié. C'est rare qu'elle prenne une soirée pour elle, à mon avis, elle aime bien ce garçon.

Adrien ne bougeait plus. Il eut l'impression que tout son être se liquéfia. Son visage devint d'une pâleur effrayante. Des gouttes de sueur coulaient le long de ses tempes et il se sentit défaillir. Il venait de prendre un uppercut en plein visage qui l'avait sonné. Il n'arrivait plus à dire un mot. Il était livide.

Erkoss le regarda et s'inquiéta.

- Ça va, Adrien ? Demanda-t-il. Tu es tout pale, tu me fais peur.

Mais Adrien ne put articuler de réponse. Aucun son ne sortait de sa bouche. A cette vue, Erkoss paniqua et ajouta :

- Je plaisantais, Adrien. C'était une blague, calme-toi, respire, insista-t-il avec le plus grand sérieux.

Adrien n'arrivait toujours pas à dire un mot. Il prit une grande inspiration :

- C'est quoi cette plaisanterie ? Demanda-t-il.

- He ben, maintenant au moins, tu sais ! lui répondit son ami, un grand sourire de satisfaction et de soulagement lui barrant le visage.

- Je sais quoi ?

- Tu sais que tu l'aimes. C'est évident, mon pote. Arrête de te mentir.

- Qu'est ce qui te fait dire ça ? Interrogea Adrien sur le ton de la surprise.

- Ta réaction !! C'est évident. Adrien, si tu continues de nier ce que tout le monde sait, tu risques de passer à coté de ta vie.

- Tout le monde sait quoi ? Demanda Adrien.

Erkoss n'eut pas le temps de répondre, Calista se dirigeait vers leur table. Il se leva à son approche et les quitta en disant en direction de la jeune femme :

« Je te le laisse, il est mûr, il ne te reste plus qu'a le cueillir. »

Calista le regarda sans comprendre. Elle voulut lui demander des explications, mais Erkoss ne s'arrêta pas, il continua de se diriger vers le bar d'un pas pressé. Elle connaissait tellement Erkoss qu'elle ne le retint pas et vint s'asseoir près d'Adrien.

« Bonjour, Adrien, que fais tu là ? » demanda Calista.

Adrien sentit les battements de son cœur accélérer, lui qui était habitué à parler en public se trouvait tout à coup démuni devant une seule femme. Mais quelle femme. L'effet qu'elle lui faisait était peut être dû à sa beauté, ou à sa façon de se mouvoir avec légèreté, ou encore à son sourire qui faisait fondre Adrien. Ou ses yeux, son regard, son... « Stop » se dit-il. Tout lui plaisait en elle.Sa petite robe bleue lui allait à merveille. Elle se maquillait rarement, son naturel était un atout supplémentaire.

« J'avais envie de revenir, l'île me manquait. » articula Adrien.

Il était gêné, ne sachant pas dans quel sens diriger la conversation, il préférait dire des banalités. Calista eut un grand sourire et un regard appuyé vers Adrien.

« Même si je sais que tu devrais être à Paris, je suis contente de te voir ».

Adrien adora cette remarque. Elle lui aurait fait une grande annonce qu'il n'aurait pas été plus heureux.

« Tu n'as même pas pris le temps de te changer, remarqua-t-elle. Tu n'as pas prévenu Luciela de ton arrivée je présume ? »

- Non, je suis parti précipitamment de Paris. J'ai quitté mon bureau pour me rendre directement à l'aéroport.

- J'allais manger quelque chose avant le service du soir, veux-tu te joindre à moi ? Je nous fais un truc vite fait et tu iras te changer ensuite, lui proposa-t-elle.

Adrien n'eut pas le temps de répondre, Calista se leva pour se diriger à l'intérieur du bar. Il l'observa traverser la terrasse et put admirer sa silhouette parfaite. Il tenta de contrôler ses pensées, sans succès. Décidément, elle l'attirait délicieusement. Ses cheveux noirs étaient tirés en arrière et attachés en un chignon serré, dégageant une nuque fine et bronzée. Chaque partie de son corps provoquait une sensation extrême à Adrien. Le doute n'était plus permis, il avait des sentiments pour Calista. Il lui restait juste à déterminer si Erkoss avait raison. Il était revenu pour ça, même s'il ne savait pas comment s'y prendre, même s'il craignait que Calista n'ait pas de sentiments identiques, il devait savoir, pour se libérer.

En passant devant Erkoss qui était au comptoir, Calista lui jeta un regard et ajouta : « Toi ! Tu ne perds rien pour attendre ».

- Qu'est ce que j'ai fait ? Demanda-t-il en souriant.

- Je ne le sais pas, mais tu me le diras toi même, répondit-elle. Tu manges avec nous ? Demanda-t-elle, en partant vers la cuisine.

- Non, je te remercie, il est trop tôt pour moi,répondit-il avec sérieux.

Calista revint sur la terrasse avec deux assiettes et de l'eau fraîche. Adrien la remercia et apprécia ce plat préparé par la jeune femme. Ils mangèrent quasiment en silence. Adrien avait faim et ne savait toujours pas comment s'y prendre. Les rares paroles d'Adrien furent pour féliciter Calista de cette assiette succulente et de sa grande gentillesse de le laisser partager ce repas avec elle. Il tenta une allusion sans succès. Sa maladresse lui fit comprendre qu'il n'y arriverait pas de cette façon. Il décida d'attendre le moment propice.

« Ton départ précipité de Paris n'arrangera en rien tes relations avec ton associé » résonna la voix dans son dos.

L'ange gardien se tenait à quelques mètres derrière Adrien, toujours vêtu de la même tenue blanche. Encore une fois, ces voyages étaient usant pour lui. C'est lorsqu'il s'imprégnait de ses souvenirs et qu'il vivait entièrement le moment qu'il se retrouvait subitement de retour dans la pièce blanche. Cela devenait vraiment pesant et là aussi la confusion de ses sentiments le mettait mal à l'aise. Il avait à la fois envie de continuer de vivre ces épisodes de sa vie et désirait que ses allers retours cessent.

« Tu vas me dire qu'il ne s'est rien passé, que je n'ai pas eu le courage de lui parler de mes sentiments, c'est ça ? » demanda Adrien excédé.
- Non, je ne dirai pas ça. Tu lui as parlé, tu as trouvé le courage, si on peut dire. Mais je ne suis pas sçur que voir cet instant de ta vie te servira à te comprendre. Et j'ai peur que tu sois déçu de la suite. Ou effrayé.
- Effrayé ? Répéta Adrien. Pourquoi ? Que s'est-il passé ? Je veux savoir, je veux voir, insista-t-il.
- Soit, dit simplement l'Ange Gardien en souriant sournoisement..

Adrien marchait le long de la plage. Il était toujours vêtu de sa chemise blanche et de son pantalon de toile dont il avait remonté le bas pour ne pas le mouiller. Calista était à ses cotés.
« Comment ça va Adrien ? demanda-t-elle. Tu as l'air soucieux, tu n'as pas dit un mot depuis le déjeuner. Tu n'as pas non plus beaucoup parlé durant le repas.
- Merci d'avoir accepté cette balade malgré le service du soir. Ça me fait du bien.
- Tant mieux, si je peux t'aider à sourire, j'y trouverai mon compte. Et puis il n'y avait plus grand monde.
Adrien ne savait pas comment il devait interpréter cette remarque. Il fallait qu'il lui parle. Était-ce cela le moment propice ?
- Tu as des problèmes dans ton travail ? Interrogea Calista. Je peux t'aider dans quelque chose ? Tu sais que tu peux compter sur moi, l'amitié chez nous est quelque chose d'important. C'est la solidarité qui a toujours permis à notre peuple de s'en sortir depuis tous temps. C'est dans nos gènes parait-il.
Ces paroles résonnaient dans la tête d'Adrien. Il avait entendu le mot « amitié » sortir de la bouche de Calista. Et c'était pour lui une catastrophe. Ce n'était pas d'amitié dont il avait besoin. Il fallait qu'il trouve une parade pour ne pas se sentir ridicule.
- Des problèmes dans mon travail ? Mon travail est un peu particulier. Même si demain tout devait s'arrêter, je saurai rebondir et je ne resterai pas dans le besoin. J'ai quelques économies qui me permettent de voir venir, au cas où, dit-il pour dérouter la conversation.

- Je sais, répondit simplement Calista.

Adrien se retourna vers elle et lui demanda :

- Tu sais quoi ?

- Que tu es un homme très riche, que tu peux vivre jusqu'à la fin de tes jours sans travailler. Je sais que tu es le cofondateur d'une start'up qui à racheté plusieurs autres entreprises. Je sais que tu détiens la moitié des parts d'environ cinq sociétés du web par l'intermédiaire de CIAL Invest qui représente les initiales des deux associés, Cristofer Iléne et Adrien Lechevalier. Je sais que vous avez loupé le rapprochement avec une grosse société brésilienne qui était votre priorité. Vous auriez été le numéro deux mondial du web grâce à ça. Je sais qu'une nouvelle occasion de le faire se présente et que tu es ici plutôt qu'à Paris. Je sais aussi que tu es un des célibataires les plus convoité de France. Je sais que tu es connu pour tes nombreuses soirées extravagantes et toutes tes conquêtes féminines. Je sais pas mal de choses sur toi.

Adrien n'en revenait pas. Il avait tout fait pour que son activité ne le poursuive pas jusque là. Il voulait être discret pour rester tranquille et ne pas être embêté. Il la regarda, abasourdi par ses paroles.

- Pour garder le contact avec la civilisation, nous utilisons internet. Et on ne peut pas dire que ta vie sois discrète sur la toile, précisa-t-elle. Il suffit de taper ton nom pour tout savoir de toi. Et c'est coton, dit-elle en grimaçant. Je voulais savoir qui tu étais.

Adrien le savait, sa vie s'étalait sur le web. Et le portrait qu'on dressait de lui était peu flatteur. Si cela ne l'avait pas gêné les premières années, ce n'était plus le cas depuis son changement de vie. Il aurait aimé qu'on ne parle plus de lui, il aurait aimé que les gens ne sachent rien de lui, qu'ils le découvrent par eux mêmes. Malheureusement, l'idée qu'on pouvait se faire d'Adrien Lechevalier ne plaidait pas en sa faveur. Il était dans une impasse et il en était conscient.

Difficile d'effacer les traces de sa vie avec internet.

- Il ne faut pas croire tout ce qui est sur internet, se défendit-il.

- Ho !! J'en prends et j'en jette. Comme tout le monde je pense. Je ne te juge pas Adrien, depuis ton arrivée ici, tu n'as ni étalé ta fortune, ni abusé de ta situation privilégiée. Tu t'es bien adapté à notre village et à notre vie. Tu fais désormais parti de Kerames. Et je te rassure, personne ne connaît ton histoire. C'est plutôt un village tranquille, les gens n'ont pas accès à la mondialisation. Tu es aimé pour ce que tu es ici. Un homme gentil, discret et sociable. Pas un de ces colons comme on a pu souvent en voir.

Adrien appréciât ces paroles. Elles lui confirmaient son bon sentiment envers ce village et ses habitants. C'était une mince consolation après ce qu'il venait d'entendre. Ici, il était un autre homme, mais pas un homme qu'on aime lorsqu'on connaît son passé. Il ne pouvait rien changer à sa vie d'avant. Il comprenait que Calista ne pouvait avoir d'autres sentiments que l'amitié à son égard. Comment allait-il s'y prendre ? Il ne pouvait pas rester comme ça. Il fallait qu'il lui dise qu'il est un autre homme. Il avait envie de lui crier qu'il avait changé, qu'il n'était plus ce personnage décrit sur internet. Il savait que la toile était indélébile et intraitable. Il ne pouvait pas baisser les bras, il n'avait pas changé sa vie pour se taire aujourd'hui. Il était venu pour ça et il irait au bout, quoi qu'il lui en coûte.

« Calista ! » l'interpella-t-il.

Elle le regarda, attendant la suite. Il reprit en parlant très calmement, comme pour s'assurer de l'écoute attentive de la jeune femme :

- Je n'ai pas fait que de belles choses dans ma vie. Je le reconnais, commença-t-il. Je ne peux pas changer le passé, c'est une évidence à toute épreuve. Il y a quelques temps, j'ai décidé de changer mon présent. La vie que je menais n'était pas la plus heureuse, il fallait que je trouve une solution. J'ai fait une expérience qui m'a changé. Cela ne s'est pas fait du jour au lendemain, ce fut un long cheminement. Et au bout, j'ai trouvé quelque chose que je n'attendais pas. Quelque chose qui me perturbe chaque jour, m'obsède à chaque instant et me donne le sourire régulièrement. Quelque chose que je ne cherchais pas. Qui m'est tombé dessus.

- Kerames ? Demanda Calista.

- Non ! Il marqua un temps d'arrêt et la regarda droit dans les yeux.Toi ! Dit-il. Il n'était plus dans la réflexion, il devait agir. Depuis que je t'ai rencontré, ajouta-t-il, je ne pense qu'à toi. Je me suis posé mille questions en ayant peur de trouver les réponses. Les événements de cette dernière semaine m'ont ouverts les yeux. Je tiens à toi, pas à ton amitié. Pour mettre des mots sur mes sentiments, je crois que ....

Il fit une pause, se mordit la lèvre inférieure, prit une grande inspiration et lâcha :

- Je crois que je suis amoureux de toi, Calista. Voila c'est dit, finit-il dans un long soupir de soulagement.

Si Adrien se sentait soulagé de cette déclaration, Calista semblait perturbée par l'aveu de son amour. Elle ne s'y attendait pas du tout. Elle restait sans savoir ce que devait être sa réaction. Elle l'observa, interdite et effrayée, elle lui dit :

- Ramène moi s'il te plaît.

Elle tourna les talons pour se rapprocher de la voiture. Adrien n'eut d'autre choix que de la suivre. Sa crainte venait d'être confirmée. Avouer son amour à quelqu'un qui ne vous aime pas finit toujours par rompre le charme. En le faisant, il venait certainement de perdre son amitié et ainsi, les moments qu'il adorait le plus. La plongée en sa compagnie, la terrasse du Thalassa où elle le rejoignait tout le temps. Tous ces beaux instants qui rendaient Kerames magique allaient disparaître. Calista l'attendait devant le véhicule, elle ne le regardait pas. Il ouvrit les portières et ils montèrent. Sans un mot, Adrien prit la route et durant le retour qui dura moins de cinq minutes, les cinq plus longues minutes de la vie d'Adrien, il ne s'adressèrent pas la parole. Il aurait bien dit quelque chose, mais il s'abstint, de peur d'empirer la situation. C'est étrange comme la vie vous joue des tours et vous fait changer d'avis. Il y a quelques minutes, il ne voulait pas entendre parler de son amitié, il voulait autre chose, il désirait tellement plus. Mais durant le parcours les ramenant au village, il voulait se raccrocher à une amitié qui lui semblait s'enfuir.

Il aurait tout donné pour que les choses redeviennent comme avant, juste une amitié lui permettant de la voir et d'apprécier sa présence près de lui. Il s'arrêta sur la place du village, Calista quitta le véhicule sans aucun regard ni parole pour lui. Il n'insista pas et s'en retourna chez lui. Il savait que sa soirée, et même sa nuit allaient être très compliquées. Il monta directement dans sa chambre et fila sous la douche comme pour se laver de son passé.

12

« Comment te sens-tu, Adrien ? Tu n'es pas trop déçu ? » demanda l'ange, sur de la réponse.

- C'est une plaisanterie ? Évidemment que je vais bien. J'y croyais à cette histoire et je me suis plu à me voir comme ça. J'ai peut-être été maladroit, mais je l'ai fait avec mon cœur, sans tricher. Tu entends ? Sans tricher ! répéta Adrien. Et je suis fier de moi. Je n'ai aucun regret, j'ai dit et fait ce que je croyais être bien, sans faire de mal à quelqu'un d'autre. Je suis content de l'avoir fait. Tu pourrais toi aussi le reconnaître, ajouta-t-il en le regardant.

L'ange fut surpris de voir qu'Adrien n'était pas en colère. Il affichait même un air satisfait, avec un petit sourire et un certain contentement qui se lisait dans ses yeux. Sa réaction semblait étrange à l'Ange qui réfléchissait en observant son comportement. Qu'arrivait-il à Adrien ? Était il en train de devenir sage ? Cette satisfaction de lui-même, arrivait trop tôt. Cela lui paraissait impossible, ils avaient encore du temps à passer ensemble. Il ne pouvait pas partir maintenant, il fallait qu'Adrien conserve cette envie de révolte, cette énergie à déplacer les montagnes qui le caractérisait. Il n'était pas encore prêt selon l'Ange. Il ne fallait pas qu'on lui demande de le ramener maintenant, faute de résultat. Adrien était un bon cas de réflexion pour lui et il désirait finir cette expérience. Ils devaient continuer, et pour cela, il fallait agir vite et discrètement.

Adrien réfléchissait à la situation qu'il venait de rencontrer. Pour la première fois de sa vie il se sentait vrai, libéré, en phase avec lui même. Certes, Calista s'était « enfuie », cependant, il avait réussit et oser se découvrir. Pas dans le sens où il avait avoué à Calista son amour, même si cela lui avait demandé une grande dose de courage. Plutôt dans l'idée qu'il s'était avoué cet amour, qu'il l'avait reconnu et accepté. Ce qui était beaucoup plus difficile pour quelqu'un comme lui. Reconnaître pour se connaître. Il avait été si souvent superficiel, pas dans le sens que l'on peut imaginer, simplement dans le fait qu'il avait surfé sur la vie, sans se poser de questions embarrassantes, avançant droit devant sans s'attarder. C'est pourtant un voyage intérieur qui lui avait permis d'être plus serein, de connaître ses désirs et attentes. Sans cette introspection, la Crête, Kerames, Calista ne seraient pour lui qu'un divertissement de plus. Et dès qu'il se serait senti en danger ou lassé, la fuite aurait été sa porte de sortie. Comme toujours. Aller fouiller au fond de son être lui avait donné le véritable goût de la vie. Celui de l'amour. L'amour pour la beauté de la nature, l'amour pour la quiétude, la réflexion, l'amour des autres. Une réelle évolution s'était tranquillement installée en lui sans qu'il n'en ressente les effets.

« Tu as l'air pensif, Adrien », résonna la voix derrière lui.

Adrien accueillit la remarque avec un large sourire qui surprit l'ange.

- Qu'est ce qui te fait sourire à ce point ? demanda-t-il à Adrien.

- Prévisible, répondit Adrien. Tu es prévisible, ajouta-t-il en le regardant dans les yeux.

Le regard de son interlocuteur ne lui faisait plus peur, il s'y était habitué, comme on s'adapte à tout de toute façon.

- Je crois qu'un voyage se profile pour toi, lui dit l'Ange.

- Allons-y, je n'ai pas le choix, répondit Adrien en haussant les épaules pour lui faire comprendre qu'il était fataliste.

La secousse fut encore plus violente que les fois précédentes et la nausée lui arracha un haut le cœur. Lorsqu'il ouvrit les yeux, il se retrouva sur le chemin du bureau. Comme il l'avait promis à Alexandra, il était de retour le lundi matin. Il entra dans le grand immeuble et salua le gardien à l'entrée. En sortant de l'ascenseur il fit le tour de l'étage pour dire bonjour à tout le monde. Il faisait cela régulièrement, mais ce matin là, ses bonjours étaient plus enjoués, plus souriants aussi. Il avait laissé son sac d'angoisses sur la plage près de Kerames. Il se sentait léger et libre, disponible. Il regagna son bureau content d'avoir pris quelques minutes pour discuter avec ses employés. Il n'était même pas au courant que la femme de Patrick venait d'accoucher de jumeaux. C'est en observant ses cernes, qu'il lui avait fait remarquer qu'il paraissait fatigué.

Patrick fut très heureux de pouvoir dire à son patron que ses nuits étaient courtes, « Des jumeaux, c'est pas de tout repos » avait-il dit en riant. Adrien ria avec lui.

Lorsqu'il poussa la porte donnant sur son bureau et celui de son assistante, il adressa un grand sourire à Alexandra. Celle-ci ne le lui rendit pas, ce qui stoppa net Adrien. Il sentit tout de suite que quelque chose clochait en voyant le regard d'Alexandra. Il se tourna instinctivement vers le salon qui servait à faire patienter ses rendez-vous mais le sofa était vide. En se retournant vers Alexandra ses yeux s'arrêtèrent sur la porte de son bureau. Il comprit ce qu'il se passait et se dirigea d'un pas ferme vers la porte. Il l'ouvrit sur Cristofer qui l'attendait. Ce dernier le fixa avec un regard qui en disait long sur sa colère. Adrien ne se démonta pas. Il prit place derrière son bureau, face à son associé.

« Bonjour Cristofer, comment vas-tu ? » demanda gaiement Adrien.

Cristofer ne desserrait pas les dents, il ne disait pas un mot. Ce qui était certainement préférable pour Adrien qui ajouta :

« C'est gentil de ta part d'être venu me voir depuis Los Angeles. Ça me fait vraiment plaisir. Quand es-tu arrivé ? »

- Ça suffit ! Dit-il. Arrête ton cinéma. Je ne suis pas ici par plaisir, crois moi, avec le boulot que j...

- Il ne fallait pas venir alors, le coupa Adrien d'une voix calme. Par contre, si tu es venu pour contrôler que j'étais rentré, un coup de fil aurait suffit, lui fit-il remarquer gentiment.

- Je voudrais que l'on parle sérieusement, Adrien. Je pense que nos chemins doivent se séparer. La société est un boulet pour toi aujourd'hui. Tu as besoin de liberté et je peux le comprendre. Tu as beaucoup donné et peu profité. Tu as le droit de vouloir vivre maintenant. Il me parait donc utile d'aborder le sujet délicat de la société que nous détenons en commun.

Adrien n'en revenait pas, Cristofer était venu, non pas pour lui faire la morale comme il en avait l'habitude, mais pour lui annoncer qu'il souhaitait arrêter leur association. De quelle façon ? Adrien ne le savait pas encore. « Dans quelques minutes, Cristofer va me proposer de racheter mes parts » pensa-t-il.

- J'aimerai qu'on étudie la possibilité que tu me cèdes tes parts, dit Cristofer sans ciller.

- Que quoi ? Demanda Adrien les yeux grands ouverts.

- Tu as très bien entendu. J'ai vu avec notre avocat de Los Angeles qui pense que c'est faisable.

– Cristofer, ce que tu dis est totalement absurde. Tu sais bien que depuis l'avortement du rapprochement avec Tillio, notre société à perdu beaucoup d'argent. Sa cote à chuté et nos avoirs ont été divisés par quatre. La valeur de notre boite est ridicule à cet instant.

- A qui la faute ? demanda Cristofer. C'est tout de même toi qui a fait échouer ce rapprochement. Tu es très largement responsable de la mauvaise situation économique de CIAL, l'accusa-t-il.

Adrien savait que tout cela était vrai. S'il n'avait pas échoué, ils seraient numéro deux mondial à cet instant. Au lieu de ça, ils avaient du lever des fonds pour renflouer leurs pertes. Ils avaient annoncé avoir trouvé un partenaire qui allait investir plusieurs millions d'euros. En fait de partenaire, ce sont leurs économies qu'ils avaient été obligés d'injectés. Toutes leurs économies y étaient passées. Il était donc hors de question pour Adrien de céder ses parts à un prix inférieur à son dernier investissement. Il ne plierait pas. Aguerrit aux méthodes de négociations, Cristofer n'arriverait pas à le faire craquer et ce dernier le savait. Il se leva, posa une enveloppe sur le bureau d'Adrien et lui dit :
« Tu peux partir avec un peu d'argent aujourd'hui, ou partir demain sans rien et m'emmener dans ta chute et les employés avec. Je pense que j'ai beaucoup contribué à la réussite de notre boite pendant que tu t'envoyais tes pétasses », lui cracha-t-il à la figure.
Adrien ne bougeait pas, il regardait fixement Cristofer qui reprit :
« Ma proposition est honnête, elle nous sauvera tous les deux, ainsi que la boite que nous avons monté ensemble, BORDEL ! Tu ne peux pas laisser faire ça !! hurla-t-il. Tiens moi au courant de ta décision, ajouta Cristofer en tournant les talons.
Adrien resta quelques instants assis derrière son bureau sans rien faire. Il se leva pour se diriger vers la porte. Avant de l'ouvrir, il fit quelques pas en arrière, récupéra l'enveloppe et la passa au broyeur sans même l'ouvrir. Il savait qu'un combat allait débuter, le pire des combats qu'il avait eu à mener jusqu'à aujourd'hui. Il devait avertir Alexandra, elle lui avait souvent sauvé la mise et il lui devait bien ça. Adrien expliqua la situation à son assistante, sans entrer dans des détails inutiles. Il lui indiqua que Cristofer allait très certainement la contacter dans un ou deux jours pour lui expliquer sa vision des choses et lui proposer de travailler pour lui. Elle pouvait suivre les faits et gestes d'Adrien, ce qui s'avérerait utile pour Cristofer. Adrien lui demanda de réfléchir avant d'envoyer promener son associé. C'est avec un grand sourire qu'elle lui annonça que c'était déjà fait. Cristofer l'avait contacté quelques jours auparavant. Plus rien ne pouvait plus étonner Adrien à partir de cet instant, et il rendit son sourire à son assistante.

Adrien ne se sentit pas bien. Tout son corps fut parcouru de fourmillements désagréables et .....

« La guerre avec ton associé s'est déclarée à ce moment là », dit une voix familière.
Il était encore une fois au beau milieu de cette pièce blanche. Ce souvenir le dérangeait, il aurait préféré ne pas le revivre, pour ne pas se souvenir. Ce moment de sa vie lui paraissait inutile, il savait qu'il en appellerait d'autres. Adrien n'était pas ici pour ça, il voulait connaître la fin de son histoire avec la Crête et Calista. Avait-il du vendre la maison pour renflouer les caisses ? Comment Luciela l'avait-elle pris si c'était le cas ? Sa vie sur terre prenait une tournure désagréable. Ses sentiments pour Calista étaient à sens unique, son associé voulait sa peau et sa fortune n'existait plus. Il avait encore les moyens de bien vivre avec son salaire de Directeur général, mais cela n'avait rien à voir avec les mois précédents. A cet instant, sa situation financière lui paraissait bien désuète, sans importance. Il savait qu'il était prêt à se battre, cela ne lui faisait pas peur. Et si Calista avait choisi un autre chemin que le sien, il le vit avec philosophie. Quel constat, pas d'amour, un travail en guerre de tranchées, plus d'argent, il ne pouvait pas regretter sa vie sur terre se dit-il. Il se retourna vers son ange gardien :

« En fin de compte, c'est plutôt bien d'être mort. Je n'ai plus de problème avec mon associé, je n'attends plus l'amour qui ne viendra pas, je ne laisse personne malheureux sur terre. Je ne peux pas regretter d'être là. J'ai tout flanqué par terre », finit-il par dire.

L'ange n'appréciait pas du tout son discours, il fit quelques pas en direction d'Adrien et s'assit sur un fauteuil. Le blanc de ses vêtements se confondait en tous points au blanc du fauteuil remarqua à nouveau Adrien. L'ange ne disait pas un mot, il avait l'air épuisé, usé. Profondément pensif, il semblait bouillir de l'intérieur. Il se redressa dans le fauteuil et articula :
« Regarde, tu as toujours été un battant »

Adrien voyagea plus vite que le plus rapide des avions. Les secousses contractèrent tous les muscles de son corps. Il se retrouva propulsé à Paris, dans son bureau. La place qu'occupait habituellement Alexandra était vide. Il la retrouva dans son bureau, en plein discussion avec ...... lui même.

Ils avaient l'air très concentrés tous les deux. Assis à la table de réunion Alexandra et Adrien étaient sur un dossier qui semblait important. L'assistante avait quelques nouvelles pour son patron. Durant son séjour en Crête, Cristofer était passé au siège parisien. Elle lui expliqua qu'il avait fait le tour de tout le monde et lui assura qu'il n'était pas rentré dans son bureau. Sa stratégie paraissait claire, déstabiliser le service d'Adrien pour le discréditer auprès de sa propre équipe. Mais pour le moment, ce n'était pas le dossier le plus important qu'Alexandra voulait présenter à Adrien. Les pertes de la start up avaient été très lourdes ce dernier trimestre. Il allait falloir trouver des fonds et licencier pour garder l'entreprise. Adrien ne voulait pas s'y résoudre, même s'il avait devant lui le rapport d'expertise qui confirmait les dires de son assistante. Il fallait qu'il se creuse la tête pour trouver une solution. Certain de ses échecs, il avait mis l'entreprise en péril, c'était à lui de trouver une idée pour ne pas faire payer ses salariés.

Ses réflexions ne lui permettaient pas d'envisager une issue favorable rapidement. Il avait pourtant peu de temps, Cristofer reviendrait vite à la charge pour tenter de lui racheter ses parts. Adrien n'entrevoyait alors que deux solutions. Faire faillite et licencier tout le monde pour ne pas céder à Cristofer ou vendre pour que son associé puisse sauver l'essentiel. Si le deuxième cas pouvait paraître plus intelligent, il savait très bien que cela offrirait le même résultat pour les bureaux parisiens. Si Cristofer avait la main sur la start'up, il se débarrasserait des bureaux de Paris pour tout basculer à Los Angeles. L'équipe d'Adrien disparaîtrait de toutes façons. Il devait se battre pour eux. Il s'aperçut qu'Alexandra n'y croyait plus.
« Alexandra, faites moi confiance, nous allons trouver une solution », l'interpella-t-il.
- Ce n'est pas le plus difficile, j'ai toujours eu confiance en vous. J'ai peur qu'aujourd'hui nous ne soyons au bout du chemin. Vous avez mis tout ce que vous aviez dans la boite. Je ne vois pas de solution. Il faut savoir regarder les choses en face, aussi tristes soient-elles, Adrien.
- Non, Alexandra ! Lui dit Adrien en se levant. On doit trouver une solution. Donnons nous une chance, osons !! Pensons inimaginable, réfléchissons inaccessible, rien ne doit nous sembler insurmontable.
Alexandra le regardait avec un sourire, elle retrouva la foi à ce moment la. Adrien était un moteur qui savait transporter toute une équipe. Elle voulait croire au miracle, elle devait y croire. Après tout, on ne doit jamais abandonner tant que l'impossible n'a pas été tenté, aimait dire Adrien.

« Tu viens de subir un choc, Adrien », entendit-il dans son dos.

Il se retourna pour regarder l'Ange :

- Effectivement, mais n'ai-je pas une grande part de responsabilité dans ce qui m'arrive ? Cristofer n'a t-il pas raison de me dire que j'ai mis l'entreprise en péril ? »

- En partie, certainement. Mais ...... L'ange laissa sa phrase en suspens.

- Mais ? Interrogea Adrien.

- Mais, tu ne sais pas tout. Je te propose un merveilleux moment de ta vie. Tu sauras apprécier, j'en suis persuadé.

- Je préférerais savoir ou en est mon entreprise maintenant. Cela me tracasse plus que le reste. Savoir si j'ai réussi au moins à sauver les emplois.

L'ange ne répondit pas et disparut aussitôt.

Adrien nageait au large. Il aimait se dépasser dans ces moments là. La mer le portait alors qu'il sentait la fatigue le gagner. Il allait devoir fournir un effort supplémentaire pour retourner sur la plage. Le retour vers le bord fut plus long que ce qu'il avait prévu. Il s'allongea sur le sol, épuisé par la nage qu'il venait de faire. Le sable chaud lui collait à la peau, une nouvelle occasion de se jeter à l'eau s'il lui en fallait une. Durant de longues minutes, Adrien resta allongé, les bras en croix, il ne bougeait plus. Ses muscles étaient endoloris par l'effort qu'il venait de fournir et le souffle lui manquait. Petit à petit sa respiration se fit plus lente, plus régulière, ses muscles se détendaient et son cerveau était à nouveau opérationnel. Il se leva, le soleil tapait encore très fort en cette fin de journée et il ne voulait pas se mettre en danger. Il était temps de rentrer pour lui. Il se dirigea vers l'eau pour se rincer avant de se sécher avec une serviette de bain pour monter en voiture.

Il grimpa directement dans sa chambre prendre une douche. L'eau froide lui fit un bien fou, il avait besoin de faire redescendre la température de son corps pour le moment. Il termina avec de l'eau chaude pour que son corps se rapproche de la température extérieur, cela lui permettrait de ne pas transpirer en sortant de la douche. C'est une méthode que lui avait appris Erkoss, toujours finir par de l'eau chaude pour élever la température du corps au niveau de celle de l'extérieur et ne pas subir de choc thermique. Adrien descendit au salon, Luciela était en cuisine.

« Vous dînez ici ce soir Adrien ? » demanda-t-elle.

- Oui, tout à fait.

- Vous auriez du me le dire, je n'ai rien fait. Holalala ! Qu'est ce que je vais faire ? Paniqua-t-elle. Que vous arrive-t-il ? Depuis que vous êtes revenu vous n'avez pas dîner au Thalassa une seule fois. Il s'est passé quelque chose avec Calista ? Je sais qu'elle n'a pas un caractère facile. J'espère qu'elle ne vous a pas encore embêté.

Adrien regarda la vieille femme et lui sourit tendrement.

- Ne vous inquiétez pas Luciela, il ne s'est rien passé. J'ai eu un mois de juillet difficile au travail et j'ai simplement besoin de me reposer.

- Ça me rassure, parce que je l'aurais grondée s'il le fallait. Remarquez, elle a pas besoin de ça en ce moment. Je la trouve triste depuis plusieurs semaines. Je ne sais pas ce qu'elle a, elle aussi elle doit être fatiguée par son travail. Le travail en juillet ça doit pas être bon. Dit-elle, malicieuse.

Les sous entendus de la femme n'échappèrent pas à Adrien. Luciela venait de lui envoyer un message. Il se leva de son fauteuil et s'adressa à la femme :

« Je vais aller prendre des nouvelles de Calista. Je tomberai certainement sur Erkoss, ça me fera plaisir de le voir. Je dînerai là-bas, ne vous inquiétez plus pour le dîner ».

Luciela ne répondit pas, elle fit un petit sourire lorsqu'il l'embrassait sur le front.

Adrien appréhendait son retour au Thalassa. Calista s'était pratiquement enfuie lors de leur dernière rencontre et il ne savait pas comment elle allait l'accueillir. Il y avait peu de chance qu'elle l'ignore, ce n'était pas dans son caractère. Même si au fond de lui il espérait qu'ils allaient rester amis, il savait que c'était peu probable. Il décida de ne pas se poser de questions et se dirigea vers une table libre pour s'asseoir face à la mer. Il n'eut même pas le temps de réfléchir à ce qu'il allait boire qu'une voix l'interpella :

« Hè, Adrien ! Comment ça va ? ».

Erkoss se dirigeait vers lui d'un pas rapide. Il avait l'air réellement content de le revoir. Adrien partageait sa joie. Il aimait décidément bien ce jeune homme. Il se leva pour lui faire une accolade et lui montra une chaise, l'invitant à s'asseoir.

« Tu nous a manqué dis donc. Il paraît qu'en plus ça fait plusieurs jours que t'es arrivé. C'est vrai ? »

- C'est vrai, admit Adrien d'un air coupable. Je suis ici depuis quatre jours.

- Et t'es pas venu nous voir ?

- Comment as-tu su que j'étais là ? Demanda -t-il.

- C'est un village ici. J'ai mon cousin qui est passé devant chez toi et il t'a aperçu.

- Oui c'est un village, répéta-t-il, pensif.

- Mais non, je blague, c'est Calista qui m'en a parlé. J'avais d'ailleurs décidé de passer chez toi demain si tu ne venais pas. Je ne pouvais pas avant, il faut que je m'occupe de Calista, elle va pas très bien en ce moment. Mais je crois que ça va s'arranger très très rapidement, dit-il en souriant.

- Elle commence à aller mieux ? L'interrogea Adrien.

- Depuis 3 minutes, oui. Mais j'ai peur qu'elle attrape un torticolis maintenant, dit-il en riant à présent.

Adrien ne comprenait pas ce que voulait dire son ami. Il faisait une drôle de tête et l'interrogea du regard. Erkoss reprit.

- Un torticolis à force de se tordre le coup pour observer la terrasse. Ça fait trois jours qu'elle regarde de ce coté toutes les deux ou trois minutes. Et quand elle ne regarde pas elle me demande de le faire. Alors, pour le bien de sa santé physique, et ma tranquillité, on va aller se mettre au bar tous les deux pour boire un verre. Tu verras ça peut-être cool. Allez viens avec moi, lui dit-il en se levant.

Adrien ne bougea pas, il le regarda fixement.

- Ah non ! Tu ne vas t'y mettre toi aussi. Ce n'est pas possible, il y a un truc contagieux sur l'île ou quoi ? Allez bouge, ordonna-t-il à Adrien qui se leva en haussant les épaules et le suivit.

Ils pénétrèrent dans le bar et prirent place sur les hauts tabourets du comptoir. Le sourire qu'afficha Calista en disait long sur la joie qu'elle avait de le retrouver.

Adrien ne la quittait pas des yeux, il la fixait si intensément qu'on aurait pu croire qu'il allait la dévorer du regard. Elle ne cligna pas des yeux, son sourire toujours aux lèvres elle se noyait dans le regard bleu d'Adrien.

« Hè ! Les interpella Erkoss. J'existe les tourtereaux, ajouta-t-il.

Aucun des deux ne bougea. Erkoss mit un coup d'épaule à Adrien, ce qui le fit tomber du tabouret. Calista éclata de rire et Adrien se releva en riant lui aussi. A cet instant, sa vie venait de basculer. Cette nuit là, Adrien ne rentra pas chez lui. Il passa la nuit avec Calista. Une nuit trop courte, passionnée, belle, envoûtante. Les superlatifs manquaient à Adrien pour la qualifier. Il était sur un petit nuage. Il aurait voulu que cette nuit ne s'arrête jamais.

« C'est beau l'amour » intervint l'ange.

Adrien se tourna, très énervé cette fois-ci. Son ange gardien venait de lui gâcher un moment fabuleux. Il serra les dents pour ne pas dire de paroles qu'il pourrait regretter. L'ange dut sentir sa colère car il ajouta :

« J'ai un autre moment à te montrer. Tu dois voir plusieurs épisodes de ta vie. Nous n'avons pas le choix, nous devons avancer ».

Adrien n'eut pas le temps de protester qu'une forte secousse fit trembler tout son corps.

Il ouvrit les yeux sur Calista. Elle se trouvait dans le lit d'Adrien. Il se leva et descendit directement à la cuisine. Luciela était affairée à préparer le petit déjeuner.

« Bonjour Luciela » dit-il en l'embrassant sur le front.

- Bonjour Adrien. Vous avez bien dormi ? Demanda-t-elle ;

- Merveilleusement, répondit Adrien tout sourire.

- Calista dort encore ?

- Elle va arriver. Je vais dresser le petit déjeuner sur la terrasse. Vous le prenez avec nous ? l'interrogea-t-il.

- Je vais prendre un thé, j'ai déjà mangé, répondit-elle en préparant un plateau.

Calista descendit quelques instants plus tard. Elle embrassa sa tante et fit un tendre baiser à Adrien. Cela faisait à peine quinze jours qu'ils étaient ensemble et déjà ils ne voulaient plus se quitter. Calista dormit chez Adrien chaque nuit, et Adrien passait ses soirées au Thalassa avec Erkoss. Les journées se passaient entre la plongée sous marine, de longues balades en montagne, des après midi sur la plage ou de longues siestes agréables. Adrien devait repartir dans deux jours, il avait déjà reporté son retour d'une semaine. Il ne pouvait plus prolonger. Il avait des affaires urgentes à régler à Paris.

13

Adrien était pensif. Le doute l'avait envahi à ce moment. Même s'il désirait revoir des fragments de vie avec Calista, il avait besoin de comprendre de quelle façon il avait pu faire face à cette situation. Son âme de battant le persuadait d'avoir réussi et il voulait comprendre comment il s'y était pris. Perdu dans ses pensées, il mit quelques secondes à s'apercevoir qu'il était revenu dans son bureau. Étrangement, aucune secousse ni nausée ne l'avait envahi lors de ce voyage.

Adrien observa Alexandra entrer. Elle avait sa tête des mauvais jours, l'air fatigué et les traits tirés. De son coté du bureau Adrien lui sourit et lança :

« Ne faites pas cette tête, tout va bien se passer, je ne suis pas en retard cette fois-ci ».

- Je ne suis un peu nerveuse, comprenez-moi. C'est.... c'est une sacré chance, je crois. Peut-être la dernière.

- Pas peut-être ! Reprit Adrien en grimaçant. Croisez les doigts aussi fort que vos phalanges peuvent le supporter. Je vais avoir besoin d'un coup de pouce du destin, et d'un gros, lui dit-il en se levant. Je dois y aller. Ne me souhaitez pas bonne chance, je suis superstitieux, et ne soyez pas grossière non plus, ça sonne mal sur vos jolies lèvres, ajouta-t-il avec un clin d'œil.

Alexandra ne répondit rien et le regarda partir, anxieuse. Elle mesurait le risque de ce rendez-vous de l'ultime chance. Adrien avait essayé de la rassurer à plusieurs reprises, en vain. Même si elle avait confiance en lui, elle ne pouvait s'empêcher de s'inquiéter. C'était certainement leur dernière chance, leur seul moyen de sauver l'entreprise et les emplois. Il fallait qu'elle s'occupe jusqu'au retour de son patron pour ne pas devenir folle. Ses pensées allaient devenir obsessionnelles et elle devait s'en détacher. Le temps passa lentement, exactement comme lorsque l'on est près de son téléphone à attendre des nouvelles de quelqu'un qui n'en donne pas. On se retrouve toutes les vingt secondes à scruter le téléphone en vérifiant qu'il est allumé, qu'il capte bien, que la sonnerie ne s'est pas éteinte toute seule. Alexandra, de la même façon regardait la porte du bureau, guettait le son de l'ascenseur, vérifiait les flèches lumineuses indiquant si quelqu'un prenait l'ascenseur. Tous ces gestes inutiles que l'on répète si souvent sans résultat.

Trois heures de souffrance plus tard, elle vit apparaître Adrien. Sa cravate à la main, il paraissait fatigué. Elle l'observa sans dire un mot, même si cela la démangeait de le submerger de questions, elle se contrôlait. Il passa devant elle sans lui parler, juste un regard timide en passant devant elle et pénétra dans son bureau. L'anxiété monta d'un cran chez Alexandra et elle se mit à imaginer l'échec. Pas le sien, elle savait qu'elle retrouverait du travail dans le pire des cas. Son inquiétude était pour Adrien. Il allait tout perdre, son entreprise, son équipe, son argent et sa dignité certainement. Son téléphone sonna, Adrien lui demandait de venir dans son bureau. « Ouf ! Je vais enfin savoir ! » pensa-t-elle.

Elle s'y précipita. Adrien était assis sur son grand fauteuil derrière son bureau. Il l'observa entrer et lui dit dans un souffle de dépit :

« Je n'ai pas gagné ! » Son cœur se serra, elle retint ses larmes lorsqu'il il ajouta,

« Je n'ai pas encore perdu non plus ». Elle n'arrivait pas à parler, la gorge serrée elle l'interrogea avec les yeux.

- Il a demandé un temps de réflexion. Ne me demandez pas combien de temps, il ne m'a pas répondu lorsque je lui ai demandé. Il a les cartes en main, il peut jouer avec nous, c'est lui le maitre du jeu. Le temps joue contre nous, malheureusement, conclut-il en se laissant tomber au fond du fauteuil de cuir noir.

Il était en train de lui expliquer le déroulement de son rendez-vous lorsque son téléphone sonna. Adrien appuya sur la touche « répondre » et le porta à son oreille.

-Allo ? Dit-il.

- Monsieur Lechevalier, est-ce que vous transpirez ? Lui demanda la voix dans le téléphone.

- Cela vous amuse, n'est ce pas ? Répondit-il, plein d'aplomb en reconnaissant l'accent brésilien de Monsieur Tillio et articulant en silence en ouvrant grand la bouche le nom de son interlocuteur pour prévenir Alexandra.

- Non, pas vraiment. Je ne vais pas vous faire attendre plus longtemps. Même si vous le méritez. Je n'ai pas une haute opinion de vous, Monsieur Lechevalier, je ne vous le cache pas. Vous avez préféré passer la nuit avec une fille et vous réveiller à ses cotés plutôt qu'honorer un rendez-vous qui aurait peut-être sauvé votre entreprise. La voix fit une pause pour accentuer l'effet de cette annonce. Et aujourd'hui, quel résultat. Vous êtes passé de chasseur à proie.

Adrien était abasourdi. Comment cet homme pouvait-il avoir connaissance de cette histoire. Alexandra lui avait assuré avoir trouvé une excuse valable et acceptable. Son cerveau s'electrisa. Il se mit à douter, que s'était-il passé ? Comment Tillio avait su pour la nuit avec cette fille.

- Inutile de charger votre assistante, elle à très bien fait son job. Avec une belle excuse que j'ai cru durant plusieurs mois, reprit Tillio. La fuite ne vient pas de là, renchérit la voix dans l'écouteur.

Alexandra voyait son patron blêmir. Il devint pâle, quelques gouttes de sueurs perlaient sur son front, et cela ne présageait rien de bon. Son inquiétude grandissait, voir son patron perdre pied, lui si plein d'aplomb habituellement ne la rassurait nullement.

- Je .... je suis désolé, réussit à articuler Adrien qui se sentait acculer en entendant à nouveau parler de cette histoire.

- Cependant, vous êtes un homme plein de ressources, je le reconnais. Vous avez d'ailleurs un talent certain pour convaincre les gens, il n'y a aucun doute. Je pense que vous trouverez rapidement un investisseur pour vous épauler, vous savez y faire. En fin de compte, maintenant je sais pourquoi on vous surnomme MIAM. Et vous êtes à la hauteur de votre réputation.

Adrien ne disait plus un mot, il déglutit, semblant deviner l'issue de la discussion. Son espoir s'amenuisait pour se réduire infiniment, en attendant la suite de la sentence. Il avait utilisé tous ses arguments pour convaincre Tillio, que pouvait-il ajouter de plus ? Il conserva le silence.

- Alors, avant que cela n'arrive, reprit Tillio, et que je passe à coté d'une occasion que je pourrai regretter, je vais vous donner mon accord, Monsieur Lechevallier.

Arien serra si fort son téléphone qu'il faillit le broyer. Il ferma les yeux et inspira profondément, ce qui le soulagea d'un certain poids qui commençait à peser trop lourds sur ses épaules. Alexandra compris à ce moment et elle soupira de son coté.

- Ne restez pas sans voix, Monsieur Lechevalier, vous m'avez montré autre chose aujourd'hui. Je suis prêt à vous rejoindre, mais j'ai quelques conditions tout de même.

- Bien entendu, répondit Adrien qui avait retrouvé de l'avenant. Il faut que nous en discutions pour conclure un accord valable pour les deux parties. Gagnant ! Gagnant !

- N'attendons pas, concluons cette affaire. Mon chauffeur me dépose en bas de vos bureaux dans...., disons ... maintenant. Je monte, Monsieur Lechevalier !

- Je vous attends, répondit Adrien sans laisser paraître sa surprise.

C'était incontestablement sa force, un temps de réaction minimum pour un maximum d'actions. Adrien s'avança vers l'ascenseur pour accueillir Monsieur Tillio, avec l'espoir que l'aventure allait continuer.

« Je ne te féliciterai pas, tout le monde l'a fait après la signature, mais je peux dire que j'étais fier de moi à ce moment là. » lui dit l'Ange avec un sérieux qui surprit Adrien.

- Fier de toi ? Adrien le regarda, stupéfait. Peux-tu répéter ce que tu viens de dire ? Ajouta-t-il.

- J'ai participé à ta réussite. J'étais là, je te conseillai, ne l'oublies pas. Tu as une vive tendance à minimiser mon aide, reprit l'Ange avec un grand sourire.

- Et tous les ratés dont tu me parles, dont tu me rabâches la tête depuis..... depuis je ne sais même pas combien de temps. Tu as aussi ta part dans ceux-là ? Ou tu ne participes qu'aux réussites ?

- Un peu des deux, obligatoirement. Mais tu ne m'as que très rarement écouté avant de faire de mauvais choix. J'ai plus souvent réussit à te faire faire de bonnes choses lorsque tu m'as écouté.

- Évidemment ! Et c'est moi qui me mens et qui me cherche des excuses ? Elle est bien bonne, dit Adrien, dépité par ce qu'il venait d'entendre.

- Là ! Tu ne te mens pas, tu ne veux simplement pas reconnaître qu'une aide extérieure t'as accompagné et conseillé. Tu avais pourtant demandé un coup de pouce du destin, si je me souviens bien. Je n'ai jamais pris de décision à ta place. Je t'ai fourni des informations pour t'indiquer le chemin à suivre et faire ton choix. Ensuite, TON libre arbitre t'a permis de décider. Vois-tu, nous, les Anges, ne conseillons jamais de mauvaises choses, nous ne pouvons pas le faire, c'est comme ça. Tes mauvais choix t'appartiennent donc par définition. Je t'ai toujours donné la meilleure façon de faire pour que le résultat soit satisfaisant. Pour toi, et pour les autres. Simplement, il faut le reconnaître, quelques fois, mes conseils ont pu dériver en fonction des événements. Je t'ai alors susurrer une autre route, une bifurcation que tu n'as pas voulu suivre, tu t'es entêté dans ton premier choix, celui que je t'avais conseillé. Mais les situations évoluent, et il faut s'adapter, savoir changer de cap quand le vent est de face. Un bon marin doit comprendre ça. Comment crois-tu que ton idée de recontacter Monsieur Tillio t'es venu ? Et surtout, où as-tu puisé le courage de l'appeler sachant le coup que tu lui avais fait ? Et même mieux, pourquoi crois-tu qu'il a accepté de te rencontrer ? Si tu as les réponses à ces questions, je m'incline, lui dit l'ange en faisant une courbette pour le provoquer.

Adrien l'avait écouté sans comprendre ce qu'il lui disait. Cet Ange l'énervait profondément. Les dernières paroles prononcées résonnaient en lui. Il devait et voulait y répondre, cela clouerait le bec à cet Ange qui ne lui laissait même pas savourer sa victoire.

Il se lança :

« L'idée m'est venue parce que toutes les pistes explorées me paraissaient être des impasses. J'ai fait l'analyse de la situation puis j'ai puisé le courage dans la foi, celle que mon équipe a toujours eu pour moi. Je leur devais ça, j'ai pensé à eux avant moi. Voila comment j'ai procédé. Et pour finir, il a accepté de me rencontrer parce que .... parce que ..... je ne sais pas, je ne suis pas lui, moi. Je ne peux pas te donner les réponses à la place de quelqu'un d'autre. Notre entreprise est réputée, il avait certainement un interet à nous rejoindre. Ce sont les affaires. J'ai répondu à tes deux questions me concernant. Pour le reste, trouve la réponse toi même puisque tu es si malin ».

L'ange le regarda avec affection :

—   Des idées, tu en as toujours eu à revendre, je l'admets, répondit-il. Cependant, celle-ci ne vient pas de toi, elle t'est venue en marchant dans la rue, au hasard, si l'on y croit. Et tu as marché jusqu'à l'hôtel ou tu avais passé la nuit précédent ton rendez-vous manqué avec Monsieur Tillio. Tu t'es en quelque sorte perdu pour trouver l'idée.

Tu ne peux pas te souvenir de la raison qui t'as amené dans cette rue, éloignée de ton bureau, à l'opposée de ton appartement et où rien ne t'attendait. Il n'y en a pas. Les yeux glaciers perçaient Adrien qui écoutait avec attention. Si ce n'est moi ! Ajouta l'Ange après quelques secondes de silence, puis il continua, le courage t'es facilement venu, en pensant à tes employés, c'est vrai. Surtout lorsque l'image des jumeaux de Patrick t'es revenue en tête. Tu as culpabilisé. Quant aux raisons, ou plutôt LA raison qu'il a eu d'accepter de te rencontrer....

L'Ange se tut, il observait la réaction d'Adrien qui ne bougeait plus. Il ne prenait aucun plaisir aux désillusions d'Adrien, mais il voulait le faire réagir. Il avait besoin de réaction. Il lui restait à lui asséner le coup de grâce.

- La raison est simple, elle tient en cinq lettres, Chloé, C.H.L.O.E.

Adrien était totalement perdu. Il ne comprenait plus rien, il avait un mal fou à remettre ses idées en place. Chloé, pourquoi lui parlait-il d'une Chloé ? Qu'est ce que cela voulait dire ?

- Qui est Chloé ? Un nom de code ? Ironisa Adrien.

- Chloé. Je sais que tu n'as pas la mémoire des prénoms, c'est ce que tu lui as dit.

Adrien comprit alors, ses souvenirs étaient remontés au matin ou il s'était réveillé à coté d'elle. Il se souvint qu'il avait pourtant décidé de rentrer tôt ce soir là. Il buvait tranquillement un verre lorsqu'une superbe femme l'avait abordé.

Elle lui avait offert un verre qu'il n'avait pas refusé. Son ego avait encore une fois fait le travail. Il voulait juste repartir avec son numéro pour la rappeler plus tard. Ils avaient discuté et puis plus rien, le trou noir. Encore une fois il n'arrivait pas à se souvenir.

- Quel rapport entre Chloé et Monsieur Tillio ? Interrogea Adrien.

L'Ange eut un grand sourire.

- Il l'a rencontrée, elle lui à tout expliqué. Nous l'avons un peu aidé à se décider à parler, avoua-t-il.

- Qu'est ce que tu racontes ? A avouer quoi ? Et qui est ce nous ? Demanda Adrien qui semblait ne rien comprendre.

- Nous ! Les Anges ! répondit-il. Il peut nous arriver de nous demander une faveur si celle-ci permet de corriger une injustice. C'était le cas. Si ton entreprise était en danger, cette fois-ci, tu n'en étais pas entièrement responsable. Une intervention extérieure est à incriminer.

- Intervention extérieure, force intérieure ! Décrypte s'il te plaît. J'ai besoin de mots clairs et précis, s'énerva Adrien. Alors je suis tout ouïe, je t'écoute, tu as toute mon attention, dit-il sur un ton qui ne permettait pas la discussion.

L'Ange n'en tint pas rigueur, il savait qu'il devait aller au bout de l'histoire pour obtenir le choc attendu.

- Tu t'es réveillé à coté d'une femme alors que tu voulais rentrer chez toi pour te lever en forme le lendemain matin, n'est-ce pas ? Sans attendre la réponse il continua.. Et tu ne te souviens plus de rien ? C'est normal, certaines drogues te font perdre la mémoire. Elles sont nombreuses. Adrien, tu n'as pas fini dans le lit de cette jeune fille par choix. On t'y a amené. Tu marchais sur tes jambes, mais ton cerveau ne commandait plus rien. Pour être plus clair, elle t'as drogué pour t'emmener à l'hôtel. C'est pour ça que le lendemain tu ne te souvenais plus de rien. Tu ne savais même pas si tu avais couché avec elle. Et je peux te dire que non. Tu ne l'as pas fait. Voilà l'histoire, conclut-il.

- Mais pourquoi aurait-elle fait ça ? Quel était son intérêt ? Je ne comprends toujours pas.

- C'est parce qu'il te manque une information essentielle pour comprendre sa motivation. Elle a été payée pour te garder dans une chambre d'hôtel jusqu'au lendemain 10H00. C'était son rôle. Qu'elle a bien réussi je dois le reconnaître.

C'était bien l'heure à laquelle il s'était réveillé se souvint Adrien. Elle s'apprêtait à partir.

- Payée ? Pourquoi ? Par qui ? S'emporta Adrien.

- Tu ne vas pas aimé la réponse lui dit l'Ange.. .... Par ton associé qui ne voulait pas que tu te rendes à ton rendez-vous. Il voulait que l'affaire échoue.

- C'est impossible. Ce rendez-vous manqué à mis notre société en danger et quelques mois plus tard nous avons du mettre toutes nos économies dans la boite pour la conserver à flot. Il n'avait aucun intérêt à faire échouer ce rendez-vous. Tu racontes n'importe quoi !

- TOUTES vos économies ? Demanda l'Ange. Vraiment toutes ? Renchérit-il.

- J'admets que j'ai gardé un petit quelque chose pour m'offrir ma maison en Crête. Mais c'était pas grand chose par rapport à tout ce que j'ai mis. Je l'avais gagné cet argent, et cette maison était mon rêve. J'ai même vendu un tableau pour ça.

- Pas toi ! Adrien. Tu as joué le jeu. En très grande partie du moins. Mais...... Cristofer !

- Quoi Cristofer ? S'exclama Adrien.

- Il n'a pas mis toutes ses économies, répondit l'Ange en secouant la tête pour dire non.

- Qu'est ce que tu racontes ? Nous avons mis la même somme, ça je peux l'assurer, elle était sur nos comptes d'entreprise. C'est même Cristofer qui a insisté pour que je le sache.

- C'est vrai, mais ce n'était pas toutes ses économies. Il en avait encore sous le coude.

- Comme moi, c'est humain. Je ne peux pas lui reprocher ce que j'ai fait quand même.

- Nous ne parlons pas de quelques dizaines de milliers d'euros dans son cas. Beaucoup, beaucoup, beaucoup plus.

- Bon, il avait des économies plus importantes que moi, mais je me répète, il a injecté la même somme que moi. Pendant que je dépensais dans mes soirées parisiennes, il économisait, un point c'est tout. Et il lui en restait naturellement plus que moi.

- 3 millions d'euros ?

- Pardon ?

- Il avait sur son compte en banque trois millions d'euros, répéta l'Ange.

- Trois millions ? De sacrées belles économies, s'étonna Adrien.

- Dont environ la moitié t'appartient.

- Qu'est ce que tu racontes ?

- Détournement d'argent de votre entreprise. Simple et facile, tu ne contrôlais jamais rien. Tu lui faisais confiance. Il était ton ami, ton associé.

Adrien venait de prendre un gros coup sur la tête.

Les idées se mettaient en place, des scénarios apparaissaient. Faire avorter le rapprochement avec Tillio pour ne pas que ce dernier découvre les détournements. Il aurait demandé un audit en cas d'association. Puis faire culpabiliser Adrien pour lui racheter ses parts à bas prix et ensuite réinjecter les trois millions dans l'entreprise pour relancer la machine. Ses trois millions se seraient transformés en dix très rapidement. Le plan était bien ficelé. Adrien n'y avait vu que du feu.

Il n'en revenait pas et avait encore du mal à y croire. Pourtant, Adrien imagina facilement le plan de Cristofer. Une énorme colère s'invita en lui. Il se sentait en partie responsable de la situation. Sa confiance aveugle en son ami l'avait mis dans une situation critique. Jamais Adrien n'avait pensé se faire avoir aussi facilement. Comme quoi l'adage « préserve moi de mes amis, de mes ennemis je m'en charge » se vérifiait à nouveau. Le danger est toujours là ou on l'attend le moins et c'est celui qui fait le plus mal. Adrien enrageait, il se trouvait stupide et surtout très naïf. Comme chef d'entreprise, on ne faisait pas pire idiot, pensa-t-il.

Son ange gardien ne disait plus un mot. Il était resté à coté de lui et sentait le bouillonnement intérieur d'Adrien. Le but était atteint, faire réagir Adrien. Violemment.

Adrien se tourna brusquement vers lui :

« Je dois te croire sur parole ? », demanda-t-il, perplexe.

- Tu peux, je suis un Ange.

- Je n'ai jamais rencontré que toi comme Ange, comment savoir si tu dis la vérité ?

- Repense au scénario que tu viens d'imaginer, fais appel à ton intelligence., lui demanda l'Ange.

Adrien le regarda fixement quelques secondes, puis reprit la parole :

« Tu lis dans mes pensées. Peux tu me faire voir la suite de cette histoire ? » demanda-t-il à l'Ange.

- Ne préfères tu pas te détendre auprès de Calista ? Répondit l'autre.

Si l'Ange avait cherché à obtenir une réaction violente, il voulait pouvoir maîtriser celle-ci. Il ne pouvait laisser Adrien s'emballer inconsidérablement. Le danger était bien trop grand. Le faire réagir, oui ! Courir un risque de rupture important, non !

- Je pense que j'ai quelque chose d'important à découvrir. Je ne suis pas persuadé de pouvoir apprécier des moments heureux en sachant que je ne connais pas la suite de cette fâcheuse histoire. S'il était devant moi, je ne sais pas ce que je lui ferait, dit-il la mâchoire et les poings serrés.

- Il va pourtant falloir que tu me fasses confiance une nouvelle fois. Je dois t'inviter à regarder ailleurs, lui dit l'Ange en indiquant le mur qui se trouvait derrière Adrien.

Adrien se tourna vers le mur et avant qu'il n'ait le temps de regarder à nouveau l'ange, celui-ci avait disparu et ...

14

Adrien voulut résister de toutes ses forces. Pour lui, il était hors de question de faire un nouveau voyage avant de connaître la suite de son histoire avec ou contre Cristofer. Il mit toute son énergie en marche pour ne pas être aspiré. Inutilement... Sa tentative de résistance provoqua une douleur encore plus forte. Le soleil l'éblouissait, son corps lui faisait mal, une forte nausée lui arracha un renvoi. Il mit quelques secondes pour récupérer et s'apercevoir qu'il était à nouveau sur une plage, en Crête.

Calista était allongée prés de lui. L'eau qui ruisselait sur son corps la rendait encore plus désirable. Il admirait les courbes de son corps parfait alors qu'elle semblait se reposer sur la grande serviette qu'ils partageaient. Il se leva sans la toucher pour ne pas l'éveiller et se dirigea vers la mer. Il pénétra lentement dans l'eau, comme il avait l'habitude de le faire. Au fur et à mesure qu'il avançait, l'eau montait tranquillement le long de son corps. Adrien avança comme ça jusqu'à avoir de l'eau jusqu'au dessus du nombril puis piqua la tête la première et se mit à nager. Il se laissa porter par la mer pendant un long moment. Il adorait nager, sentir la sensation de l'eau sur sa peau et aimait particulièrement laisser son corps se faire porter par les vagues et le courant. Il nagea vers le large durant quelques minutes, puis fit la planche, se laissant porter par la mer. Lorsqu'il sortit de l'eau, ce fut de la même façon qu'il y était entré, calmement, en appréciant chaque mouvement de ses pieds dans la mer puis s'approcha de la serviette sans faire de bruit pour ne pas perturber sa belle qui dormait. La plage était déserte, ils n'étaient que tous les deux. Calista connaissait des criques de sable ou personne n'avait accès sans connaître l'endroit. Adrien se pencha au-dessus du corps de Calista et laissa égoutter ses cheveux sur son dos. L'effet de l'eau froide sur son corps bouillant fut immédat. Elle sursauta, se retourna et .... fit un grand sourire à Adrien. Ce sourire merveilleux qu'il ne se lassait jamais de voir. Elle se leva pour l'embrasser, Adrien se laissa faire avec envie. Alors qu'elle le prit dans ses bras pour le serrer contre elle, Calista le fit basculer en arrière sur le sable. Allongé sur le dos, Adrien se mit à rire. Il lui tendit la main pour qu'elle l'aide à se relever et la fit tomber à son tour. Ils étaient tous les deux couchés sur le sable chaud. Leurs rires ne furent arrêter que par un baiser passionné qu'ils échangèrent. Durant de longues minutes, ils s'embrassèrent, s'embrassèrent et s'embrassèrent encore. Rien d'autre n'existait plus pour eux. Lorsque Calista relâcha son étreinte ce fut pour lui dire d'une voix douce :

« Je t'aime, Adrien ».

C'était la première fois qu'elle lui disait ces mots. Il lui offrit un énorme sourire, la prit dans ses bras, la serra très fort et lui murmura :

« Moi aussi je t'aime, si fort ».

Il eut à peine le temps d'apprécier ce moment qu'elle lui rappela :

« Je dois aller travailler, le service du soir m'attend ».

- Il ne peut pas attendre un petit peu celui-la ? demanda-t-il.

- Tu sais bien que non, je dois y aller. Tu me ramènes ?

Adrien resta sans bouger, il regardait Calista sans dire un mot. L'image était comme arrêtée, figée dans le temps. Durant de longues secondes qui se transformèrent en minutes, rien ne se passa. Adrien avait l'impression de voir un film qu'on avait mis sur pause. Après une longue attente qu'il n'aurait pu déterminer en temps, il se retrouva a nouveau au milieu de la pièce blanche.

L'Ange était à coté de lui, il ne parlait pas non plus. Tous deux se regardèrent dans les yeux. Adrien eut la même sensation désagréable que lors de sa première rencontre avec l'Ange, il aurait parié qu'il voulait sonder son âme et au bout d'un moment détourna son regard. Il était plus calme à présent, voir Calista lui procurait toujours une sensation de bien être intérieur. Il savait que sa vie sur terre avait été heureuse avec elle. Mais la raison le rappela à l'ordre et il en eut par dessus la tête de ces incessants allers retours entre sa vie et sa mort. Certes, il voyait de belles choses qu'il était content de revivre, ses souvenirs revenaient petit à petit mais il avait aussi vu des images qui l'avaient secoué, ébranlé. Il ne pouvait plus rien faire pour les changer. Alors pourquoi attendre ? Il avait beau se poser cette question de différentes façons, la réponse lui venait naturellement.

Il devait recoller tous les morceaux de sa vie et se retourna vers son ange gardien sans parler, attendant que ce dernier comble le silence. Il s'était passé quelque chose d'étrange lors de son dernier voyage, il avait l'impression qu'il s'était interrompu beaucoup plus brutalement que les précédents. Il avait vécu quelque chose d'étrange, une sorte d'arrêt sur image. L'Ange ne le regardait pas, il semblait perdu dans ses réflexions. Adrien ne voulait surtout pas entamer la conversation, il était prêt à attendre le temps qu'il fallait. De toute façon, le temps n'avait aucun effet ici, et il ne maîtrisait pas non plus la durée de sa présence en ce lieu. Le comportement de l'Ange lui donna raison de patienter. Il semblait nerveux.

« Te voilà revenu » dit-il simplement.

Adrien n'en revenait pas. La banalité de ses paroles lui démontrait le manque d'assurance de l'Ange. « Je n'aurai pas dit mieux » répondit-il simplement, toujours décidé à lui laisser la main.

L'ange soupira. « Que crois tu qu'il s'est passé ? » reprit-il.

- Je ne sais pas, c'est certainement à toi de me le dire.

- J'avoue ne pas le savoir non plus. C'est étrange. Tu as, ...comment pourrais-je dire ? pensa-t-il à haute voix... déconnecté. Voila ! Tu as déconnecté. Conclut l'Ange.

Ces dernières paroles n'avaient rien de rassurant pour Adrien.

- Qu'est-ce que tu racontes ? C'est votre système qui a déconnecté. Pas moi !

- Je ne sais pas, admit l'Ange. Cela m'inquiéte.

- Et que se passe t-il maintenant ? S'inquiéta Adrien.

- Tu vas y retourner, je présume ! répondit l'Ange qui venait de retrouver un peu d'entrain.

- Où ça ? Sur là plage ?

- Non ! Pas là ! Autre part. Es-tu prêt à subir un choc ?

- Non ! Répondit Adrien sans hésitation. J'en ai eu mon lot. Dans la vie sur terre, continua-t-il, on a un certain temps pour encaisser les hauts et les bas, les bonnes et mauvaises nouvelles. Les jours se suivent et ne se ressemblent pas toujours. On a des périodes d'accalmies qui permettent d'enregistrer les événements. On absorbe ce qui nous arrive et le temps fait son travail pour qu'on apprécie les bons et digère les mauvais moments. Ici ce n'est pas le cas. Je vis les événements à la suite. Sans avoir le temps d'apprécier les belles choses, j'en vis une mauvaise juste derrière. Le problème c'est que je suis sur la même capacité d'encaissement que sur terre. Si le temps est dix ou vingt fois plus rapide ici, mon cerveau est resté calé sur le temps « terre ». Alors, la, je déborde un peu.

- Je comprends, Adrien. Dit l'Ange qui semblait compatir. Mais on doit le faire, c'est pour ton bien, ta mémoire c'est ta vie. Allons-y, dit-il sans attendre de réponse de la part d'Adrien.

Adrien se retrouva à voler au dessus d'une route sinueuse de Crète. Il n'eut aucun mal à reconnaître la route qui menait de chez lui au village. Le soleil brillait fort , la température et le paysage lui permirent de situer la période d'automne. Il s'était habitué aux saisons de la Crète et pouvait facilement les déterminer. Ses yeux se posèrent sur la route en contre bas lorsqu'une voiture apparue. La encore il n'eut aucune difficulté à déterminer à qui était ce véhicule. La voiture de Calista roulait tranquillement. Il se retrouva brusquement propulsé à l'intérieur. Le parfum de la jeune femme embaumait le véhicule et Adrien prit le temps de s'en délecter. Meme s'il trouvait étrange quelques fois de sentir et ressentir sans qu'on le voit, il en profitait. Un sifflement le fit se tourner vers la conductrice. Calista était seule dans le véhicule et un sourire radieux barrait son visage.

Elle conduisait détendue sur ces routes qu'elle connaissait par cœur. Sa joie était perceptible et ne semblait pas vouloir s'arrêter. Son visage était sublime. Adrien ne pouvait pas vraiment y participer, il était toujours aussi impuissant. Il se posait milles questions, voir Calista aussi heureuse sur la route la ramenant de chez lui au village le concernait. La seule raison qui pouvait l'amener ici était une visite chez lui. Elle était donc heureuse après l'avoir vu. Ce qui le rendit souriant à son tour. Il aimait sincèrement Calista et il aurait tout fait pour que jamais elle n'ait de peine. A cet instant, il aurait donné beaucoup pour savoir ce qui la rendait si joyeuse. Que lui avait-il fait ou dit ?   Il la regarda longuement. Perdu dans ses pensés il n'entendit pas le klaxon. Le coup de volant qui suivit le projeta violemment contre la portière. Le crissement des freins sur l'asphalte lui indiqua le danger. La voiture glissa sur la route vers le bas coté, incontrôlable. Calista était agrippée au volant, les muscles tendus, tétanisés, le visage effrayé. Il sentit le véhicule se retourner et dévaler le ravin à vive allure en tournant sur lui même dans un bruit de ferraille assourdissant. Il prit encore de la vitesse tant le ravin était abrupte. Un vacarme assourdissant accompagnait cette chute vertigineuse et il entendit des bruits de verre brisé, mais pas un seul instant la voix de Calista. Il était chahuté à l'intérieur et ne pouvait pas voir comment elle allait. Heureusement que la douleur lui était inconnue à présent, mais pas Calista. La voiture s'arrêta brutalement de faire des tonneaux dans un craquement extrêmement violent. Un arbre venait de freiner leur chute. Son premier réflexe fut de se précipiter vers le fauteuil du conducteur pour porter secours à Calista. Il ne trouva personne, elle n'était plus la. Il imagina rapidement qu'elle avait du être éjectée du véhicule et un rapide coup d'œil à la voiture lui permit de constater les dégâts et la violence de l'accident. La portière conducteur avait été arrachée, laissant un trou béant qui s'ouvrait vers le ciel, une partie du toit touchait les appuis têtes avant, toutes les vitres avaient explosées et l'intérieur se trouvait recouvert de bris de glace et de terre. Il n'avait plus qu'une idée, retrouver Calista. Il scruta rapidement les abords de la voiture sans trouver trace de sa compagne. Il ne fallait pas qu'il panique, en cas d'accident grave, conserver son sang froid permettait de sauver des vies se dit-il. Il s'obligea à se calmer et leva la tête vers la route pour s'apercevoir de l'horreur de l'accident. La voiture venait de dévaler une pente abrupte d'une trentaine de mètre et avait fini sa course contre un arbre. Il remonta rapidement vers la route à la recherche de Calista. Il craignait le pire et ce qu'il vit lui donna raison. La jeune femme se trouvait allongée à quelques mètres de son véhicule, le corps pratiquement entièrement recouvert de sang. Ces vêtement étaient en lambeaux et ses membres dans un état innommable. Elle était méconnaissable. Une fracture au bras gauche était facilement visible et d'énormes plaies béantes marquaient une grande partie de son corps. Adrien hurla, se précipita vers elle, voulu la prendre dans ces bras et se ravisa. Il ne pouvait pas lui porter secours, il ne servait à rien.

Impossible d'alerter quiconque et ses cris comme ses gestes étaient inutiles. Désespéré , il souffrait atrocement à la vue de l'état de la femme qu'il aimait. Si la douleur physique lui était désormais inconnue, il n'en était rien de la douleur qui déchirait tout son être de l'intérieur. Il se laissa tomber à genoux devant le corps inerte de Calista. Le visage dans ses mains, en pleurs. Il leva la tête vers le ciel et hurla de toutes ses forces sa souffrance :

« POURQUOI ?? POURQUOI LUI AS TU FAIT CA ?? POURQUOI DOIS-JE VOIR CA ?? POURQUOI HAAAAAAAAAAAAAAAAAAAA ??? son cri se perdit dans le néant et il se retrouva à genoux dans la pièce blanche. Il était vidé, épuisé. Sa colère laissait place au désespoir. Sa force l'abandonnait, il ne pouvait plus faire aucun geste. Il était sans vie.

« Je suis désolé, Adrien » lança l'Ange.

Adrien leva la tête vers lui, des larmes plein les yeux laissaient apercevoir un regard noir.

- Je m'en fiche que tu sois désolé. Je n'en ai rien, mais alors rien à faire. Je ne sais pas pourquoi vous me faites autant souffrir, cela est insupportable. Pas Calista, NON ! Pas elle ! Le supplia-t-il dans un sanglot.

L'ange perçut sans difficulté la haine mêlée de désespoir d'Adrien. Il comprenait sa peine mais ne pouvait pas la soulager, surtout pas. Le but de ses voyages se rapprochait, l'Ange en était persuadé. Adrien réagissait, bientôt, il comprendrait. Il l'espérait plus qu'il n'en était convaincu en vérité. Il fallait en passer par là et il était impossible de s'arrêter maintenant, le temps était de plus en plus compté à présent, il fallait agir vite.

« Il faut continuer, Adrien » dit-il d'une voix douce et neutre, ne laissant rien paraître de ses sentiments.

- NON !! hurla Adrien dans le vide. L'ange était déjà parti et .... lui aussi se sentit partir.

La chambre d'hôpital était revêtue du même blanc que la pièce ou il se retrouvait avec l'Ange. Une grande similitude existait entre les deux lieux mais Adrien n'en avait que faire. Il aperçu Calista couchée dans le lit. A sa vue il fut prit d'un grand choc. De multiples câbles la reliaient à plusieurs machines qui émettaient des bips incessants. Elle était branchée à un électrocardiogramme pour surveiller les battements de ce cœur qui lui appartenait. Un masque à oxygène couvrait ses jolies lèvres qu'il voulait tant embrasser pour lui permettre de respirer. Le reste de son corps n'était que bandages, pansements et plâtres. Sa jambe droite était surélevée, un plâtre la recouvrait entièrement, comme son bras gauche qui l'avait si souvent serré contre elle. Un énorme filet retenant des compresses couvrait sa tête et ses cheveux qu'il adorait tellement caresser, en partie rasés maintenant. Il ne pouvait détourner ses yeux de ce corps qu'il aimait tant et qu'il voyait meurtri. La douleur était grande de voir Calista aussi mal en point sans rien pouvoir faire. Il subissait une épreuve qu'il avait du mal à surmonter, touché en plein cœur. Ce qu'il avait de plus cher au monde se trouvait là, devant lui, meurtri et son être tout entier se désintégrait de l'intérieur. C'était plus qu'il ne pouvait en supporter, des larmes coulèrent le long de ses joues et Adrien se sentit soudain seul, désemparé, perdu au milieu d'un monde qu'il ne désirait plus voir, partir, pour oublier. Sa détresse l'empêchait de maîtriser ses pensées, il n'avait ni la force ni la lucidité de mettre ses idées en place et laissait le flot de larmes couler, sans rien dire ni faire, les bras tombants, le cœur plein de tristesse.

La porte s'ouvrit tout à coup et un groupe de personnes en blouses blanches entra. Un homme qui semblait être le médecin s'approcha du lit de Calista et s'adressa à ce qui paraissait être des étudiants en médecine. Adrien écouta attentivement les explications et à chaque mot énoncé sa douleur grandissait et son ventre se nouait. Selon le médecin il lui était impossible de prononcer un diagnostic précis.

Ils devaient attendre, Calista se trouvait dans un coma profond et la médecine ne pouvait rien pour elle à part l'assister et essayer de lui éviter d'atroces douleurs en lui administrant régulièrement des calmants. « Il faut patienter et espérer » finit-il par dire.

Adrien encaissa de plein fouet ces paroles, le sol semblait s'ouvrir sous ses pieds. Il fallait qu'il voit l'Ange, il voulait savoir. Lui seul pouvait lui apporter des réponses.

« Je ne peux pas répondre à tes questions » le précéda l'Ange lorsque Adrien reparu brusquement dans la pièce blanche.

- A quoi sers-tu alors ? Et l'ange gardien de Calista, qu'est ce qu'il a fichu ? Il était où ? Vous servez à quoi, vous les Anges ? A RIEN ? S'énerva Adrien qui se trouvait dans une colère pleine de désespoir.

- Je ne peux que compatir. Je n'ai pas de réponses à te donner, dit calmement l'Ange.

- Où est-elle maintenant ? Il faut que tu me répondes, j'ai besoin de savoir et ne me raconte pas de salades.

- C'est compliqué, répondit timidement l'Ange.

- S'il te plaît, dit doucement Adrien qui savait que s'énerver ne servait à rien et qu'il n'obtiendrait aucun résultat avec la colère.

- Elle est encore dans le coma.

- Comment va t-elle ? Demanda Adrien au bord de la rupture.

- Pas très bien. Ça évolue peu. Les médecins ne sont pas optimistes. Je ne te le cache pas.

- Ça fait combien de temps qu'elle est dans le coma, demanda Adrien, le gorge nouée.

- Bientôt un an. Et c'est là le problème.

- Quel problème ?

- Les médecins ne se préoccupent plus beaucoup d'elle, ils ne peuvent rien faire. Ils sont démunis. Et l'argent manque aux hopitaux.

- Tu veux dire qu'il risque de ne plus rien se passer ?

- C'est exactement ça. Aucun remède ne peut la réveiller. La médecine a ses limites, et dans ce cas elle les a atteint.

- Et la suite pour elle ? Demanda Adrien espérant que son Ange aurait une réponse.

- Je ne connais pas l'avenir, on ne peut qu'attendre. Cela peut durer des mois, des années.

Adrien était désespéré, à bout, il dut s'asseoir sur un fauteuil, ses forces l'abandonnaient. Pourquoi le sort s'acharnait-il sur eux ? Pourquoi Calista. Lui, passe encore, il s'en fichait, mais son amour.

15

Le siège parisien de CIAL affichait un calme de façade. Alexandra se leva de son poste pour se rendre dans le bureau d'Adrien. Elle frappa à la porte et attendit que son patron l'invite à entrer. Elle s'approcha de lui avec un grand sourire pour lui dire :

« Il s'en est passé des choses en quelques mois, Adrien ».

Il Leva les yeux vers son assistante, des cernes marquaient son visage et elle aperçut son état de fatigue. Depuis le rapprochement avec Monsieur Tillio, Adrien partageait sa vie entre la Crète et Paris et ses allers retours réguliers le fatiguaient énormément. Il avait pris le rythme d'y retourner trois jours par quinzaine et comme il avait entamé une grande restructuration de sa société, il se retrouvait avec une charge de travail phénoménale. Il ne comptait pas ses heures lorsqu'il était au bureau. De toute façon, la vie parisienne ne l'intéressait plus, il ne pensait qu'à sa société et à Calista qu'il avait hâte de retrouver chaque fois qu'il était dans la Capitale. Mais il tenait le choc et savait patienter. Les enjeux étaient tellement importants qu'il réussissait à conserver un code de conduite irréprochable. Même s'il n'aimait pas cela, pour un coté pratique, il lui arrivait souvent de dormir dans le studio aménager à son étage. Lors de ses longues soirées au bureau, il avait choisi de ne plus faire appel au traiteur du quartier pour être plus tranquille. Cela durait depuis six mois. Six longs mois au cours desquels il s'était rendu une seule fois à Los Angeles pour voir Cristofer et le faire signer le contrat les liant à la société de Monsieur Tillio. Il avait du rester deux jours pour convaincre son associé qui ne voulait pas de ce rapprochement. Adrien avait tenté de le persuader que c'était la meilleure solution pour eux et la seule viable pour les emplois. Rien n'y avait fait, Cristofer avait campé sur ses positions et refusé de signer. Il maintenait que si Adrien lui vendait ses parts, l'entreprise restait dans « la famille » et qu'il la redresserait et sauverait les emplois de tous, alors que se rapprocher de Tillio équivalait à abandonner son âme. Il fit une proposition financière à Adrien qui reconnut que celle-ci était généreuse et le mettrait à l'abri jusqu'à la fin de ses jours. Il aurait ainsi pu vivre en Crète sans plus jamais se soucier économiquement du lendemain. Adrien avait joué le jeu en demandant une nuit de réflexion. Bien entendu, Cristofer fut très déçu le lendemain matin lors du refus de son associé. La seconde matinée s'enlisait. La discussion avait été fermée par Cristofer qui restait sur ses positions. Le scénario était tel qu'Adrien l'avait imaginé. Avant le déjeuner Adrien lui annonça que quoi qu'il arrive, il reprendrait l'avion le soir même. Cet ultimatum n'eut aucun effet sur son associé. Le temps jouait pour lui, Adrien allait se retrouver à cours d'argent très vite et il devrait vendre ses parts alors que lui avait des fonds propres. Cristofer se permit de le lui faire remarquer. Adrien profita de cette ouverture pour abattre ses cartes.

« Cristofer, je sais d'où te viennent tes fonds ».

Il laissa le silence s'installer entre eux pour observer l'effet de l'annonce sur Cristofer. Celui ne cilla même pas, il ne laissait rien paraître. Il allait s'exprimer lorsqu'Adrien ajouta :

« Je suis aussi au courant que pour les préserver tu as payé quelqu'un censé m'éloigner du premier rendez-vous avec Monsieur Tillio par peur qu'il ne découvre le pot aux roses ».

Son associé prit un air surpris et mit quelques instants avant de répondre :

- Je ne sais pas de quoi tu parles, lui dit-il sur la défensive.

– Je ne rentrerai pas dans les détails Cristofer, tu les connais mieux que moi. Le plus important est que tu comprennes que quoi qu'il arrive, je reprends l'avion ce soir. Soit je repars avec le contrat signé, soit je demande un audit financier par une société privée dès mon retour à Paris.

Et s'il y a quelque chose d'anormal dans nos comptes, ils le découvriront et je n'aurai aucun scrupule à déposer plainte pour faire valoir mon droit et celui de nos salariés.

Cristofer ne parlait pas, il fronça les sourcils et sa mâchoire se serra. Il reprit avec assurance :

- Que racontes-tu ? réussit-il à dire. Nous avons monté cette boite ensemble et avons toujours été dans le même sens. Je ne sais pas ce que tu cherches Adrien, et je ne comprends pas de quoi tu parles, ajouta-t-il en haussant les épaules.

- Ne te place pas en victime. Il est pratiquement midi. Nous devions déjeuner ensemble, nous allons annuler. Je vais profiter du beau soleil de Los Angeles pour me promener cet après midi. Mon avion est à 19h30. Lorsque j'aurai embarqué, j'enverrai un message à mon avocat pour lui demander d'actionner la procédure d'audit. A mon arrivée à Paris j'ai un autre vol pour me rendre en Crète pour trois jours. A partir du moment ou j'aurai quitté le sol américain, Cristofer - Adrien prononça son prénom pour être sûr d'avoir toute son attention - mon téléphone ne sera plus connecté et je ne le rallumerai pas durant mon séjour en Crète. Pour ne pas manquer à ma parole, le cabinet d'audit aura entamé ses recherches. Si tout est nickel et si la jeune femme que tu as payé revient sur ses aveux, tu auras gagné et l'entreprise t'appartiendra alors. Je te céderai mes parts. Par contre, si un grain de sable, aussi infime soit-il est trouvé par le cabinet, je te promets que tu auras tous les avocats de Paris et de Los Angeles sur ton dos.

- Tu me menaces ? Demanda Cristofer l'air outré.

- Je t'informe, mon cher Cristofer. Je t'informe simplement des prochains événements. Un homme averti...

- Si tu fais ça, la boite va couler, les médias vont s'en donner à cœur joie de la mésentente des deux associés. La publicité autour de cette affaire va faire du mal à tout le monde, Adrien. Tu t'en rends compte ?

- Oui, je mesure le risque. La boite ne vaudra plus grand chose, tu me proposeras un prix dérisoire pour mes parts et tu réussiras à tout redresser. Ou tu couleras la boite. Va savoir, seul l'avenir nous le dira.

- Tu es fou Adrien ! s'écria Cristofer.

- Non ! Déterminé ! Répondit-il très calmement. Maintenant je vais déjeuner. Je présume que tu as le numéro de téléphone portable de ton avocat pour le joindre aux heures de repas. Utilise le. C'est un conseil. Inutile de me rappeler. Ton avocat doit faire savoir sa réponse au mien avant 19h30. Je connaîtrai ta position dans la foulée et j'agirai en fonction. Si tu acceptes de signer ce contrat, je ne te chercherai aucune histoire. J'oublierai l'audit et je ne réclamerai rien. Tu deviens juste associé minoritaire.

Adrien déposa la carte de visite de son avocat sur le bureau de Cristofer qui ouvrit grand les yeux et voulut ajouter quelques chose lorsque Adrien le coupa :

- Ce n'est pas négociable. Je te souhaite une bonne réflexion. J'espère juste que tu seras intelligent sur ce coup. Et ne me fais plus le coup des sentiments, de l'amitié qui s'est construite, nous ne sommes pas amis. Nous ne l'avons jamais été d'ailleurs.

Adrien se leva et quitta la pièce. Il marcha d'un pas décidé vers l'ascenseur sans se retourner. Lorsqu'il y entra, il lâcha un grand soupir de soulagement. Il espérait avoir vu juste. S'il connaissait l'histoire de la jeune femme, il n'avait aucune information sur de quelconques détournements de Cristofer. Il y était allé au culot et avait bluffé. Il espérait que son associé prenne peur. Maintenant il ne lui restait plus qu'à patienter. Il allait prévenir son avocat que celui de Cristofer allait prendre contact avec lui. Il fallait lui donner les nouveaux éléments pour le contrat. Cristofer devait lui céder 20 % de ses parts sociales. Ça ne le ruinerai pas, mais le rendrai largement minoritaire dans la boite. C'était tout ou rien.

Adrien savait qu'il pouvait perdre l'entreprise, mais son instinct l'avait guidé sur cette piste et il avait décidé de l'écouter. Plus que quelques heures à patienter. Los Angeles grouillait de belles choses à voir, il allait en profiter en essayant de ne penser à rien..

Alexandra le tira de ses pensées :
« Vous êtes en couverture du dernier Forbes, vous vous rendez compte ? En couverture ! », s'exclama-t-elle en lui tendant le magazine.
- Pas vraiment non, je ne me rends pas compte. Je n'y trouve que la satisfaction d'avoir relevé la boite et sauver les emplois. C'est ça ma récompense. Je ne suis pas un génie pour mériter une couverture de Forbes. Disons que pour la publicité de la boite, c'est très bon, dit-il avec un large sourire.
- Je ne connais pas Calista, mais elle a un effet sensationnel sur vous. Si un jour je la rencontre, je l'embrasserai pour la remercier.
- Quel effet ? Demanda Adrien, surpris.
- Elle vous rend bon. Et humble. Et fidèle je crois, finit elle en riant.
Adrien ne répondit pas, c'était inutile, il savait qu'il n'était plus le même homme depuis plusieurs mois. Son voyage en Amérique du sud d'abord, sa rencontre avec la Crète ensuite, puis Kérames et enfin et surtout, Calista. SA Calista. Il savait qu'arriverait le jour où il ne voudrait plus la quitter. Un jour où Paris ne sera plus qu'une étape vers le bonheur. Un jour où il demanderait à Calista de l'épouser. Il y pensait pour la première fois de sa vie et fut pris d'une soudaine envie de prendre son voilier et d'aller plonger dans les eaux claires de la mer de Libye avec elle. Ils le faisaient pratiquement à chaque fois qu'il rentrait en Crète. Il n'allait plus à Kerames, il rentrait à Kerames. Et cette différence changeait tout dans son esprit. Son chez lui, c'était Kerames maintenant.

Il regarda sa photo en couverture pendant qu'Alexandra quittait son bureau. Un sourire apparut à la vue de son visage sous le titre « THE HUMAN INTELLIGENCE » « Succeed with the teams », l'intelligence humaine, réussir avec ses équipes. Un léger sentiment de fierté le traversa. Son entreprise était maintenant sur de bons rails, il avait tenu sa promesse et tout son service lui en était reconnaissant. Il avait encore un bout de chemin à faire, puis il passerait la main pour se retirer et mener une vie plus tranquille. Jamais il n'avait pensé à sa retraite avant Calista. Il ne désirait rien de plus que vivre avec elle et il lui arrivait même d'envisager d'avoir des enfants. Chose qu'il n'aurait pu croire un an plus tôt.

« Bravo, Adrien. Tu as fait quelque chose de bien » dit l'Ange.
- J'ai été bien aidé. C'est ce que tu vas dire ? Tu étais là !?!?
- C'est un bravo sincère.
- Je veux voir Calista lui annonça brusquement Adrien. Rien ne m'intéresse plus à présent.

Adrien était effondré. Le souvenir de Calista lui faisait mal. Il ne pouvait pas accepter la mort de sa bien aimée. Il aurait voulu qu'elle continue d'être celle qu'il avait tant aimé et qu'il aimait encore si fort. Il avait tout prévu en cas d'incident. Il lui avait légué la majeure partie de son argent. S'il avait destiné la maison à Luciela par fidélité à ses nouveaux principes, il savait qu'elle reviendrait à Calista plus tard de toute façon. Il n'avait pas non plus oublié Alexandra. Elle le méritait amplement. Son coup de cœur pour Kérames fut confirmé par un don à la mairie. Des conditions particulières accompagnaient ce cadeau.

Cet argent devrait être utilisé pour conserver le village et son environnement dans un état irréprochable à la place des impôts de la ville pour les cinq prochaines années, et aucun permis de construire ne devait être accordé pour un quelconque complexe ou hôtel touristique sur vingt ans. Si ces engagements n'étaient pas respectés, la commune devrait rembourser le don. Sa fortune fut ainsi distribué à bon escient se dit-il. Mais Calista ne pourrait pas en profiter. Luciela non plus, elle n'aurait que faire de cette maison sans vie. C'était trop injuste. Sa mort devenait secondaire, sans importance face à l'état de Calista.

« Tu dois beaucoup souffrir... » lui fit remarquer l'Ange.

Adrien ne savait quoi répondre. Avait-il seulement envie de le faire, de discuter avec lui ? Il ne savait pas, il était sonné.

« Je suis désolé, mais nous devons continuer, Adrien ».

- Pourquoi faire ? Qu'est-ce qu'il me reste à moi ? Rien. Alors à quoi bon ? Ce sera sans moi. Je ne veux plus. Je m'en fiche.Laissez moi tranquille, je ne veux rien d'autre.

- Je comprends, crois moi, j'entends ta souffrance.

- Alors ! Que veux-tu ?

L'inquiétude se lisait dans les yeux de l'Ange. Il craignait que tout son travail soit fichu en l'air. Tous les efforts et les progrès qu'avait fait Adrien pouvait être mis à néant. Et cela, il ne pouvait pas l'accepter. Il devait trouver une idée tout de suite et la mettre en action, son protégé était en train de baisser les bras.

- Nous devons continuer, Adrien, lui signala l'Ange qui n'attendait aucune réponse avant d'agir.

Adrien se retrouva à nouveau dans la chambre d'hôpital de Calista. Elle portait les mêmes plâtres et les mêmes bandages. Son visage était toujours tuméfié. Ce qui voulait dire qu'il ne s'était pas écoulé beaucoup de jours depuis l'accident. Lors de ses « voyages », il se passait toujours quelque chose. Il était censé revoir des bribes de vie importantes. Alors, pourquoi était-il là ? Peut-être que.... ?

Il se mit à rêver d'une amélioration de l'état de Calista. Cet espoir lui redonna un coup de fouet. Il observa les machines qui la maintenaient en vie même s'il ne savait pas les interpréter. De toute façon rien ne se passait. Les bips étaient réguliers, ternes, linéaires. Son regard s'arrêta sur le visage de Calista. Une grande émotion s'empara de lui. Il la regarda et tout à coup, la peur s'installa. Et si les machines s'arrêtaient ? Si la fin était là, devant lui ? Il commençait à craindre le pire et à imaginer le malheur lorsque la porte s'ouvrit. Le même médecin que la première fois pénétra dans la chambre. Il n'était accompagné que d'une personne, une infirmière comme il était noté sur son badge. Elle tenait un bloc note à la main et des dossiers. Elle en ouvrit un sans dire un mot. Le médecin ne parlait pas plus. Il regarda Calista et se tourna vers l'infirmière.

- C'est un dossier compliqué. J'avoue ne pas savoir quoi faire. Doit-on faire une intervention ou laisser la nature prendre le dessus ? Je suis incapable d'y répondre. Et je n'en ai pas envie non plus.

Une intervention ? Dans son état ? Adrien n'était pas médecin, mais il fut pris d'un doute sur la compétence du médecin crétois.

- Je sais, répondit l'infirmière avec tristesse. La malheureuse, elle perd ce qu'elle a de plus cher. Si elle se réveille un jour, je ne suis pas sur qu'elle ait envie de vivre après ça, continua-t-elle de dire la gorge serrée.

Plus envie de vivre ? Ce qu'elle a de plus cher ? Adrien ne comprenait plus rien. Il perdait ses repères.

- Nous devons décider rapidement. J'espère que tout le monde prendra la bonne décision. Je dois en discuter avec ses parents, dit le médecin. Ils doivent décider pour elle.

- Mon dieu que ce sera dur si elle perd aussi son bébé, fit remarquer une infirmière.

Le bébé ? Quel BEBE se demanda Adrien ? Il comprit tout à coup. Calista attendait un enfant. SON enfant ! « NOOOOOOON ! » hurla-t-il de toutes ses forces.

Il se retrouva brusquement dans le fauteuil blanc. Seul. L'Ange n'était pas là.

Adrien était totalement effondré. Il venait de faire la pire des découvertes. S'il n'était déjà mort, il en mourrait. Calista, enceinte. Jamais il n'avait pu l'imaginer. Il avait une peine infinie pour la disparition de Calista, la perte de cet enfant finissait de l'anéantir. La colère, encore une fois mêlée au désespoir se faisait ressentir.

« Ta colère ne sert à rien. Il est trop tard, malheureusement » osa dire l'Ange.

Adrien se retourna brusquement vers lui. Ses yeux étaient embués, on pouvait voir la douleur dans ses iris. La colère traversait ses yeux pour se jeter droit sur l'Ange. Il combattait cette haine qui le submergeait, inondant tout son être. Même s'il savait que l'Ange n'était pas responsable de son malheur, il ne lui trouvait pas d'excuse de lui avoir montré ça. D'un autre coté, il découvrait sa vie, ses bonheurs et ses malheurs. Il était certes passif puisque spectateur, mais cela ne l'empêchait pas de souffrir plus que tout. Pourquoi la vie ne lui avait pas permis de profiter de tout ce bonheur auquel il pensait avoir droit ? Ses retours en arrière devenaient douleurs et déchirements. Adrien essaya de calmer les battements de son cœur. Il inspira en comptant jusqu'à cinq, puis expira en comptant à nouveau jusqu'à cinq. Il répéta plusieurs fois l'opération, comme il l'avait appris pour se calmer en cas de grand stress. Cette technique lui était utile lors des âpres négociations qu'il avait à mener pour son entreprise. Caler son esprit sur l'air inspiré, ressentir l'air entrer dans son corps, son ventre, puis ressortir calmement en expirant. Pour contrôler les battements de son cœur, il comptait jusqu'à cinq, puis sept par inspiration et expiration. Son cœur trouvait alors un rythme linéaire et son esprit pouvait se concentrer tranquillement. Il y arrivait toujours et cela lui avait permis de belles réussites. Lorsque sa respiration devint plus régulière, il se força à ne penser à rien pour coller son esprit aux inspirations et expirations de son corps.

Petit à petit, le vide se faisait en lui, les battements de son cœur avaient ralenti, ses pulsations étaient régulières et contrôlées. L'Ange resta près de lui, il sentait que quelque chose se passait. Il devait laisser Adrien digérer cette information, elle ferait le travail ésperait-il. Il attendit patiemment et s'aperçut qu'Adrien recouvrait son calme. Le moment allait peut-être enfin arriver. Observant Adrien il espérait que le déclic se fasse. Il pensait si fort à ça qu'il ne s'aperçut pas qu'Adrien s'était retourné vers lui.

« Je veux y retourner » dit-il tranquillement.

L'Ange soupira de dépit, comprenant que le travail sur son protégé était à refaire une nouvelle fois. Adrien voulait un nouveau voyage ? Il aurait un nouveau voyage, cela lui laisserait le temps de réfléchir.

16

La chaleur accablante se faisait ressentir dans toutes les pièces de la maison. Les volets fermés permettaient de conserver un peu de fraîcheur en limitant l'entrée des rayons du soleil. Adrien était assis sur un fauteuil, un livre à la main. Il attendait Calista qui devait arriver d'une minute à l'autre après avoir terminé son service au Thalassa. Lors des séjours d'Adrien ils ne se quittaient pratiquement plus. Les seuls moments qu'ils passaient l'un sans l'autre étaient le service du matin et du midi. Elle rentrait en général vers 15H00 et retrouvait Adrien qui l'attendait. Puis Calista repartait le soir pour préparer le service du dîner et comme chaque jour, Adrien l'accompagnait pour prendre son repas au Thalassa. Régulièrement il partageait son repas avec Erkos et tous deux restaient ensuite au bar jusqu'à ce que Calista finisse. Les deux amoureux retournaient ensuite chez Adrien pour y passer une nuit de plaisir. Leur amour était tellement fort que chaque jour, leurs corps se mêlaient dans une passion incessante de bonheur. Luciela était heureuse de voir le bonheur qui apparaissait chaque jour dans le regard de sa nièce. Elle appréciait l'ambiance qui régnait et faisait à nouveau vivre la maison. Adrien avait proposé à Calista de vivre avec lui, même lorsqu'il n'était pas là. L'expression avait fait beaucoup rire la jeune femme, mais elle avait refusé expliquant vouloir conserver son indépendance et une certaine liberté. Adrien n'avait pas compris sa réponse et son regard s'était assombri. Calista lui avoua qu'elle avait simplement peur de l'avenir. Son amour pour Adrien lui fichait réellement la trouille avait-elle reconnu. En fin négociateur il avait réussit à trouver des arguments qui pouvaient la faire changer d'avis. Selon lui, l'économie d'un loyer permettrait à Calista d'embaucher quelqu'un pour faire la fermeture du soir lorsqu'il serait là. Les arguments avaient effectivement convaincu Calista de franchir le pas. Elle vivait à « la maison » comme aimait à l'appeler Adrien lorsqu'il en parlait. « On rentre à la maison » s'entendait-elle dire quelques fois le soir. « Allez ! A la maison » disait elle de temps en temps. Adrien utilisait la même méthode pour mettre Luciela à l'aise. Il parlait de « la maison » avec elle. Comme cela, les deux femmes se sentaient entièrement chez elles. Ce qui était confirmé aujourd'hui avec Luciela.

Calista franchit la porte et se précipita vers le fauteuil d'Adrien pour lui offrir un tendre baiser. Les retours de son chéri avait un impact particulier sur elle. Leurs lèvres se rencontrèrent et la passion les submergea une nouvelle fois. L'effet qu'Adrien avait sur elle lui faisait perdre tout self control. Son corps tout entier vibrait à son contact et chaque fois que sa langue rencontrait celle de son amant, elle n'avait plus que désir pour lui. Cette fois-ci encore, la pointe de ses seins durcie rencontra le torse nu d'Adrien et la friction des deux corps lui arracha un gémissement de plaisir. Les mains d'Adrien se glissèrent sous le tee shirt de Calista à la recherche de ses seins. L'excitation fut trop forte, Calista dut serrer les cuisses pour ne pas se sentir inondée par son désir. Ils montèrent dans leur chambre pour faire l'amour. Les quelques vêtements qu'ils portaient furent très vite au sol. Adrien allongea Calista sur le lit douillet, témoin de leur passion. Leurs mains couraient sur leurs corps, leurs caresses les faisaient gémir jusqu'à la douleur.

Les gouttes de sueurs sur leurs corps les rendaient encore plus beaux. Ils firent l'amour avec une force qu'ils ne soupçonnaient pas, puis passèrent l'après midi dans leur chambre pour se reposer. La fin de journée arriva plus vite qu'ils ne l'auraient voulu. Même s'ils savaient qu'ils allaient être ensemble les trois prochaines semaines, ils avaient toujours du mal à se séparer. Il était l'heure de partir. La route jusqu'au Thalassa les réunirait encore quelques instants. Ensuite Calista rejoindrait le bar alors qu'Adrien prendrait place à sa table favorite, face à la mer.

Arrivés au Thalassa, Erkos était déjà là et les accueillit avec un énorme sourire. Il attendait Adrien avec impatience. Dès que Calista passa derrière le comptoir il entraîna son ami sur la terrasse.

« Je suis content de te voir » lui dit-il.

- Ça me fait plaisir aussi, répondit Adrien en lui passant un bras autour des épaules.

- Il faut que je te parle, il m'arrive un truc sensationnel.

Adrien remarqua les yeux pétillants d'excitation de son ami crétois.

- Toi, tu es amoureux, déclara-t-il en riant.

- C'est vrai, renchérit Erkoss qui prit un air d'enfant de douze ans ayant fait une bêtise.

Adrien écarquilla les yeux. Son étonnement fit place à un grand sourire qui démontrait sa joie.

- C'est génial, s'exclama Adrien. Raconte moi tout, ajouta-t-il, impatient.

- J'ai rencontré une fille à Timpaki. Je l'ai vu, et …. le coup de foudre. Je l'ai suivie, je ne pouvais pas parler, elle est montée dans un taxi et hop, plus rien. J'ai mis plusieurs minutes avant de retrouver la parole.

- Ah ! Fit Adrien qui craignait que son ami soit tombé amoureux d'un mirage.

- T'inquiètes pas, mon pote ! Dit Erkoss en lui tapant sur l'épaule. J'ai attendu que le taxi revienne, je lui ai demandé où il avait emmené la fille qui était montée. Le bougre, il ne voulait pas répondre. J'allais me fâcher, mais, bon ! Ça m'a coûté un billet et j'ai obtenu son adresse. Je m'y suis rendu. C'était long, j'ai pris un autocar, le taxi était trop cher et il m'avait déjà coûté un billet.

Adrien regardait son ami avec étonnement. Il ne le savait pas capable d'une telle chose.

- J'ai sonné chez elle, reprit Erkoss. C'est elle qui a ouvert. Je suis resté la, devant elle, sans réussir à dire un mot alors qu'elle me regardait et attendait que je parle. Ça a duré une éternité. Pas vraiment, hein, mais c'est l'impression que j'ai eu.

Son débit de parole était rapide. Adrien écoutait, espérant la chute qui tardait à venir.

- Et puis d'un coup, j'ai réussit à dire « je vous ai vue à l'aéroport, vous avez pris un taxi et, …. et me voilà ». Elle me regarda avec de grands yeux, toute étonnée. Elle ne savait pas quoi dire, moi non plus d'ailleurs. Alors on s'est regardé, on s'est sourit.

L'enthousiasme d'Erkoss était palpable. Adrien attendait la suite alors que son ami ne parlait plus.

- Et ? Demanda Adrien pour en savoir plus.

- Ben, et rien. Voilà c'est tout.

Adrien fronça les sourcils. Comment une histoire pouvait elle s'arrêter la ?

- Mais non, je plaisante, dit Erkoss dans un éclat de rire. Et …. elle m'a proposé d'entrer. Ce que j'ai fait sans hésiter. Enfin, un petit peu. Je n'en menais pas large, crois moi. Elle m'a offert une boisson et nous avons discuté. Je ne sais pas comment c'est arrivé, mais je suis resté tout le week-end avec elle. Il ne s'est rien passé, se justifia-t-il. Nous avons parlé des heures et des heures. La nuit, le jour, le matin, l'après midi, durant les repas, c'était sensationnel. Je n'avais jamais vécu ça. La seule chose qui m'apaisait était de l'écouter me parler d'elle, de ses études, de ses parents disparus, de son enfance, de son frère, de sa vie, de ses passions, de tout, TOUT !! Hurla-t-il en écartant les bras.

- Et tu es rentré, c'est ça ?

Erkoss confirma en hochant la tête, un sourire illuminant son visage bronzé.

- Tu vas la revoir ? demanda Adrien en espérant ne pas faire de gaffe.

- Elle doit venir demain pour quelques jours ici. Je suis heureux, Adrien. Tellement heureux.

110

- On dirait un adolescent, c'est super. Tu es génial, mon ami. Je suis tellement content pour toi, lui dit Adrien en le prenant dans ses bras.

A cet instant, une pensée lui traversa l'esprit. Quelques mois auparavant, il n'aurait jamais eu ce geste de tendresse et n'aurait pas non plus écouté débiter des histoires qu'il qualifiait « de filles ». Il n'avait habituellement pas grand chose à faire de tout ça. Et aujourd'hui il était si heureux pour quelqu'un qu'il connaissait depuis si peu de temps, qu'il en fut surpris. Erkoss le tira de ses pensées.

- Tu n'en parles à personne, hein ! Je veux pas passer pour un idiot si elle ne vient pas.

- Tu as peur qu'elle ne vienne pas ? L'interrogea Adrien.

- Non. Je sais qu'elle va venir. Mais, quand même.

- Tu as raison. Personne n'a besoin de savoir de toute façon. Qu'en pense Calista ? Demanda-t-il.

- Rien. Elle ne le sait pas. Je ne lui ai pas dit.

Adrien fut déconcerté par cette réponse.

- Mais, ... qui est au courant alors ? Le questionna-t-il.

- Toi ! Mon ami, répondit simplement Erkoss. Et cela me suffit.

Adrien prit une forte inspiration en essayant de paraître naturel. Ce qui n'était pas facile. Un sentiment de fierté l'envahit. Il connaissait le lien qui unissait Calista et Erkoss et le fait qu'il lui en parle à lui et lui seul lui procura une émotion qu'il ne s'attendait pas à ressentir. Il fut bouleversé par cette marque d'amitié. Ne sachant quoi dire, et préférant ne pas ajouter une phrase ou même un mot qui gâcherait et effacerait le sentiment qu'il voulait conserver en lui, il appela le serveur pour commander une bouteille de Sitia avec une assiette de dakos.

Ils fêtèrent ça et quand Calista leur demanda ce qu'ils avaient à fêter, ils répondirent en cœur « Nos retrouvailles » !! ».

La soirée se passa sans autres grandes nouvelles. Adrien réussit difficilement à apprendre que la belle au taxi se prénommait Milena. Il n'insista pas plus, il avait eu son lot d'émotions pour aujourd'hui, entre son après midi passionnée et sa soirée de grande amitié. Il en aimait encore plus cette vie. Calista vint le chercher en terrasse.

« Allez les garçons, je bois un verre avec vous et on rentre à la maison » dit elle à leur intention. « La maison », pensa Adrien satisfait d'entendre ça.

Lorsqu'ils rentrèrent, ils firent à nouveau l'amour, plus tendrement que l'après midi, toujours avec cette passion qui les animait. Calista avait demandé à être remplacée le lendemain matin pour rester au lit avec son amoureux et profiter de ce moment. La nuit fut reposante, apaisante, la présence de l'un rassurant l'autre.

A leur réveil, Adrien passa le premier sous la douche. Il voulait profiter longuement du petit déjeuner avec Calista. C'était un moment qu'il voulait partager avec elle et Luciela. Ce matin là avait un goût particulier pour lui.

Adrien descendit le premier après avoir rapidement enfilé short et tee shirt. Le petit déjeuner était prêt et servi sur la terrasse. Un léger baiser à Luciela précéda l'arrivée en bas des marches de Calista, cheveux mouillés. Adrien adorait la voir au naturel, les cheveux humides, un simple tee shirt sans rien en dessous lui permettait de deviner la forme de sa jolie poitrine et un short en jean la rendait tellement désirable. Ils se dirigèrent vers le festin qui les attendait. Luciela était une bonne cuisinière et elle appréciait plus que tout, de régaler ceux qu'elle aimait. Et les deux tourtereaux en faisaient partis. Le petit déjeuner touchait à sa fin lorsque Adrien leva la tête vers Calista pour lui dire sans préambule :

« Je crois que je vais quitter mon poste de président directeur général »

Calista le regarda, interdite. Elle ne s'attendait pas à ça en se levant ce matin. Elle fut surprise par les paroles d'Adrien qui reprit.

- Je pense que c'est le moment de le faire, reprit-il. J'ai fait ce qui était nécessaire pour sauver mon entreprise. Et maintenant que Monsieur Tillio a racheté toutes les parts de Cristofer et que l'entreprise ne risque plus grand chose, j'ai envie de passer la main. Je conserverai mes actions et un poste au conseil d'administration. Ce qui me permettra de garder un œil sur l'entreprise, et comme je suis l'actionnaire principal, aucune grande décision ne sera prise sans moi. J'ai essayé de penser à tout pour ma société. Qu'en penses-tu ? demanda-t-il en regardant Calista. Nous pourrions vivre ensemble tout le temps. Je n'irai à Paris qu'une fois par mois ou un peu plus en cas de besoin. Mais ma vie serait ici, près de toi. Et se retournant vers Luciela. Près de vous, ajouta-t-il.

Adrien observait Calista qui ne disait pas un mot. Elle semblait pétrifiée. Ses yeux étaient rivés sur sa tasse de thé. Aucun son ni aucun mouvement n'apparaissaient. Luciela resta silencieuse elle aussi. Anxieuse, elle se tourna vers sa nièce dans l'attente d'une réaction. Calista repoussa sa chaise en arrière, se leva et fit quelques pas sur la terrasse. Adrien la regarda s'éloigner, il n'osait plus dire un mot. Calista ne semblait pas bien prendre sa proposition. Elle regardait la mer en silence. A son tour, Adrien était pétrifié, inquiet. Il sentit une certaine panique monter en lui. La déception gagnait son être tout entier. Alors qu'il n'avait rêvé que de ce moment depuis qu'il avait quitté Paris, il était sans voix à présent. Il regarda Calista qui ne bougeait pas, le regard toujours vers l'horizon. Le silence dura un long moment. Une éternité pour lui. La femme qu'il aimait lui tournait le dos. Lorsque enfin elle se retourna, Adrien aperçut les larmes qui coulaient sur ses joues. Elle s'approcha de la table, se pencha doucement vers lui et l'embrassa. Le baiser fut court et intense. Elle se recula et le regarda droit dans les yeux.
La main d'Adrien dans la sienne, elle articula avec difficulté :
« Merci », et se blottit dans ses bras, le serrant très fort. Luciela eut un large sourire à l'encontre des deux amoureux. L'émotion était trop forte, Calista en était submergée. Elle resta ainsi dans les bras d'Adrien de longues secondes qui parurent cette fois-ci très courtes à Adrien.
« Je vais devoir aller travailler » dit elle d'une voix douce. Adrien la regarda s'éloigner. Il savait pourquoi il aimait tant cette femme. Sa beauté, son intelligence, le courage dont elle faisait preuve pour tenir un bar ici, et sa passion, son émotivité, sa façon de remercier la vie. Sa façon de l'aimer, lui.
Avant de partir elle embrassa Adrien et lui dit avec un sourire plein d'émotions :
« Je t'aime, et je suis heureuse de ta décision. Mon dieu que je t'aime »
- J'aime quand tu m'appelles dieu. Répondit-il en riant.
- Idiot ! Lui dit-elle en se dirigeant vers la porte.
- A tout à l'heure ma déesse, insista-t-il avec un sourire plein de sous entendus.
Calista parti, Luciela osa dire :
« C'est une belle décision »

« Je suis d'accord avec elle » intervint l'ange. « Tu as pris une décision importante pour toi et Calista ».
- Ça n'aura servi à rien, répondit calmement Adrien. Elle est partie, je suis ici. Quel beau résultat, continua-t-il plein de dépit dans la voix.
L'Ange ne savait quoi répondre. Il ne pouvait pas tout dire à Adrien. Celui-ci devait découvrir par lui même le fin mot de l'histoire.
- Une question me trotte dans la tête depuis mon dernier voyage, dit Adrien. Calista est-elle partie avant ou après moi ?
- Avant toi, répondit simplement l'ange.

- Longtemps avant moi ? Demanda Adrien surpris.

- Je ne sais pas, je t'ai déjà expliqué que nous, les Anges, n'avions pas la notion du temps. Comme tu l'as constaté, ici c'est la même chose. Inutile de me demander depuis combien de temps tu es là, je ne pourrai y répondre.

- J'ai besoin d'une faveur. ... dit brusquement Adrien.

- Une faveur ? L'interrompit l'Ange. Tu sais bien que je ne suis qu'un exécutant.

- Je ne crois pas non. J'ai l'impression que tous les voyages que je fais ont une raison d'être dans cet ordre. Je ne sais pas où cela va m'emmener, dans ma vie sur terre je veux dire. Ici je connais la finalité. Accorde moi de ne pas voir ma vie sans Calista. S'il me reste un seul voyage je veux la revoir. S'il m'en reste dix je veux la revoir dix fois.

- Je ne sais pas Adrien. Je fais ce qu'on me demande. Je ne choisis pas ta route.

- Est-ce que je vais la revoir la haut ? Y a-t-il quelque chose après la mort ? Je veux dire un monde ou tous les êtres se retrouvent après la mort ?

- Je ne sais pas Adrien. Je suis désolé.

- ARRETE ! Avec tes je ne sais pas ! C'est fatiguant à la fin. Tu en sais plus que tu ne veux l'admettre, c'est évident, s'impatienta Adrien.

L'Ange comprenait sa colère, mais il ne pouvait pas lui répondre. Les réponses ne lui apporteraient aucune aide. Il préférait encore le faire réagir. Peut être que cette fois-ci, il pourrait quitter cet endroit ? Peut être était-ce le bon moment ? L'Ange sentait qu'Adrien réagissait de plus en plus vivement. Quelque chose s'était passé depuis son arrivée ici et ils avaient fait de grands pas. Même si Adrien ne s'en rendait pas compte, l'Ange mesurait le chemin parcouru. Il était persuadé qu'ils n'étaient plus très loin de l'aboutissement et il ne fallait pas relâcher la pression sur Adrien, tout dépendait de lui. Il fallait continuer de le faire réagir :

« Le voyage que tu viens de faire Adrien.... » l'Ange laissa les mots en suspens.

- Oui, le voyage ?

- C'est ce jour là, en se rendant à son travail qu'elle a eu son accident.

Adrien écarquilla les yeux. Il sentit le sol s'effacer à nouveau, ses jambes étaient de guimauve et il dut s'asseoir pour ne pas tomber. Son cœur tapait si fort qu'il mit sa main sur sa poitrine et eut l'impression qu'il allait la transpercer. Il tenta de se calmer, de rationaliser les événements. Qu'est-ce que ça changeait ? Pas grand chose certainement. Il réfléchit un cours instant et se rappela qu'elle était partie troublée et émue par sa décision. Avait-elle la tête ailleurs derrière son volant ? La nouvelle qu'il lui avait annoncé avait-elle pu la perturber au point qu'elle soit inattentive au danger de la route ? Elle était restée un long moment, sans rien dire, immobile à contempler la mer. Il ne l'avait pas préparée. Elle avait pris la nouvelle de plein fouet, pensa-t-il. Il n'aurait jamais du agir de la sorte.

- Inutile de penser que tu es responsable. A aucun moment, d'aucune façon que ce soit, Calista n'a été aussi heureuse que les minutes précédent son accident. Elle connaissait la route par cœur, elle n'était ni plus ni moins attentive que toutes les fois où elle a pris ce chemin. Tu n'y es pour rien. Elle non plus d'ailleurs. Malheureusement, le camion n'a pas klaxonné à l'entrée du virage. Elle a donc cru qu'il n'y avait personne et s'est engagée après avoir, elle, klaxonné. Et puis l'accident, le réflexe de ne pas vouloir percuter le camion, le coup de volant. Voila comment ça s'est passé.

Adrien ne se souvenait pas qu'elle avait klaxonné. Sur ces routes étroites, dans les virages sans visibilité les gens klaxonnent toujours avant de s'engager. Comme cela, on sait ce qu'il y a derrière. Et là ! Calista ne le savait pas. Le camion n'avait pas respecté ce « code » et elle fut surprise de le voir en face d'elle. La peur du camion lui avait fait commettre l'erreur de donner un coup de volant fatidique. Un mauvais réflexe. C'était comme cela que ça avait du se passer.

Une histoire banale de quelqu'un qui oublie de se signaler. Et qui pourtant marque son passage à jamais.

- Et le camion ? Demanda Adrien.Qu'est-il devenu ?

- Il a continué sans s'arrêter. Le chauffeur avait trop bu et il a pris peur. De toute façon cela n'aurait chien changé pour Calista.

Adrien revoyait les images défiler devant lui. Le petit déjeuner, la grande nouvelle qu'il voulait partager, la réaction émue de Calista, la porte qui se ferme derrière elle, le sentiment qu'enfin, il vont construire une vie à deux, ou trois, et qu'ils seront heureux. Il revoit Calista toute gaie dans la voiture, sifflotant en conduisant. Il la regarde, elle est si belle. Il n'entend pas le coup de klaxon, il est trop concentré sur ce magnifique visage. Et puis il se souvient avoir été balancé de droite et de gauche pendant un moment toujours trop long. Il revoit le corps de Calista, le sang lui coulant sur le visage, ses membres brisés. Son cœur est en miettes.

17

Le flash soudain ne laissa guère d'espoir à Adrien de pouvoir choisir son prochain voyage. Il se retrouva sur son petit paradis, dans sa maison idéale.

Cette journée était particulière, Adrien était stressé, anxieux. Calista essaya de le calmer :

- »Adrien, inutile de t'en faire, s'ils ont accepté, c'est qu'ils ont envie de te revoir. Tu n'as pas à t'en faire. »

- Je leur ai fait tellement de mal. Tant de mensonges et de tricheries, se lamenta-t-il.

- Ils t'ont pardonné, et lorsqu'ils verront celui que tu es devenu, il ne le regretteront pas. Moi ? Je sais qui tu es. Un homme merveilleux, lui dit elle en le regardant dans les yeux.

- Et toi ! Pas trop anxieuse ? Demanda Adrien.

- Un petit peu quand même. J'espère juste qu'elle pourra le rendre heureux. Sinon je lui arrache les yeux, dit-elle en mimant le geste et en éclatant de rire. Adrien rit en même temps qu'elle. Il avait besoin que la pression tombe, et Calista savait très bien le faire. Il aimait tant cette femme.

- Bon, en attendant, il faut que j'aille au village, le livreur a du passer au Thalassa, je vais aller chercher la merveilleuse viande et le fameux poisson, lui dit Calista en l'embrassant tendrement.

- Tu es sûre que tu dois y aller maintenant ? Lui demanda Adrien en se collant à elle pour l'embrasser de plus belle.

- Ho oui ! Ne me tente pas ! S'exclama-t-elle en se détachant de lui.

Adrien la regarda s'éloigner avec envie. Il allait se retrouver seul. Un moment qu'il pensait mettre à profit pour souffler un petit peu. Il avait mal dormi. Tracassé par cette journée, sa nuit avait été courte. Il prit place sur un des fauteuils de la terrasse et s'y installa confortablement. Rapidement, ses souvenirs remontèrent à la surface. Sa jeunesse, ses premières années d'études en faculté, son école de commerce lui firent face. Des images de son groupe d'amis de cette période apparurent devant lui comme par magie et lui arrachèrent un sourire. Son séjour à Tahiti, Edward et Moea n'échappèrent pas à ce retour. Adrien ne bougea pas du fauteuil, la nostalgie qui l'avait envahi lui procurait une profonde sérénité. Il resta comme ça près d'un demi heure. Calme, une certaine quiétude l'avait pénétré et c'est perdu dans ses souvenirs qu'une voix le tira de ses rêves :

« Hé ! L'ami ; tu fais déjà la sieste ? » l'interpella Erkoss.

Adrien se leva et fit un grand sourire à son ami. Il était réellement heureux de le voir, mais quelque chose d'autre attisait sa curiosité. Erkoss avait prévu de venir déjeuner chez eux et de leur présenter sa petite amie. Et ils étaient là tous les deux. Adrien s'approcha d'eux, prit Erkoss dans ses bras et se tourna vers la jeune fille :

- Adrien, je te présente Milena. Milena, voici Adrien, mon grand ami, précisa Erkoss.

Ses derniers mots firent chaud au cœur d'Adrien qui embrassa la jeune fille, à sa grande surprise.

- Il est français, c'est normal, ne t'inquiète pas, la prévint Erkoss. Ils s'embrassent tout le temps dans son pays.

- Bonjour Milena, sois la bienvenue chez nous. Dommage que tu aies amené ce mauvais coucheur d'Erkoss, tenta Adrien sur le ton de la blague.

Milena lui sourit timidement, elle paraissait gênée. Son regard se tourna vers Erkoss qui intervint.

- C'est une blague de français, on s'y habitue, même si on ne comprend pas tout, éclata de rire Erkoss.

Adrien glissa son bras sous celui de Milena et la mena jusque sur la terrasse. Il invita les deux amoureux à s'asseoir.

- Erkoss ! Cria une voix.

Tous trois se retournèrent de concert vers Calista qui venait d'arriver les bras chargés. Elle posa ses sachets au sol et se précipita dans les bras de son ami. Ils échangèrent une longue étreinte qui fit sourire Adrien et lui arracha un commentaire :

« Ils sont beaux tous les deux. Heureusement que tu existes, sinon j'aurai une pointe de jalousie » lança-t-il à l'encontre de Milena qui encore une fois ne sut que lui sourire. Erkoss fit les

présentations entre Milena et Calista pendant qu'Adrien se leva pour récupérer les sacs posés au sol et les porter dans la cuisine. Il ouvrit le réfrigérateur et se demanda où il pourrait bien ranger tout ça tant celui-ci était plein. Luciela avait l'habitude de remplir les placards et le réfrigérateur de victuailles jusqu'à pratiquement les faire déborder. Ce qui amusait Adrien qui ne disait jamais rien de désagréable à Luciela. De toute façon, aujourd'hui elle s'était rendu chez sa sœur et son beau frère pour déjeuner, laissant les jeunes ensembles. La journée tant attendue et redoutée par Adrien et Calista était maintenant arrivée. Ils avaient décidé de réunir des amis pour une journée détente autour d'un barbecue. Calista avait même délaissé le Thalassa pour pouvoir être présente, c'est dire l'importance de cette journée pour eux deux.

Adrien les rejoignit sur la terrasse. Calista était assise sur un fauteuil proche de Milena et discutait avec elle. Erkoss les observait et souriait en silence. Il sentit la présence d'Adrien et se tourna vers lui. Un regard complice les unit à nouveau.

Adrien s'apprêtait à leur demander ce qu'il voulait boire lorsqu'un bruit de clochette l'interrompit. Il se figea sur place, ne pouvant plus bouger. Calista se tourna vers lui, le regardant sans rien dire. Elle comprit rapidement ce que pouvait ressentir Adrien, une certaine peur devait se mélanger à la culpabilité. Elle se leva et s'approcha d'Adrien :

« On revient, on va accueillir nos invités » dit-elle à Erkoss qui était au courant de l'angoisse d'Adrien pour cette journée. Ils en avaient longuement parlé un soir sur la terrasse du Thalassa.

Calista prit la main de son compagnon et sans un mot l'entraîna vers la portillon d'entrée. Adrien inspira fortement et se laissa emmener.

Lorsqu'il vit ses amis à l'entrée de chez lui, il ne put retenir sa boule à l'estomac. Devant lui se tenaient Edward, Moea et leur petite fille Poeiti. Un énorme sourire apparut sur le visage de la tahitienne, toujours avenante.

Calista lui rendit son sourire et s'approcha d'eux sans lâcher Adrien qui serrait fermement sa main. Le portillon s'ouvrit, Adrien ne disait pas un mot, il était tétanisé. De son coté, Edward ne le lâchait pas des yeux. Ses cheveux étaient toujours aussi longs et blonds remarqua Adrien. Ils les avaient réunis en une queue de cheval, ce qui lui allait toujours aussi bien. Le temps semblait s'être figé, Edward paraissait jeune. Son corps était svelte et paraissait toujours aussi musclé. Si quelques rides marquaient son visage, cela le rendait plus sage que âgé. Calista accueillit Moea à bras ouvert, les deux femmes se serrèrent dans les bras sans même se connaître. Les deux hommes ne bougeaient toujours pas et se fixaient intensément. Calista se tourna vers Edward et comprit très vite qu'il fallait qu'elle agisse sinon le temps allait rester suspendu entre eux deux un certain moment. Elle embrassa Edward, le serra contre elle et lui souhaita la bienvenue. Elle avait si souvent entendu parler de lui qu'il lui semblait le connaître. Ce n'était pas un étranger, plutôt un revenant. Moea fit de même avec Adrien. Les deux femmes, sans même se parler avaient compris que c'était à elles d'agir rapidement. Calista invita alors la tahitienne à la suivre, laissant les deux hommes face à face. Elles s'éloignèrent sans se retourner.

Adrien et Edward se regardèrent quelques instants sans mot dire, avant de tomber dans les bras l'un de l'autre. Ils rejoignirent ensuite les filles et Erkoss sur la terrasse. Calista s'occupa de servir l'apéritif pendant qu'Adrien et Edward ne se quittaient pas des yeux avec un sourire qui en disait long. Le Champagne fut de rigueur. Comme à son habitude, Adrien avait déniché un champagne de vigneron digne des plus grands crus. Il était un grand amateur et avait opté pour du Coutelas Damien à Villers sous Chatillon. Il avait eu l'occasion d'être reçu et de visiter la cave du vigneron et en avait conservé un souvenir impérissable. Il s'était fait livrer directement de France sans aucun souci. Le Champagne était sa boisson favorite. La fraîcheur des bulles, les arômes fruités, tout était un plaisir dans ce Champagne.

Ils trinquèrent aux retrouvailles et aux présentations.

En moins d'une heure, les mauvais souvenirs disparurent de l'esprit d'Adrien et il put enfin apprécier pleinement la présence des gens qu'il aimait.

Moea lui expliqua qu'à la suite de son départ précipité de Tahiti, Edward avait décidé de rester quelques temps sur l'île. Ces quelques temps se transformèrent en mois puis en année. Edward avait été très marqué par sa dispute avec Adrien. Il ne voulait plus rentrer en France dans ces conditions. Il se creusa les méninges et décida de lancer la production de produits spécifiques de l'île et de la vendre en Polynésie pour tester le marché touristique, puis en France rapidement. Toute une ligne de produits de soin pour le corps à base de monoi est ainsi née et a envahi les magasins de cosmétiques et salons de beauté. Le succès fut si grand que Moea dut abandonner les cours de surf pour épauler son mari dans son entreprise. Il étaient mariés depuis plus de 10 ans. Leur vie se déroula entre Tahiti et Paris pour les affaires d'Edward. Jusqu'à la naissance de leur fille, Poeiti, petite perle en polynésien. Moea s'est alors occupée d'elle à temps plein. Elle adorait s'occuper de sa fille et n'aurait changé sa vie pour rien au monde. Edward à continué de travailler un certain temps, puis à levé le pied. Au moment de ce repas il avait beaucoup délégué, mais n'avait pas voulu vendre son entreprise malgré les offres nombreuses et alléchantes de grands groupes de cosmétiques. Il préférait conserver la maîtrise de la qualité des produits traditionnels et artisanaux plutôt que de les voir se transformer en une industrie qu'il ne souhaitait pas. Alors, il continuait de faire vivre des villages entiers autour de cette entreprise. Moea précisa qu'Edward était un véritable héros sur l'île. Les gens l'aimaient tellement qu'il avait été pressenti pour faire partie de l'assemblée de Polynésie, ce qu'il avait refusé. La politique ce n'était pas ce qu'il voulait faire. Il était heureux de pouvoir aider les gens.

Adrien et Edward se remémorèrent des moments ensemble, racontèrent des anecdotes qui firent rire tout le monde. Ne voulant laisser sa nouvelle amitié de coté Adrien raconta sa première rencontre avec Erkoss et quelques histoires croustillantes qui les avaient bien amusés. Chaque personne pouvait situer les relations qu'entretenaient les uns avec les autres. Les trois garçons se mirent au barbecue et leurs éclats de rire « devaient s'entendre jusqu'au Thalassa » s'était moquée Calista.

Milena avoua qu'elle aimait tendrement Erkoss et Calista fut rassurée de voir que cette jeune fille ne voulait que le bonheur de son plus vieil ami. Sa seule crainte à présent était de le voir partir vivre loin de Kerames. Comment en vouloir à Milena de ne pas venir ici ? Rien n'était plus calme et tranquille que le village en hiver, mais le travail s'y faisait rare, pour ne pas dire inexistant et les routes sinueuses n'étaient pas propices aux déplacements. Calista préférait ne pas savoir, elle ne posa aucune question à ce sujet pour ne pas gâcher cette magnifique journée. Elle voulait profiter du moment présent en compagnie de ses amis et de l'homme de sa vie.

Adrien était alors l'homme le plus heureux du monde, autour de lui, le plus beau cadeau de la Crète, la femme rêvée, Edward, son ami de toujours qu'il croyait avoir perdu et Erkoss, fidèle compagnon de l'île. Tout ce beau monde réuni ici, sur son île, dans sa demeure.

« Merci la vie » se prit-il à penser.

Le repas se passa dans une ambiance de joie et de rires. Ils avaient tous des anecdotes à raconter, des histoires sur leur vie.

Le début de soirée arriva rapidement sans qu'ils s'en rendent compte. Calista avança l'idée de montrer le lieu préféré d'Adrien à Moea, Milena et Edward. Ils interrogèrent du regard Adrien qui semblait ne pas comprendre et haussa les épaules en guise de réponse. Calista fut contente de son effet. Ils montèrent en voiture et se dirigèrent vers le village. C'est en se garant sur la place qu'Adrien eut une idée de l'endroit où ils allaient. Arrivés sur la terrasse du Thalassa, Calista se tourna vers lui pour lui dire :

« Vas-y Adrien, montre nous où tu passes tout ton temps ».

Avec un grand sourire il se dirigea vers sa table fétiche, prit une chaise et s'assit face à la mer de Libye. Se tournant vers Erkoss, Calista lui demanda :

« Tu ne trouves pas qu'il manque quelque chose ? Ou quelqu'un ? A ton tour ».

Avec le même sourire il rejoignit Adrien et s'assit à ses cotés.

« Voila les deux compères réunis à leur endroit préféré. On va leur ériger une statue ici », dit Calista en riant.

Adrien les interpella :

« Edward ! viens nous rejoindre, tu comprendras ».

Sans hésiter son ami s'avança vers eux et tira une chaise pour s'asseoir en s'exclamant :

- Ha oui ! Quand même.

Les trois filles arrivèrent et prirent place autour de la table face à eux.

-Ha non ! Vous gâchez le paysage s'exclama Adrien.

Tous rirent de concert.

Durant quelques minutes, personne ne dit mot. Le bruit de la mer lointaine et l'odeur iodée leur suffit à apprécier ce moment de calme et de tranquillité. Le serveur arriva pour prendre leurs commandes. Calista lui indiqua qu'elle s'occuperait elle même de cette table ce soir.

« OK ! Patronne » répondit-il.

- Je vais vous préparer un petit apéro avec quelques grignotages maisons, vous m'en direz des nouvelles, lança-t-elle a la tablée.

- Je peux t'aider ? Proposa Milena, je sais cuisiner, ajouta-t-elle.

- Moi aussi j'aimerai participer, annonça Moea.

- Avec plaisir, venez avec moi,dans mon monde secret, dit-elle en souriant.

- Attends ! Dit Adrien.

- Oui, Qu'y a t il ? Demanda Calista.

- Je viens avec vous, mais seulement pour récupérer une bonne bouteille de vin et des verres, pas pour la cuisine. Je ne sais rien faire, précisa-t-il pour les autres.

- Inutile de le préciser, je suis au courant, le provoqua-t-elle. Reste assis, je vais te faire amener du vin et des verres. Profitez bien de la vue les garçons.

Les trois filles se rendirent dans les cuisines du Thalassa laissant les hommes sur la terrasse.

Le serveur arriva rapidement avec une bouteille de vin blanc et trois verres. Profitant de l'absence de Calista, Adrien osa poser la question à Erkoss :

- Ça a l'air de plutôt bien fonctionner entre vous deux.

- Un régal. Je suis aux anges, tu ne peux pas imaginer.

- Si ! Ça je peux, regarde moi, dit-il en pointant ses deux index vers sa poitrine. C'est un escadron d'anges qui volent au dessus de ma tête.

Ils éclatèrent de rire.

- Et vous comptez vivre ensemble ? Osa demander Adrien qui craignait la réponse.

- Oui, très prochainement. Nous en avons parlé et nous réfléchissons sur l'endroit le plus adapté pour nous deux.

- C'est à dire ? Renchérit Adrien avec une réelle curiosité.

- Il me sera certainement très difficile de quitter kerames. Mais d'un autre coté, la faire venir ici, pas de travail, et je la vois pas vivre dans ma maisonnette, c'est plus une bergerie qu'une maison bourgeoise.

- Ça je ne te le fais pas dire, s'esclaffa Adrien.

- C'est un des nombreux problèmes que nous rencontrons, précisa Erkoss en haussant les épaules de dépit.

- J'ai peut être une idée, annonça Adrien.

- je suis tout ouïe, répondit Erkoss à l'affût de solutions.

Adrien se tourna vers Edward :

- Lui ! dit-il, sans rien ajouter de plus.

- Quoi lui ? Interrogea Erkoss.

- Ben oui ! Quoi moi ? Renchérit Edward, surpris.

La réponse n'arriva pas, Adrien se retrouva à nouveau dans la pièce blanche.

« Ce fut une belle après midi, n'est ce pas ? » lui demanda l'Ange.

- C'est vrai, je le reconnais. Mais comment apprécier un si bon moment lorsqu'on sait que la femme qu'on aime et notre enfant sont en danger de mort ? Et puis c'est encore une partie de mon histoire où je ne vois pas la fin. C'est fatiguant tout ça, finit-il par dire, las.

–Exact. Je vais y remédier en te faisant le topo. Tu as réussi à persuader Erkoss et Milena de vous accompagner à Tahiti, malgré leurs réticences sur le fait que tu payais le voyage. Tu lui as dit que c'était un investissement sur le futur et qu'il devait te faire confiance. Ce qu'il a fait, bien entendu. A Tahiti tu tenais à lui montrer la réussite d'Edward. Tu voulais à tout prix qu'il prenne conscience des possibilités d'épanouissement personnel et de développement économique des endroits les plus reculés. Tu lui as expliqué que si on garde une ligne de conduite dans le respect des produits et des clients, la réussite est au bout. Il faudrait certainement patienter deux ou trois années avant d'avoir des retombées financières, as-tu précisé, mais le jeu en valait la chandelle d'après toi. L'exemple de la réussite d'Edward à partir de produits cosmétiques à base de monoi te semblait adaptée à ta démonstration. Toujours selon toi, avec un bon produit, un bon marketing et un prix juste, l'affaire était jouable en Crète avec son savoir faire. Malheureusement Erkoss n'y croyait pas, Milena non plus. Même les efforts de ton ami Edward pour les persuader n'ont reçu aucun écho positif. Calista n'a pas tenu à s'en mêler, elle ne comprenait pas où tu voulais en venir, mais te faisait confiance, donc elle est restée en retrait sur le sujet. Erkoss n'avait pas d'argent, et les investissements nécessaires pour se développer étaient colossaux. Il ne pouvait envisager un prêt bancaire, la crise ne le permettait plus. Et avant que tu lui proposes de lui prêter de l'argent il refusa net, arguant que l'amitié pouvait en souffrir parce qu'il n'était pas sûr de réussir. Il n'oserait plus te regarder en face s'il n'arrivait pas à te rembourser. C'est alors que tu as abattu ta meilleure carte. Tu lui as précisé qu'en aucun cas tu ne pensais lui prêter de l'argent.

Tu voulais surtout investir dans une société en Crète et que c'était un bon moyen de le faire à travers lui. Il fut étonné et n'a pas voulu te croire. Encore une fois, tes talents de persuasion sont apparus efficaces. Tu avais déjà monté un business plan précis et chiffres à l'appui tu as fait une démonstration de tes talents de chef d'entreprise. Ils ont tous été ébahis et épatés. Calista fut la plus impressionnée, pas par tes talents, elle les connaissait déjà, plutôt par ton coté généreux. Erkoss, lui, a eu conscience de cette marque d'amitié et Milena te sera toujours reconnaissante. Cerise sur le gateau, l'entreprise fonctionne très bien. Tu l'as aidé les deux premières années, le temps que tout se mette en place. Ton investissement financier est apparu énorme pour Erkoss et Milena, beaucoup moins pour toi, même si la somme était très importante. La bergerie à laissé la place à un hangar neuf avec un labo de production, un traitement des eaux usés et des déchets et tout le matériel nécessaire aux normes pour produire des fromages de qualités artisanales irréprochables.

Tout s'est très bien passé pour Erkoss et Milena. Encore une belle action de monsieur Lechevalier.

- Je suis très content pour eux. Erkoss était quelqu'un d'..... ...est quelqu'un d'extraordinaire, d'une rare gentillesse. Il mérite de vivre heureux. Mais ce n'est pas le plus important pour moi. Je dois faire quelque chose. Je ne peux pas rester comme ça à attendre mon départ et à observer ma vie défiler sous mes yeux. Je dois sauver Calista, conclut Adrien.

18

« Je veux y retourner ! Au moment précédant l'accident » affirma Adrien avec autorité.

Son Ange Gardien le regarda, semblant attendre une explication. Il pouvait lire la détermination dans les yeux d'Adrien qui reprit.

- Je ne continuerai pas de voir ma vie si je ne peux tenter de sauver Calista et notre enfant. Je suis prêt à rester ici très longtemps. Et toi ? Es-tu prêt pour ça ?L'interrogea-t-il avec défiance.

- Adrien, sois raisonnable, nous ne pouvons plus rien pour Calista.

- TOI ! Tu ne peux plus rien. Moi je veux essayer. N'oublie pas que je suis un homme très déterminé. Et rien, je dis bien, rien, ne me détournera de mon objectif.

Adrien pouvait se montrer extrêmement têtu, l'Ange le savait, il le connaissait si bien. Il cherchait une faille, l'Ange l'avait déjà vu bluffer mais n'avait jamais pu vraiment faire la différence avec sa détermination. Adrien était extrêmement doué en négociation.

- Ça ne rime à rien. Je te l'ai déjà dit, ce n'est pas moi qui décide, je ne peux t'emmener là où tu me demandes.

- Et moi, je t'ai déjà dit que je ne te croyais pas. Inutile d'insister dans ce sens. Tu dois faire ton choix. C'est à toi d'utiliser ton libre arbitre. Je la sauve et nous partons, ou je reste et tu restes.

L'Ange cherchait toujours à lire en Adrien. Il craignait de ne pas réussir à lui faire changer d'avis. Il ne voulait pas se laisser abuser :

- Très bien, Adrien. Restons, je n'ai pas la notion du temps, tu le sais. Ma patience est sans limite.

- Sans limite ? Non, je ne crois pas. Tu ne connais pas encore tes limites, c'est différent. Et je te propose de les découvrir, dit Adrien en se dirigeant vers un fauteuil pour s'y asseoir.

L'Ange l'observa avec inquiétude. Il ne pouvait plus attendre, le temps pressait, il fallait qu'Adrien parte d'ici. Ce n'était certainement pas en le laissant jouer à ce jeu qu'il pourrait atteindre son but. Il décida de tenter quelque chose :

- Adrien ? Que veux-tu que je fasse ? Ni toi, ni moi ne décidons de tes voyages. Tu as déjà tenté de résister, inutilement je te rappelle. Et le moment de ton départ n'est pas non plus de mon ressort.

- Je ne crois rien de ce que tu me dis. Je suis donc prêt à mener un combat contre toi s'il le faut.

L'Ange ne pouvait laisser Adrien se braquer. Il réfléchissait à une solution lorsqu'Adrien reprit :

- Envoie moi vers le jour où je lui ai annoncé mon choix de tout abandonner. Les instants précédant l'accident.

- Que comptes-tu faire ? Demanda l'Ange.

- Si j'arrive à l'empêcher de partir, ou simplement la retarder, le camion sera passé et ils seront sauvés.

- Adrien ! Tu as pu constater qu'il t'est impossible de communiquer lors de tes voyages. Pas plus d'agir.

- Je veux le tenter. C'est mon seul espoir, laisse le moi, supplia-t-il.

L'Ange comprit qu'Adrien ne ferait rien avant d'avoir essayé. Il devait accepter ou se résoudre à un bras de fer qui allait durer très très longtemps. Il préféra abdiquer :

- Très bien ! Je veux bien essayer de t'envoyer là bas. Je ne suis pas sûr de réussir. Mais ..... si tu échoues ?

- J'y arriverai ! Allons-y ! Répondit-il avec une détermination ne prêtant aucune discussion.

Le dialogue semblait inutile, Adrien n'entendait plus rien. Il fallait qu'il fasse son voyage. L'Ange ne pouvait que s'y plier le temps de trouver une idée.

Un flash illumina la pièce blanche.

Calista tournait le dos à Adrien et Luciela, les yeux tournés vers la mer. Elle ne bougeait pas, aucun des trois ne disaient mots. Adrien avaient le regard posé sur Calista, dans l'attente qu'elle se retourne. Il venait de lui proposer de vivre avec elle chaque jour, chaque semaine de chaque année de leur vie. L'attente lui sembla une éternité.

Elle se retourna et se dirigea vers Adrien, le prit dans ses bras pour le remercier de faire un choix qui allait la rendre heureuse.

Le cerveau d'Adrien tournait à cent à l'heure, il fallait qu'il empêche Calista de partir. Il tenta de se faire entendre :

« Sers la dans tes bras ! Fort ! Très fort ! Ne la laisse pas se lever. Retiens la ! Dis lui combien tu l'aimes et combien ce choix fut facile à faire tant il t'est apparu naturel pour la suite de ta vie. Raconte lui l'amour, parle de tes espoirs, dis ce que tu veux, mais je t'en prie retiens la ».

De toutes ses forces il essayait d'influencer son moi du passé.

Calista se leva et embrassa Adrien qui ne bougea pas de sa chaise. Ils échangèrent quelques mots et elle se dirigea vers la sortie.

Ne voulant la laisser partir, Adrien se mit en travers de sa route pour l'empêcher de passer. Calista le traversa sans même s'en apercevoir. Elle se dirigea vers la porte, s'arrêta et adressa la parole à Adrien. Il profita de cet instant pour s'approcher d'elle et lui hurler à l'oreille.

« CALISTA ! Ne pars pas ! NON ! Reste là ! Juste quelques minutes, je t'en supplie, ma Calista, ECOUTE MOI, entends moi ! »

La jeune femme fit les quelques pas qui la séparaient de la porte et la franchit, la refermant derrière elle. Adrien tomba à genoux, désespéré d'avoir échoué si vite.

« Je t'avais prévenu que tu ne pourrais pas influencer ces moments. Te rends tu comptes ? Si les événements sont modifiés, tout est modifié. Tous les événements touchant de près ou de loin celui qu'on changerait seraient modifiés et modifieraient des actions dépendantes d'eux mêmes et ainsi de suite, dans une série infinie en cascade. Ce qui modifierait tous les événements de la terre. Tout est lié. Tu connais l'effet papillon ? Un simple battement d'aile peut-il déclencher une tornade à l'autre bout du monde ? C'est la même chose. Si Calista ne meurt pas, le chauffeur n'arrête pas l'alcool et tue quelqu'un d'autre dans six mois. Imagine le malheur de ces gens. Le même que celui qui t'arrache le cœur à cet instant. Et tous les faits changent ensuite. Imagine le désastre. Je pourrai t'expliquer et te démontrer les actions en dominos que cela impliquerait et tous les dommages collatéraux, mais je pense que c'est inutile. Tu comprends très bien pourquoi on ne peut pas changer les événements passés. Tu es intelligent, sensible et réfléchis. Je pense que tu comprends, n'est-ce pas ? Demanda l'Ange qui venait de fournir des arguments qui, il l'espérait allait toucher la sensibilité d'Adrien.

Adrien ne disait plus un mot. Il était tiraillé entre tout faire pour sauver Calista et leur enfant et accepter de ne rien bouleverser. Le discours de l'Ange le touchait, il savait qu'au fond il avait raison. Peut être que le chauffeur créerait un nouvel accident grave, peut être qu'il anéantirait une famille entière, certainement que de nombreux événements étaient dépendants de ces actions, peut être même que la vie de Calista ne serait pas la perfection, peut être que des malheurs s'abattront sur elle et son enfant. Peut-être.... resteront-ils des peut-être....

Il reprit la parole :

« Il y a plein de possibilités, plein de peut-être que... Rien n'est figé. Et tout le raisonnement que tu me fournis, bien que je l'entende, ne me fait pas changer d'avis. Rien ne dit que le chauffeur va continuer à boire, rien ne dit non plus qu'il créera un nouvel accident, et encore moins que celui ci sera fatal à quelqu'un. Ce ne sont que des suppositions. Il va peut être avoir un accident seul, peut être perdre son permis, peut être.... autre chose. Il y a de nombreuses probabilités, et des certitudes. Calista et notre enfant risquent de mourir, c'est une certitude. Peut être qu'une guerre atomique va se déclarer un jour, peut être qu'un astéroïde va rencontrer la terre, peut-être que...

...je réussirai à sauver Calista et notre enfant. Tant que je n'ai pas la certitude de mal faire ou de faire du mal, je veux tenter le coup. Alors laisse moi faire, ou aide moi. »

- Adrien, ON ne peut pas influencer la vie passée. Ça aussi c'est une certitude, insista l'Ange.

- Pourquoi ? L'interpella Adrien. Parce que cela n'est jamais arrivé ? Avec un raisonnement comme le tien, l'homme ne volerait pas, la pénicilline n'existerait pas non plus, pas plus que le téléphone, l'internet et j'en passe. Ce qui n'est pas encore arrivé ne prouve pas que cela n'arrivera jamais. Moi je le tente. Tout doit être tenté, absolument tout.

- Adrien, tu es têtu et ....

- Si tu es vraiment mon Ange Gardien, tu sais que je ne changerai pas d'avis. Renvoie moi la bas. Maintenant ! Lui ordonna Adrien.

L'ange était à bout d'arguments. Il devait faire réagir Adrien le plus possible. Alors pourquoi ne pas le renvoyer là-bas ? Un électrochoc serait possible et irait en son sens. Sa décision fut rapidement prise.

La douche coulait sur le corps d'Adrien.

Il aurait préféré être au lit pour lui faire l'amour à nouveau et tenter de la retenir. Mais bon, il était là et il devait tout mettre en œuvre pour l'empêcher de partir.

Il se concentra très fort dans l'espoir de pouvoir influencer quelque chose. Il attendait un signe lui permettant d'y croire. Il serra les poings si fort que ces avant-bras devinrent douloureux. Se concentrer, observer, analyser pour pouvoir agir. Il devait penser à tous les détails.

Adrien sortit de la douche et enfila un short directement sur sa peau nue ainsi qu'un polo. Il se rappela qu'il n'avait jamais pensé à aller à l'essentiel comme ne pas mettre de sous vêtements ni de chaussettes. Ici il découvrait tout. Au sens propre comme au sens figuré. Et ce matin il avait une annonce importante à faire à Calista. Leur avenir allait dépendre de la réaction de la jeune femme. Pour le moment il devait descendre pour préparer le petit déjeuner avec Luciela. Un petit déjeuner qu'il voulait parfait. Un rapide coup d'œil vers le lit lui éclaira le visage. Calista l'observait tendrement.

Il s'approcha pour lui faire un baiser rapide avant de se diriger vers les escaliers sans lui laisser le temps de le retenir.

« Je t'attends en bas, fais vite, tu me manques déjà », lui dit-il avec un clin d'œil. Arrivé en bas des marches il trouva Luciela dans la cuisine, comme à son habitude en train de s'affairer à quelques travaux. Depuis qu'il avait embauché un jardinier, Luciela n'avait plus cette corvée et passait l'essentiel de son temps dans la cuisine, trouvant toujours quelque chose à y faire. Et comme elle ne supportait pas Teofilio, elle n'allait profiter du jardin que lorsqu'il ne travaillait pas. Heureusement pour elle, il n'habitait pas ici et venait trois fois par semaine faire des menus travaux d'entretien de la maison. Adrien s'approcha pour l'embrasser. Elle n'échappait jamais au traditionnel baiser sur le front. Comme elle aimait cela, tout le monde y trouvait son compte.

« Calista va descendre, on prend le petit déjeuner sur la terrasse ? » demanda-t-il à la vieille dame.

-Tout est prêt ! Il ne manque plus que vous deux, lui répondit-elle avec un grand sourire.

Adrien sourit à son tour en apercevant la table dressée sur la terrasse. Le soleil brillait fort, comme son amour pour Calista. Et ce matin, il allait devoir être brillant. Il était tout excité de prendre un petit déjeuner en famille et de pouvoir annoncer sa décision. Si sa mère était toujours vivante, il ne la voyait que très rarement. Il n'avait pas accepté que celle-ci se remarie après le décès de son père. Il ne lui en voulait pas, mais il n'y arrivait pas. Son nouveau mari et lui ne s'entendait pas du tout. A chaque rencontre des disputes éclataient entre eux. Adrien lui reprochait de ne pas participer à la maison, de laisser sa mère tout faire et de la laisser seule trop souvent. Il « mettait les pieds sous la table » lui reprochait-il. Sa mère était tellement contente d'avoir de la compagnie qu'elle prenait toujours le parti de son mari. La peur de se retrouver seule était trop forte et Adrien le comprenait, comme son mari qui en abusait. Il s'était lassé et avait fini par ne plus y aller.

Alors, ce jour là, le déjeuner avait un sens tout particulier pour lui. Il avait une famille avec qui il s'entendait merveilleusement bien.

Calista apparut sur la terrasse. Tous trois prirent place autour de la table pour entamer un beau petit déjeuner préparé par Luciela. Sur la table ronde, couverte d'une nappe en coton crème, reposait du café expresso et non local. Adrien avait fait venir un percolateur de France, grand amateur de café il ne supportait plus le café grec qui lui offrait à boire et à manger. Tout autour, thé pour Luciela, fruits frais, pain, confitures, miel et bien sur yaourts. Durant le repas, les discussions tournèrent autour de tout et de rien. Le temps de la journée comme les clients du Thalassa furent passés en revue.

De son coté, Adrien bougeait, criait et gesticulait sans arrêt. Rien ne semblait perturber le petit déjeuner. Ce qui le faisait enrager, il s'énervait de plus belle. Une idée surgit dans la tête de MIAM. D'après ses souvenirs, il allait annoncer dans quelques secondes son choix de ne plus être opératif dans sa société. Calista ne dira mot et se lèvera pour se retrouver face à la mer de Libye. Il devait essayer de se retrouver exactement à l'endroit ou elle allait elle même se situer. Peut être que quelque chose se passerait. Il fallait espérer. Il se rapprocha de la rambarde entourant la terrasse sans prêter attention à sa propre annonce d'arrêter les allers retours incessants vers Paris. Il connaissait à présent par cœur chaque phrase, chaque mot de son laïus. Il se retourna pour observer Calista se lever et se diriger vers lui.

Elle se rapprocha, s'arrêta devant le garde corps et fixa l'horizon sans dire un mot. A la table, Luciela et Adrien étaient sans voix.

De son coté, MIAM tenta d'attirer l'attention de Calista. Il hurla de toutes ses forces pour déclencher quelque chose sans aucun succès. Il sauta derrière elle comme sur un trampoline et battit des bras tel un moulin pour le même résultat. S'il se trouvait ridicule, Adrien n'en avait cure, il cherchait de toutes les façons possibles un moyen de changer le cours de la vie. Il décida de se mettre exactement à l'endroit où elle se trouvait. Il avait peur du résultat, c'était la première fois qu'il allait traverser quelqu'un de lui même, mais il ne pouvait pas se permettre ce sentiment. Il mit ses pieds dans les siens et se retrouva dans son corps. Enfin, façon de parler. Rien ne passa. Calista avait toujours les yeux rivés vers la mer. Elle ne bougeait pas et ne parlait toujours pas.Il avait pourtant bien vu ça dans un film. Il fit un pas en arrière et sauta à nouveau dans son corps. Au bout de quelques secondes, Calista sembla faire un léger geste avec la tête. Adrien ne se rappelait pas qu'elle ait fait ça ce jour là. Ce petit geste qui paraîtrait insignifiant a quiconque fut le signe d'un espoir pour Adrien.

Calista se retourna et s'approcha d'Adrien laissant son double sur place. Elle le prit dans ses bras et le serra longuement.

Pris de panique, MIAM craignait ce qui allait arriver. Il tenta a nouveau d'entrer dans son corps, mais il lui fut impossible de le faire. Il essaya à nouveau plusieurs fois, par tous les cotés accessibles. La cinquième tentative fut la bonne. Il se retrouva dans le corps de ... Adrien. Il était dans son propre corps. Malgré l'étreinte de Calista, il ne ressentit aucune sensation. Elle tendit les lèvres vers les siennes et l'embrassa. Adrien ferma les yeux et lui rendit son baiser, mais sa bouche se retrouva dans sa mâchoire. Il traversa les lèvres de Calista, oubliant qu'il n'était qu'une âme non solide. Surpris et apeuré il tira sa tête en arrière brusquement et quitta son propre corps. Il manqua tomber à la renverse. Adrien s'observa rendre le baiser à Calista et une grande mélancolie s'empara de lui. Il fut sonné quelques instants par sa nostalgie mais se reprit rapidement en pensant à son objectif.

Déjà, Calista riait et s'avança vers la porte. Il se précipita sur elle, tentant de l'attraper dans un réflexe désespéré. Geste qui se solda par un simple coup dans le vide, un brassage d'air inutile. Il tenta une dernière fois d'entrer en elle alors qu'elle franchissait la porte et se retrouva .... dans la pièce blanche.

Il se tourna de tous les cotés à la recherche de Calista lorsqu'il comprit qu'il avait quitté la scène précédant l'accident. Paniqué il hurla :
« OU ES-TU ? Renvoie moi la bas. Je peux le faire, je le sais. Reviens ici. Dépêche toi ! »
- Calme toi Adrien, inutile de hurler. Je ne suis pas sourd et la pièce résonne bien assez, lui fit remarquer l'Ange Gardien.
- Je veux y retourner tout de suite ! Maintenant !
- Arrête Adrien ! Tout cela est inutile, tu t'en aperçois très bien. Rien ne se passe, ON ne change pas le cours de la vie. Il faut que tu intègres ce fait.
- JE vais changer le cours de la vie. Il faut que TU INTEGRES ce fait toi même !! s'énerva Adrien. Je ne changerai pas d'avis, ça durera le temps que ça durera, insista-t-il, les yeux plein de force.
- Je suis désolé Adrien, je ne peux pas t'envoyer au même endroit indéfiniment. A un moment ça s'arrêtera et tu te retrouveras, ... ailleurs. C'est comme ça que ça marche.

Adrien ne douta pas de la sincérité de l'Ange. Il craignait qu'il ait raison, sinon, nombre de personnes seraient entre ciel et terre dans l'attente de la réalisation d'un miracle. Et il se dit justement, que les miracles étaient peut être l'action de quelqu'un comme lui qui avait pu changer le cours de la vie. Ce qui lui redonna confiance et espoir.

- Combien de temps avons-nous devant nous ? Demanda Adrien qui avait recouvré son calme.

- Je ne sais pas, le temps m'est inconnu. Peut-être trois voyages, ou quatre.

- Alors je veux les faire dans le but de la sauver. Je trouverai une solution.

- Je ne peux pas non plus te garantir que tu feras ces voyages là où tu veux. Il se peut que l'on t'envoie vers d'autres souvenirs. Je ne maîtrise pas tout. J'ai vécu ta vie en ta compagnie, j'ai pu observer l'amour que tu avais pour Calista. J'ai été très fier de toi à ces moments là, j'ai adoré te voir sauver ton entreprise de cette façon. J'ai aimé le changement qui s'est opéré en toi suite à certaines choses que je désapprouve. Adrien, crois moi, si je pouvais t'aider, je le ferais, c'est sincère.

L'Ange Gardien paraissait ému.

- Tu peux m'aider. J'en suis persuadé.

- Comment ? Interrogea l'Ange Gardien.

- Si nous mettons nos énergies en commun, nous pourrons changer le cours des choses. Nous sommes assez forts pour ça.

- Je ne peux pas faire ça, Adrien. Je n'en ai pas le droit.

- Ne dis pas que tu veux m'aider si c'est pour me répondre ça. Renvoie moi là-bas tout de suite, le temps m'est compté. Tu ne sers qu'à ça.

- Soit, si c'est vraiment ce que tu désires. Qu'il en soit ainsi, conclut l'Ange, dépité d'entendre ces propos.

19

Adrien se retourna sur le coté droit et vit Calista qui dormait encore. Il devait se lever et se doucher pour lui préparer un bon petit déjeuner. C'était une journée spéciale et il la voulait parfaite.

« Allez ! Embrasse la ! Montre lui que tu l'aimes, fais lui l'amour, longtemps » souffla Adrien. Il mit toute son énergie dans ses propos, il voulait lui insuffler un élan salvateur pour Calista. Il sentit monter une énergie en lui et tenta de la faire passer de toutes ses forces en direction du lit où les deux amoureux se trouvaient.

Pendant ce temps, Adrien retira délicatement le drap qui le couvrait pour se décaler. Il se leva et mit les deux pieds au sol pour se lever. Il sentit une main lui caresser le bas du dos. Il se retourna vers Calista et lui offrit un merveilleux sourire. Il se pencha vers elle pour l'embrasser, un léger courant d'air traversa la chambre alors. Calista lui tendit les bras pour le serrer contre elle.

« Oui, Ma Calista ! C'est bien mon amour, fais moi un câlin, serre moi dans tes bras, garde moi contre toi. Montre moi que tu as envie de moi. Écoute ma voix, entends ce que j'ai à te dire ». Adrien tentait tout ce qu'il pouvait en y croyant plus que tout, persuadé qu'il pouvait changer le cours des événements.

C'est alors que Calista lui mordilla le lobe de l'oreille, un point sensible de son amant.

Adrien observait la scène, il savait qu'il ne résisterait pas à ça et reprenait confiance en voyant que les choses évoluaient dans le bon sens. Même s'il n'en revenait pas que queque chose se passe, il n'avait pas le temps de s'attarder sur cet aspect. Il aurait bien le temps d'en parler avec son Ange lors de son retour. Pour le moment il devait continuer d'influencer l'action en cours. Il pensait dur comme fer qu'il était en train de changer le cours de la vie.

Calista embrassa tendrement Adrien qui lui rendit son baiser. Ses mains caressaient ses cheveux et il descendit doucement vers sa poitrine. Il prit le sein de Calista à pleine main et le pétrit tendrement. Calista commençait à gémir puis le téton dans sa bouche et l'aspira doucement. Sa main remonta le long de sa cuisse et s'arrêta entre ses jambes. Les gémissements de Calista devinrent des râles et l'incitèrent à continuer.

Adrien les regardait, non pas comme un voyeur, mais comme un metteur en scène en pleine exécution de son métier. Il cherchait à influencer chaque geste des amants en les commentant et les invitant à faire tel ou tel geste : « Prends ton temps Adrien, ne sois pas pressé, caaaalmement ».

Calista attrapa Adrien par les cheveux pour diriger son amant vers son bas ventre. Celui-ci ne se fit pas prier et entama des va et vient lents avec sa langue le long de son mont de vénus. Quelques minutes plus tard il entrait en elle. Leur étreinte dura un long moment de plaisir.

Enfin, Adrien se leva et se dirigea vers la douche. Calista resta là, un grand sourire aux lèvres.

Adrien était fier de lui. Il venait de gagner suffisamment de temps pour décaler le départ de Calista. Enfin, il l'espérait.

En sortant de la douche, en short et en polo, Adrien descendit les escaliers pendant que Calista se levait. Après un rapide baiser déposé sur le front de Luciela il se dirigea vers la terrasse pour s'asseoir autour d'une table couverte de victuailles.

Calista prit une douche très rapide et les rejoignit rapidement et tous trois entamèrent leur petit déjeuner en parlant de tout et de rien pendant un long moment. Le soleil, le petit déjeuner en famille, tout était propice à la quiétude.

Le plan d'Adrien se déroulait à merveille. Il attendait avec impatience l'annonce de son retrait de la société et la réaction de Calista.

Il n'attendit pas très longtemps. Adrien annonça à Calista et à Luciela son choix de quitter en partie l'entreprise pour s'installer ici avec elles deux. A ces paroles, Calista leva la tête, le regarda droit dans les yeux et se leva. Elle se dirigea vers le fond de la terrasse, comme elle l'avait fait les fois précédentes.

Adrien savourait son plaisir, il était en train de sauver sa compagne et son enfant. Il savait à peu près combien de temps allait durer son silence et celui-ci suffisait à changer le cours des choses. Il suivait des yeux Calista lorsque celle-ci s'arrêta brusquement, se retourna et se mit à courir en direction d'Adrien.

« NON ! NON ! Tu ne peux pas faire ça ! Retourne là-bas ! NOOOOOON !! ».

Ses cris étaient inutiles, Calista serrait déjà son aimé dans ses bras et lui avouait son bonheur à cet instant.

« J'ai failli être en retard à cause de toi ! Je dois y aller, c'est l'heure. Je t'aime Adrien, Mon dieu que je t'aime ».

Adrien n'écoutait plus leur échange. Il était perdu, les bras ballants à ne savoir quoi faire. Il ne put qu'observer Calista quitter la maison et fermer la porte derrière elle.

En se retrouvant dans la pièce blanche il chercha aussitôt l'Ange du regard :
« J'ai échoué, n'est ce pas ? » demanda-t-il, les larmes aux yeux.
- Tu échoueras toujours Adrien. Tu ne veux pas l'entendre, mais je te le répète à nouveau, on ne change pas le cours de la vie. Il faut que tu l'entendes et que tu l'acceptes ».
Adrien avait perdu ses forces, ses jambes étaient molles, elles ne pouvaient plus le porter, il ne tenait plus debout. Il réussit à rejoindre un des fauteuils pour s'asseoir. Penché en avant, les coudes sur les genoux, il pleurait désespérément. L'Ange ne pouvait intervenir, il ne savait pas quoi lui dire. Il l'avait prévenu, le résultat sera le même à chaque tentative. Pourtant, ils devaient y arriver, c'était nécessaire, il avait eu envie d'y croire et s'était lui aussi laissé emporter par MIAM. Il le regrettait à présent. Surtout que lui même avait voulu plus que tout qu'il réussisse. Il pensait que c'était la solution et ne pouvait pas laisser Adrien dans cette situation, il devait l'aider à se reprendre. Il était urgent de le faire. Plus cela durait, plus la douleur était intense. Adrien commençait à trop souffrir, il fallait en terminer, d'une façon ou d'une autre. Il devait prendre une décision qui n'était pas facile. L'Ange jeta un regard en direction d'Adrien qui était toujours prostré, en pleurs et quasiment inerte. Son corps était traversé de nombreux soubresauts.

Il avait envie de s'excuser auprès de lui.

« Adrien, j'ai peur que soit bientôt venu le temps de partir », lui dit-il d'une voix douce.

Adrien ne bougeait pas, il était dans la même posture depuis de longues minutes. Il avait entendu ce que venait de lui dire son Ange gardien et essayait de reprendre ses esprits. Il ne voulait pas partir. Il leva la tête vers lui, ses yeux plein de larmes, son regard plein de détresse attristèrent l'Ange. Il connaissait bien Adrien et jamais il n'aurait pensé le voir si démuni. Que devait-il faire ? L'abandonner ? Rompre son serment ? C'était lui qui maintenant se posait une multitude de questions.

« Attends ! » réussit à dire Adrien, la voix pleine de désespoir. « Ne fais pas ça, s'il te plaît », le supplia-t-il.

Son regard, sa voix devenaient insupportables à l'Ange. Il n'avait pas été préparé à ça. Il devait se battre encore pour lui, ne pas le laisser partir. Sa mission n'était pas achevée. Il devait ouvrir les yeux à Adrien, et il allait le faire. Même s'il pouvait l'empêcher de continuer, il décida de tenter le coup. Adrien était un battant, un créateur, il avait toujours des idées exaltantes, différentes. L'Ange devait le pousser dans ses derniers retranchements pour qu'une fabuleuse idée surgie de nulle part apparaisse en lui comme une lumière dans une caverne. C'était peut-être ça la solution. Donner à Adrien la possibilité de réfléchir, d'analyser et d'agir ensuite comme il l'avait toujours fait sur terre.

« Adrien ? Concentre toi s'il te plaît. Abandonne l'idée de tristesse et réfléchit ».

Surpris, Adrien qui avait séché ses larmes regarda l'Ange comme un extra terrestre qui lui parlait en chinois. Il fronça les sourcils, ce qui indiqua à l'ange qu'il ne comprenait pas.

« Tu as toujours trouvé des solutions à tout. Pourquoi cette fois-ci serait-elle différente ? »

Adrien se leva de son fauteuil, il commençait à revenir :

-Peut-être parce qu'ici TOUT est différent. Parce qu'ici, rien n'est comme en bas, rien n'est comme dans mon monde.

- C'est exactement ça, tu as raison, rien n'est comme en bas, c'est vrai, alors pourquoi agir comme en bas dans ce cas ?

-Parce que c'est tout ce que je sais faire.

- Non, Adrien ! Pas toi ! Toi, tu es plus que ça. Tu ne t'es jamais mis de limite dans tes rêves. Pourquoi se limiter aujourd'hui ?

- Je ne comprends pas où tu veux en venir, lui fit remarquer Adrien.

- Si on se limite dans notre réflexion, notre action en sera d'autant plus limitée.

- Je sais oui. J'utilise souvent cette phrase.

-N'appliquons pas la recette du poulet au curry si les ingrédients sont une dinde et des marrons. Adaptons nous à notre environnement.

- Tu as raison, c'est indéniable, seulement, moi je ne le connais pas cet environnement. Pas suffisamment.

- MOI, je le connais. Même si c'est ma première ici, je connais ce monde, c'est le mien.

- Et ???

- Ma description de ce monde, mes explications et ton cerveau fabuleux doivent ne faire qu'un pour trouver l'Idée.

- Je te suis. Mais ne dis tu pas toi même « qu'On ne change pas le cours de la vie ».

- Si ! Je le dis. Cela n'est jamais arrivé. Mais ne dis tu pas qu'il y a toujours une première fois ?

- Je le dis ! Et... tu serais prêt à m'aider ?

- Entièrement.

- Ce n'est pas un piège pour m'amadouer ?

- Je n'ai pas besoin de t'amadouer, le moment où tu devras partir, tu partiras et je ne pourrai plus rien pour toi. Pour l'instant tu es là et je peux t'aider.

- Par quoi on commence ?

- Je vais essayer de te dire tout ce que je sais et tu feras un voyage pour faire une tentative. Écoute moi bien, analyse tous mes mots, questionne moi.

- Je t'écoute.

L'Ange partit dans une description des plus détaillées. S'il rappelait à Adrien qu'il ne connaissait pas très bien cet endroit, il pouvait lui parler des Anges, de leurs devoirs et de tout ce qui les concernait. Adrien écoutait attentivement, il ne voulait pas passer à coté d'un détail qui pourrait tout faire basculer. Durant un temps indéfinissable pour l'un comme pour l'autre, l'un parlait, l'autre patientait, questionnait quelques fois. Bizarrement, durant cet échange, Adrien ressentit quelque chose pour cet Ange.

Il avait l'impression de parler avec un vieil ami, comme s'ils se connaissaient depuis toujours. Plus qu'une complicité, un lien les unissait.

« On essaie ? » demanda Adrien.

- On essaie, répondit simplement l'ange.

- Je suis prêt, tu peux envoyer les flashs lui dit-il en souriant.

- J'espère t'envoyer au bon endroit. Pour les flashs, ce n'est pas obligatoire, on peut faire sans et plus calmement, eut le culot de dire l'Ange en haussant les épaules pour s'excuser. Mais tu sais, le folklore, c'est parfois nécessaire. Tu sais ce que tu vas faire ?

- Je pense, j'ai au moins une idée. Dépêche toi ! fut la dernier phrase d'Adrien avant de partir.

Le lit. Adrien s'éveilla tranquillement. Il sourit en voyant le visage de Calista endormie. Il retira le drap qui le couvrait pour sortir du lit lorsqu'une main le toucha. Se retournant vers elle, Calista le prit dans ses Bras avant de lui mordiller l'oreille.

« Ho non, ça ne va pas recommencer ? » s'indigna Adrien. Quand on change quelque chose, on change pour toujours. « Allez Adrien, ce n'est pas le moment, nous n'avons pas beaucoup de temps. Je ne peux pas intervenir là, ça ne sert à rien. Je les laisse faire leurs affaires, j'ai donné à les regarder. » Adrien se retrouva dans la cuisine.

Luciela préparait la table pour le petit déjeuner. Il ne servait à rien d'intervenir. Le temps serait rattrapé. Il avait mieux à faire, il devait choisir le bon timing pour ne pas échouer.

Adrien dévala les escaliers et embrassa Luciela sur le front. Quelques instants plus tard Calista arriva. Ils prirent place tous les trois pour entamer ce beau petit déjeuner.

Adrien les observait, il avait échoué au saut du lit et s'était planté après l'annonce de son choix. Il ne pensait pas que recommencer changerait les choses. Comme il en avait eu l'idée, il préférait agir sur l'environnement plutôt que directement.

Calista était maintenant debout et marchait sur la terrasse. Elle fit demi tour et embrassa éperdument Adrien pour le remercier de ce cadeau et lui dire tout son amour.

Adrien quitta la pièce et s'approcha du véhicule de Calista.

Il voulait agir sur les objets qui semblaient être plus influençables d'après ce qu'il avait pu tirer de son Ange. Ce dernier lui avait expliqué que quelques fois, certains d'entre eux s'amusaient à détourner les objets. Même si cela n'avait jamais d'incidence sur le court de la vie, apparemment cela fonctionnait souvent. Il suffisait simplement de comprendre les flux d'énergie et de les interférer. Adrien devait empêcher la voiture de démarrer. Il ne pourrait le faire que lorsque Calista tenterait de la démarrer. Impossible avant cela d'influer sur ce qui est inerte. Pas d'énergie, pas de possibilité de changer. Il la regarda sortir par la porte. Proche de la voiture, il attendait qu'elle arrive. Il n'aurait que quelques courtes secondes pour détourner les flux. Une fois trop engagés, il ne pourrait plus rien faire.

Calista ouvrit la porte de sa voiture et s'assit derrière le volant.

Adrien se tenait dans le moteur pour pouvoir observer l'énergie qui défile et faire un choix. Il observait attentivement tous les tuyaux de la mécanique et regrettait de ne rien y connaître en mécanique automobile. Ça aurait pu lui être utile à cet instant précis. Il entendit la clé se glisser dans le neiman. Il appréhendait ce qui allait arriver, la tension était optimale. Il était content d'être sujet à une pression constante dans son travail et de savoir la gérer. Il gardait ses capacités intactes malgré le stress qui augmentait chaque millième de seconde.

Il entendit la clé tourner avant de voir les flux d'énergie se répartir un peu partout. Il voyait cette scène au ralenti. L'ange lui avait glissé que comme le temps est une donnée inconnue pour les anges, ils pouvaient avoir un temps d'avance sur tout. Dans la vie, et pour Calista, la scène se déroulait à allure normale, la sensation d'Adrien n'influait pas sur la vitesse mais sur son interprétation. Il savait que le seul moyen de déranger la voiture était de l'empêcher de démarrer en agissant sur le flux d'essence ou d'explosion de l'allumage. Il chercha l'étincelle pour comprendre ou arriverait l'essence. Il remarqua très vite le grésillement des impulsions électriques sensées brûler le carburant pour faire de l'énergie. Il se concentra sur l'étincelle, entreprit de sentir ce qui se passait dans ce moteur pour ressentir son énergie et la détourner. Déjà il apercevait le carburant qui remontait vers les bougies qui diffusaient leurs étincelles dans l'attente de cette rencontre. C'est ce qu'il devait empêcher. Il se concentra de toutes ses forces, essaya de fixer les bougies pour les éteindre, se tourna vers le carburant pour s'apercevoir qu'il était là, à quelques millimètres des étincelles. Il redoubla d'effort lorsque .... le carburant prit feu au contact de ces petites flammes et que le moteur sembla démarrer. Il ne prêta aucune attention à ça et se battit de toute son âme, essayant de diffuser toute son énergie pour éteindre ce feu qui prenait devant ses yeux et allait mettre la vie de sa compagne et de son enfant en fumée. La fatigue commençait à se faire sentir, son énergie l'abandonnait. Il fournit un dernier effort et tomba à genoux devant le moteur en marche qui ronronnait. Par terre, il regardait le moteur et voyait le carburant se diffuser. Il n'eut pas la force de se relever, ni de crier, ni de pleurer. Il n'avait même plus l'énergie de penser quoi que ce soit. Il entendit Calista passer une vitesse et démarrer. Elle fit quelques mètres lorsque le moteur toussota et s'arrêta tout à coup. Elle tourna la clé pour essayer à nouveau et le moteur ne voulait rien savoir. Puis une nouvelle fois dans l'espoir qu'il repartirait. Elle allait essayer cent fois jusqu'à mettre la batterie à plat se dit Adrien.

« Je pense que j'ai enfin réussi » se dit-il au moment ou Calista sorti de la voiture précipitamment, entra en courant dans la maison et en ressorti immédiatement. Il la regarda se diriger directement vers sa voiture de location. En moins de temps qu'il ne faut pour le penser Calista quittait l'allée de la villa pour s'avancer sur la route. Impuissant et vidé, Adrien ne put que l'observer. Il espérait juste avoir gagné assez de temps pour que le camion passe. L'espoir était encore permit aussi infime soit-il. Il attendait son retour dans la pièce blanche. D'ailleurs cela aurait déjà du avoir lieu.

Il n'avait plus rien à faire ici. Instinctivement il leva la tête vers le ciel et s'indigna « Qu'est-ce que tu attends pour me ramener ? ».

« Je suis désolé, j'ai mis un peu de temps », lui dit l'Ange à son arrivée dans la pièce blanche.

- Alors ? Questionna Adrien.

- Ben..... rien. Cela n' a rien changé, soupira l'ange. Je ...

- On y retourne, le coupa Adrien. J'ai réussit une fois, je le ferai deux fois, et avec deux voitures, tempeta-t-il.

- Avec une seule tu es déjà à bout de forces. Tu n'arrives même plus à te relever. Je ne pense pas que nous puissions y arriver avec deux.

- Tu as une meilleure idée ? Demanda Adrien. Si oui, donne la, sinon, renvoie moi là bas, le pressa-t-il.

- je ne le ferai pas , Adrien, nous allons échouer et crois moi, ce n'est pas bon pour nous.

- Pour nous ? S'exclama Adrien. Pour eux tu veux dire. Et pour moi. Mais toi...

- Je suis entièrement avec toi. J'irai jusqu'au bout avec toi. Même si cela doit me coûter. Je prends le risque.

- Que fait-on alors ?

- On réfléchit encore. Mais je ne sais pas comment.

- On sort encore plus du cercle de réflexion, on s'en éloigne le plus possible. Ce n'est que comme ça que nous y arriverons. Ne pensons plus à l'action, pensons globalité, détachons nous de l'objectif, n'y pensons plus, oublions que nous sommes concernés. Il faut se détacher, pour voir le problème de l'extérieur.

Même si cela paraissait très compliqué, Adrien était expert en la matière et l'Ange allait simplement le suivre. Mais il fallait faire vite, le temps était de plus en plus précieux.

Adrien ne pourrait rester ici éternellement.

20

Adrien discutait avec son Ange gardien lorsque ce dernier disparu soudainement. Surpris, il ne comprenait pas. Il chercha des yeux un quelconque signe de l'Ange et tomba sur le lit d'hôpital ou se trouvait Calista. Les murs blancs, les draps blancs, tout lui était familier. Cela ressemblait tellement à la pièce blanche qu'il ne s'était pas aperçu tout de suite qu'il avait été transporté. Son Ange Gardien n'avait pas disparu, c'est lui qui était parti.

Calista était toujours allongée sur le lit, son visage était pâle mais avait retrouvé ses traits. Les plâtres avaient disparus, les pansements avaient laissé la place à une peau fine et plus pale que le teint halé habituel de la jeune femme. Les appareils émettaient des sons réguliers et brefs. Elle semblait dormir paisiblement. Adrien l'observa attentivement et une grande mélancolie le gagna. Comment sauver Calista et leur enfant ? Des larmes incontrôlables coulèrent le long de ses joues. La porte s'ouvrit et le médecin pénétra dans la chambre suivi de deux infirmières :

« Bon, cette jolie jeune femme. Aucune amélioration ? » demanda le médecin aux infirmières.

- Aucune docteur. Elle est maintenue en vie artificiellement. Elle attend un bébé.

- C'est ce qui pose un problème éthique. La conserver artificiellement en vie pour sauver le bébé et peut-être attendre un réveil improbable. Donner naissance à un bébé qui n'a ni père ni mère, lui offrir une vie d'orphelin est-ce vraiment une bonne chose ?

- Il n'a pas d'autre famille ?

- Le papa est décédé dans un naufrage il y a plusieurs mois et ses parents ne sont plus très jeunes, elle est fille unique. Le sort s'acharne sur cette famille.

- Mon dieu ! C'est triste, dit une infirmière peinée.

- Je sais, mais nous n'y pouvons rien. La bonne nouvelle, c'est qu'ils peuvent payer les frais médicaux maintenant. Son compagnon lui a laissé un héritage substantiel d'après ce que j'ai pu savoir. Donc ce n'est plus qu'un problème de temps. Je n'y crois guère quand même. Un miracle peut-être.

- Tant qu'il y a de l'espoir, il y a de ......

- De la peine, de la souffrance. La coupa le médecin. Croyez en mon expérience, les cas de réveil existent, mais cela ne relève plus de la médecine selon moi. Même si je ne devrais pas le dire. Examinons la pour le moment.

Adrien entendit les paroles à la fois rassurantes et inquiétantes. Rassurantes parce que son argent allait permettre à Calista de rester sur terre et de pouvoir peut-être un jour se réveiller. Inquiétantes parce que l'avis médical paraissait sans appel. Il en était persuadé, il fallait qu'il la sauve avant l'accident pour qu'il n'ait pas lieu. Il n'imaginait pas son enfant venir au monde dans des conditions aussi abominables. Sans père et avec une maman dans le coma. Dans un pays en plein chaos de surcroît. Il connaissait bien les parents de Calista, il ne les imaginait pas demander de débrancher leur fille. Mais ils n'étaient plus tout jeune, le père de Calista se traînait de plus en plus, son travail de maçon l'avait usé jusqu'à la moelle et à plus de 70 ans il n'y arrivait plus. Sa maman était malade depuis quelques années, elle avait du mal à se déplacer à cause d'une fibromyalgie. Ses douleurs étaient de plus en plus fortes et ses calmants la mettaient KO toute la journée. Comment élever un enfant dans ces conditions ? Adrien voyait la situation sans en apercevoir d'issue possible, si ce n'est de la sauver pour que ces questions n'aient pas besoin de réponses.

Après avoir ausculter Calista le médecin fit une moue qui ne rassura pas Adrien.

- Pas d'amélioration. Rien ne se passe. J'ai rendez-vous avec ses parents cet après midi. Ils ont demandé à me rencontrer. Je crains le pire.

- Nous n'avons pas le droit, la loi nous l'interdit.

- Je sais, je ne compte rien faire qui mette l'hôpital en danger. Ni moi. Mais comment expliquer à des parents que leur fille va peut-être rester des années dans le coma ? Qu'ils seront peut-être partis et qu'elle sera toujours là ? Comment leur expliquer que leur petit enfant qu'il ne pourront pas élever va aller dans un orphelinat ? Et même s'ils l'élèvent, leur piètre état de santé avec un enfant en bas âge, les biberons de la nuit. Élever un enfant les poussera peut-être dans la tombe.

- Peut-être qu'un enfant les fera vivre. On a vu des états s'améliorer dans certains cas comme celui là, osa une des deux infirmières.

- C'est arrivé, effectivement. Mais pour un cas réussi, combien de perdus ? Le débat n'est pas là, l'euthanasie est interdite en Grèce et je ne prendrai pas le risque de me retrouver en prison. Même si je comprends la douleur des parents de cette jeune femme. Il s'agit surtout de l'enfant qu'elle porte. Ils veulent me voir à ce sujet.

Tous les trois franchirent la porte. Le médecin n'avait pas laissé une impression de grande franchise à Adrien. Les mots qu'il avait prononcé ne semblaient pas représenter ses pensées profondes et son manque de conviction était flagrant. Il ne s'intéressait pas au cas de Calista.

Adrien se retrouva à nouveau dans la pièce blanche.

« Je n'y suis pour rien Adrien. Ce voyage n'est pas de mon fait ».

- On ne peut plus attendre. Il faut que tu me renvoies là-bas, lui demanda Adrien.

- Je ne peux pas. Je suis désolé, lui répondit son Ange Gardien.

- Ce n'est pas possible, je n'abandonnerai pas, s'emporta-t-il.

Adrien sentait la panique le gagner. Il se rappela qu'il ne faisait pas confiance au médecin de l'hôpital. Tout risquait de se précipiter. Il ne pouvait pas rester sans rien faire, il en était hors de question pour lui. Il allait bientôt partir, ce serait alors fini. Il ne voulait pas attendre, surtout pas.

- Tu dois t'y résoudre, Adrien, j'ai peur qu'il ne soit trop tard. Et …

- N'attends plus alors ! Renvoie moi à l'hôpital, c'est la que je dois agir.

Adrien était à présent persuadé qu'il avait fait fausse route. L'Ange lui avait maintes fois répété qu'on ne pouvait pas changer le cours de la vie. Trop de sujets dépendaient les uns des autres et le changement le plus infime, entraînerait une succession de chutes en cascades. Ce que l'on appelait communément « l'effet papillon », Adrien pouvait le comprendre.

Il devait donc changer de cap. Ce qui n'avait pas fonctionné par le passé avait de fortes chances d'échouer à nouveau. Et il avait déjà essayé de changer le cours de la vie, sans succès. Celle-ci avait contourné les obstacles qu'Adrien avait mis devant elle. Car l'obstacle, Adrien s'en rendait compte, c'était bien lui. Et la vie, la toute puissance des énergies sur terre, pouvait allègrement contourner un « revenant » néophyte. Il n'avait donc pratiquement aucune chance de pouvoir empêcher l'accident. Les éléments étaient plus forts que lui, le combat était inégal, Adrien s'en rendait compte. La vie continuait son cours, envers et contre tout. Et lui n'était rien.

Que lui restait-il ? Rien ? Presque plus rien ? Peu ? Allait-il abdiquer ? Son esprit fut traversé par l'envie de connaître le résultat du rendez-vous entre les parents de Calista et le médecin. Et en même temps, la peur de savoir le tenaillait. Allaient-ils abandonner son aimée, ou son enfant ? Il craignait de découvrir la réponse. N'était-il pas préférable qu'il attende tranquillement son départ qui semblait se rapprocher ?

Des dizaines de questions envahirent l'esprit d'Adrien qui ne contrôlait plus rien. La panique l'empêchait de se contrôler.

Pourtant, sa détermination légendaire allait encore une fois ressurgir. Il ne pouvait pas laisser son enfant orphelin. Il ne voulait pas laisser naître un enfant qui n'aurait pas toutes ses chances. Ils lui auraient donné tant d'amour. Laisser les machines relier Calista à la vie, conserver cet enfant en son être pour lui donner naissance lui paraissait stupide. Si la loi grecque interdisait l'euthanasie, la foi en l'église et en dieu était encore plus forte en Crète. Mais Adrien, lui, n'était pas croyant. Jusqu'à sa rencontre avec son Ange Gardien. Il ne voulait pourtant pas laisser un enfant sans parent dès sa naissance. Les chances d'adoption étaient faibles. De nombreux enfants étaient abandonnés faute de pouvoir les nourrir. Il ne pouvait se résoudre à avoir un enfant orphelin. Il aurait tant aimé ne rien savoir et partir. Mais il savait, et il souffrait. Sa décision était prise.

Il se tourna vers son Ange Gardien et le regarda droit dans les yeux :

« Renvoie moi à l'hôpital, au moment présent, lui dit-il. C'est ma dernière chance ».

Surpris par cette demande, l'Ange mit un certain temps à lui fournir une réponse, ou plutôt une question :

« Pourquoi veux tu retourner là-bas ? Tu risques de souffrir encore plus. »

- J'ai quelque chose à y faire.

- De quel genre de chose parles-tu ? Demanda l'Ange qui craignait déjà la réponse de son protégé.

- Quelque chose de .... personnel. Après ça j'irai où tu veux, lui lança Adrien.

L'ange connaissait suffisamment Adrien pour savoir qu'il ne mentait pas et qu'effectivement, il ne contesterait plus rien ensuite. Même s'il se demandait ce qu'Adrien avait en tête.

- Soit, bon voyage Adrien, lui dit-il avant de disparaître.

Le silence de la chambre d'hôpital n'était perturbé que par les bips incessants des machines reliant Calista à la vie. Adrien se tenait debout devant son lit. La pâleur de Calista lui procurait toujours un choc, elle qui avait une si belle peau au teint hâlé habituellement. Il ne retrouvait pas SA Calista devant lui. Il était décidé, la tentative qu'il allait entreprendre ne changerait pas le cours de la vie passée puisque aucun événement ne s'était encore produit. Il savait que la scène qu'il voyait, se déroulait à l'instant où il la vivait lui même. Il ne bouleverserait rien, pas d'effet papillon, pas de chutes en cascades. Adrien s'approcha du lit et se coucha près d'elle. Calista et lui ne faisait plus qu'un, il était collé à elle de toutes ses forces. Son front contre sa nuque, il se laissa aller, respirant calmement comme il l'avait toujours fait en présence de stress. Quelques secondes lui suffirent pour contrôler entièrement sa respiration qu'il conserva calme et régulière durant les minutes suivantes. Il resta comme ça un long moment, cherchant à ne faire qu'un avec Calista. Rien ne semblait pouvoir perturber le rythme de son cœur lorsqu'une infirmière entra dans la chambre. Elle se dirigea vers les appareils de contrôle, les observa longuement et se tourna vers Calista :

« Vous semblez plus sereine, jeune fille, vos battements de cœur son réguliers, ils me paraissent bas, je crains le pire » dit-elle à l'encontre de Calista.

Adrien n'avait pas relâché sa concentration, même si cette remarque lui donna l'espoir que son choix était le bon.

L'infirmière contrôla les branchements avant de quitter la chambre.

Adrien n'avait rien manqué de cette visite, il était pourtant resté imperturbable. Il maîtrisait toujours sa respiration qu'il avait maintenant calé sur celle de Calista. Petit à petit, il eut l'impression que son cœur et celui de Calista battaient au même rythme. Il ne criait pas victoire ni ne voulait se trop espérer. Ces déconvenues dans ses tentatives lui avaient montré qu'il faut rester humble et patient. Sa patience fut grande ce jour là. Il « sentait » Calista. Il devait maintenant fournir un effort particulier pour lui offrir toute son énergie. Sa concentration atteignit son paroxysme.

Il allait se libérer de toute sa force et la transmettre à la femme de sa vie. Cette énergie qui lui avait permis d'enrayer le moteur, devait lui permettre de rendre la vie. Il la tenait le plus près de lui, les yeux fermés. Sans plus réfléchir, il entama un voyage interne, une introspection pour concentrer toute sa force en un point au niveau de son plexus solaire et la transmettre à Calista et son enfant. Les minutes passèrent et Adrien ne bougeait pas, il sentait qu'il fatiguait. La sueur de son front coulait le long de la nuque de Calista. Son énergie passait-elle dans le corps de Calista ou était-ce normal à l'approche de son départ ? Il ne connaissait pas la réponse, mais savait ce qu'il aimerait qu'elle soit. La peur de la perdre le perturba, il dut se concentrer à nouveau pour accomplir sa mission. De toutes ses forces il se concentra pour libérer son énergie dans le corps de Calista.

La machine émit un grand bip, une alarme se déclencha dans un bruit assourdissant, Adrien fut effrayé, il se redressa au moment ou des infirmières entraient précipitamment dans la chambre. Il les observa s'affairer auprès des machines et stopper les hurlements stridents des alarmes. En quelques courtes secondes le silence reprit sa place dans la pièce. Adrien soupira de soulagement. Les deux infirmières se tournèrent vers le lit de Calista :

« Bonjour Madame » dit l'une d'elles d'une voix douce qui laissa la place à un grand sourire.

Adrien perdait pied, il ne comprenait pas ce qu'il se passait. Il regarda alors en direction de Calista et s'arrêta net. Les yeux ouverts, Calista ne bougeait pas. Elle observait tour à tour les deux infirmières sans dire un mot. Elle semblait perdue.

La porte s'ouvrit sur le médecin qui arrivait à grands pas. Adrien ouvrit grands les yeux de stupéfaction, il regarda à nouveau Calista qui.................. disparut subitement.

Une autre pièce blanche, des larmes qui ruissellent sur les joues d'Adrien, un calme et un silence qui lui rappela où il se trouvait. Une émotion si forte qu'elle libérait toutes les tensions accumulées.

L'Ange se tenait debout près de lui. Aucun ne parlaient. Ils semblaient tous les deux perdus dans leurs pensées. Adrien était épuisé, il n'avait plus la force de bouger ni de parler. L'Ange semblait respecter ce silence, le temps que son protégé reprenne ses esprits. Quelques minutes semblèrent s'écouler dans le silence le plus absolu avant qu'Adrien ne demande :

« Est-ce que j'ai réussi ? »

- Il me semble, oui , répondit timidement son Ange Gardien qui semblait déstabilisé par les évenements.

- Non ! Il ne te semble pas, réponds-moi ! Ai-je réussi ?

Pour toute réponse l'Ange tendit un bras devant lui et lui fit imprimer un cercle. Un trou se fit dans le mur de la pièce faisant apparaître des images floues. Adrien plissa les yeux pour mieux voir. Les images devinrent de plus en plus nettes. Il distingua la chambre de Calista et l'aperçut, les yeux ouverts. Elle était toujours reliée aux appareils et semblait très faible. Adrien fut alors persuadé qu'elle reprendrait vite des forces. Il n'avait aucun doute la dessus, il la connaissait. C'était une battante.

- Elle est réveillée, confirma l'Ange. Faible, bien entendu, mais réveillée, ajouta-t-il.

- Et l'enfant ? Interrogea Adrien anxieux.

- A première vue, il se porte bien. Mais nous ne pouvons être sûrs de rien. Cela va dépendre des futurs examens que va subir Calista.

Adrien était soulagé d'entendre ça. Il avait réussit. Ce que l'Ange lui confirma :

« C'est extraordinaire ce que tu viens d'accomplir Adrien ».

- En toute sincérité, avec le coma nous ne saurons jamais si j'ai été d'une quelconque aide. On peut se réveiller du jour au lendemain sans signe avant coureur. Et peu importe les raisons de son réveil, l'essentiel est là. Devant nous. Maintenant je peux partir. Je ne peux plus rien pour Calista et notre enfant.

L'Ange opina de la tête en signe d'acquiescement. Il comprenait qu'Adrien veuille maintenant partir. Même s'il avait du mal à l'accepter, il fallait maintenant le laisser tranquille. Il avouait son impuissance à réaliser entièrement sa mission. Tous les chocs encaissés n'avaient pas apporté ce qu'attendait l'Ange. Il était à court d'idée et n'avait pas le contrôle sur lui. L'Ange était perdu dans ses pensées lorsque Adrien lui parla :

« C'est étrange, ici comme sur terre je n'ai jamais abandonné. Je suis toujours resté déterminé. Ma conviction a été à l'épreuve de tout, des déceptions, de ton pessimisme, du courant de la vie. Je n'ai jamais été aussi fier de moi qu'à cet instant. Ne jamais abandonner, croire en la réalisation de tes rêves les plus fous, c'est abattre les barrières et les obstacles. Merci à toi de m'avoir permis de me comprendre et de m'apprécier ».

Adrien rendait un hommage émouvant à son Ange Gardien qui l'écoutait attentivement. Et pourtant, aucune de ces paroles ne lui arrivaient aux oreilles. Il se répétait en boucle, « Jamais abandonner, toujours y croire, jamais abandonner, toujours y croire ». Ce sont les seuls mots qui marquèrent son esprit.

Il devait les retenir et les mettre en application. Pas d'abandon possible tant que l'espoir est permis. Un choc, un dernier gros choc.

138

21

Sans s'y attendre, Adrien venait de se retrouver une nouvelle fois dans la chambre d'hôpital où se trouvait Calista. Il la reconnut rapidement, bien que toutes devaient être identiques. Mais quelques détails lui confirmèrent qu'il était bien dans la même chambre. La peinture écaillée sur les fenêtres, le léger trou dans le mur au dessus du lit, le vernis de la chaise qui avait disparu étaient des repères qu'il pouvait reconnaître. Il se retourna avec appréhension vers le lit avec la peur de la voir. Un soulagement le parcouru, Calista n'occupait plus cette place. Le lit était vide. A présent que tout était en ordre, il ne lui restait plus qu'à partir. Il attendait son départ, le désirait même. Fatigué de tout ça, il voyait son dernier voyage comme un soulagement. Il était prêt.

Son retour sur sa vie lui avait apprit beaucoup de choses, il avait pu voir ce qu'il avait fait, ce qu'il était devenu. Il savait qu'il avait vécu un bel amour, pur et partagé. Tout le monde devrait rêver de vivre ça pensa-t-il soudainement. « Je l'ai vécu, je peux partir à présent ». Même s'il avait fait de drôles de mauvais coups sur terre quelques fois, il était fier de la deuxième partie de sa vie où il avait pu être lui même. Malgré quelques couacs, sa vie avait été plutôt agréable en général et il avait fait de jolies choses aussi. Son bilan était positif selon lui. Et même d'où il était, il avait réussi à sauver Calista et leur bébé. C'était sa plus grande fierté. Être père. Il savait que Calista serait une bonne maman, sa générosité, sa gentillesse et sa patience en témoignaient. Et il était content que son enfant puisse grandir en Crète. Cet endroit qu'il avait découvert par hasard et aimé par passion.

Il fut tiré de ses pensées par un raffut du diable qui venait du couloir. Des cris traversèrent la porte de la chambre, un bruit de chariot que l'on pousse à grande vitesse lui monta aux oreilles, une forte excitation semblait se passer dans le couloir. Adrien franchit la porte pour s'en rendre compte et vit des infirmières et infirmiers courir vers une chambre au fond du couloir. Tout le monde avait l'air de se précipiter vers cette chambre. Il les suivit sans savoir vraiment pourquoi. Une force le poussa à se rapprocher du brouhaha. Il pénétra sans encombre dans la chambre et fut figé sur place à la vue de l'agitation qui se déroulait sous ses yeux. Quelque chose d'important se passait, c'était évident, vu l'agitation dans la chambre. Les cris du corps médical démontraient l'urgence de la situation. Adrien capta des mots et des gestes qu'il n'avait vu qu'au cinéma ou à la télé. Le médecin se penchait sur le patient pour lui faire subir un choc électrique à l'aide d'un défibrillateur. « Poussez vous ! » ; « Rien docteur » ; « On recommence » résonnaient à ses oreilles. Tout allait extrêmement vite. Toujours les mêmes phrases « poussez-vous », toujours la même réponse « rien docteur ». Adrien ne réussissait pas à bouger, pris dans le flot de course effrénée qui se déroulait sous ses yeux. Tout le monde était affairé à tenter de sauver le patient. Ces quelques minutes d'intense activité furent brutalement stoppées par une simple phrase : « C'est fini. Heure du décès 18h49 » dit le médecin. Tout le monde baissa la tête, sans un mot. Certains reprenaient leur souffle alors que d'autres quittaient déjà la chambre, poussant un chariot ou enlevant leurs gants. Le médecin s'écarta du lit pendant que les infirmières retiraient les chariots de réanimation, libérant la vue sur le patient. Adrien en profita pour s'en approcher et se figea telle une statue de pierre. Tout son corps fut pétrifié, il n'en croyait pas ses yeux. Le médecin venait d'annoncer le décès de Calista. La scène qu'il voyait semblait venir d'un rêve, sa vue se troubla, ses oreilles bourdonnèrent, tout résonnait dans sa tête.

Il n'eut pas le temps de penser à quoi que ce soit, il se retrouva dans la pièce blanche.

L'image de Calista sans vie sur le lit ne le quittait pas, restant imprégnée en lui. Il ne trouva ni la force de crier ni celle de pleurer, il était perdu, il avait perdu. Il tomba lourdement sur un fauteuil, dépité, désarmé, incapable de penser à quoi que ce soit, rien n'avait plus d'importance, tout était sans vie, sans goût, sans arôme. Il s'adossa au fauteuil, sans rien dire, sans rien penser. Le néant devenait son nouveau compagnon.

Calista venait de partir, emportant avec elle leur enfant. C'était fini, bel et bien fini cette fois-ci. Il avait tout perdu et ne lui restait plus qu'a attendre son départ. Il était sans vie, sans force, sans peine, sans rien.

L'ange apparu à ses cotés, Adrien ne lui jeta même pas un regard. Il était loin très loin même.

Tous deux étaient assis dans les fauteuils clubs blanc. Ils ne se parlaient pas et semblaient attendre quelque chose, le regard vide. Leur départ peut-être. Adrien croyait avoir sauvé Calista, puis l'avait perdue pour de bon. Il était vidé, prêt à partir, à oublier. Son Ange Gardien ne pensait pas ça, son travail n'était pas fini. Il voulait encore y croire. Le calme d'Adrien n'allait pas en sa faveur, il le savait. Son protégé attendait simplement de partir, résigné, alors que lui attendait son retour. Il avait beaucoup expérimenté, beaucoup tenté, espéré. Les nombreuses heures passées avec Adrien n'avaient pas apporté le résultat escompté. Il était déçu, lui qui avait tellement cru au miracle.

Le temps semblait suspendu, rien ne semblait plus vouloir se passer. Peut-être était-il temps en fin de compte. La fin paraissait proche, Adrien allait partir pour toujours et l'Ange retourner à une autre mission. Il avait échoué et allait devoir reprendre un rythme qu'il ne voulait plus. Beaucoup d'années étaient remises en cause lors d'un échec. Son investissement, sa capacité à y croire et à tout tenter n'y avaient rien fait. Il avait cru à certains moments qu'Adrien pouvait réussir, qu'il était suffisamment fort pour ça. Il s'était trompé, c'était en partie de sa faute, il l'admettait. Certains allaient se faire un malin plaisir de lui rappeler sa défaite. On ne lui laisserait certainement plus faire d'expérimentation avant longtemps. Il était conscient de cela et des incidences sur sa réputation. Et pourtant, peu lui importait. La seule chose qu'il avait vraiment du mal à digérer, c'est le départ de son protégé. Il s'était pris d'affection pour lui, agissant contre toutes les règles fixées. Ne pas s'attacher et se fixer uniquement sur la mission. Il n'avait pas réussit à prendre suffisamment de recul. Il avait beau ressasser tous les événements qui venaient de se passer, il ne voyait pas où il aurait pu faire mieux. Peut-être que s'il ... Non ! C'était inutile et trop tard.

Une lumière apparut au dessus de sa tête, la fin éclairait la pièce. Il leva les yeux vers Adrien, regarda son protégé qui ne bougeait plus, posa sa main sur un bouton et dit :

« Je suis désolé, Adrien, j'y ai vraiment cru, on aurait pu le faire tous les deux, j'en resterai longtemps persuadé », puis appuya sur le bouton avant de se retourner vers l'homme qui venait d'entrer.

Adrien se sentit partir, le sol s'était dérobé sous ses pieds et il s'était retrouvé à flotter dans l'air, la pièce blanche avait disparu. Il chuta précipitamment, comme s'il s'était jeté d'un immeuble de cent étages, mais curieusement, il n'eut pas peur, la descente n'était pas violente, elle l'emportait et lui se laissait faire. Il imaginait la fin du voyage toute proche, l'arrêt de sa douleur. La chute s'accéléra et devint vertigineuse, beaucoup plus violente. Adrien sembla perdre connaissance, un trou noir apparut. La chute dans le vide n'en finissait plus. La fin était là.

22

Le bateau venait de prendre la mer et se dirigeait au large en toute tranquillité. Le silence régnait à son bord. Les six passagers portaient des lunettes de soleil et regardaient s'éloigner les falaises alors que le pilote avait les yeux fixés sur l'horizon. La mer était calme, une mer d'huile et le soleil les accompagnait dans leur sortie. En chemisettes et pantalons légers ou jupe et chemisier d'été, les six occupants du bateau auraient pu passer pour des touristes en balade en mer, si ce n'est la particularité des vêtements, tous sombres. Le luxe à bord était visible. Les banquettes en cuir blanc et vert occupaient l'espace arrière, une grande plage de bronzage située à l'avant pouvait recevoir quatre adultes allongés, mais une seule personne s'y trouvait. La passerelle de navigation se situait légèrement en hauteur pour pouvoir observer convenablement les manœuvres du douze mètres. Trois cabines luxueuses et confortables avec chacune un toilette et salle de bains occupaient l'espace sous les ponts, désertes à cet instant. Tout le nécessaire pour partir en haute mer se trouvait à bord, et pourtant il y avait longtemps que ce bateau n'avait connu de long trajet. Elle était loin l'époque où il filait à fière allure le long des côtes crétoises pour un déjeuner au large ou une journée de plongée sous marine. Depuis de nombreuses années, le navire passait plus de temps à quai qu'en mer. C'est un jour particulier qui a permis d'utiliser le bateau.

Erkoss tenait fermement la barre, ses mains crispées dirigeaient le bateau vers le large et ses gestes lents trahissaient une certaine fatigue. Le gros bateau, qui pouvait filer à trente nœuds avec ses moteurs surpuissants ne dépassait pas les cinq nœuds. Aucun des occupants n'était pressé de rejoindre le large pour accomplir leur mission. Ils allaient le faire, c'était incontournable, ils s'y étaient engagés et le temps était venu.

Le pilote se tourna vers Calista et lui fit un timide sourire. Il jeta un regard rapide à l'objet qui se tenait entre elle et Milena. Un léger pincement au cœur le prit. Même s'il savait que les dernières années avaient été belles et enrichissantes, il ne pouvait s'empêcher d'être nostalgique. Il revoyait toutes les fois où il était allé rendre visite à Calista. Il se tourna à nouveau vers les banquettes arrière pour regarder l'urne posée derrière lui. Il n'avait jamais aimé les départs. Lorsque ses parents étaient partis, il avait à peine 17 ans. Il s'était retrouvé avec une bergerie comme seul souvenir de ses parents. C'est tout ce qu'il lui était resté d'eux. Il avait d'ailleurs tenu à la conserver dans un état irréprochable, même après le succès de son entreprise. Il avait certes construit une maison plus confortable pour lui, Milena et leurs enfants, mais avait voulu le faire en intégrant la bergerie. On entrait dans la maison par le petit bâtiment en pierres, souvenir de ses parents. Il voulait qu'ils participent à sa réussite et soient fiers de leur fils. Le bateau luxueux, l'immense maison confortable représentaient tout ce qu'il n'avait pu que rêver d'acquérir un jour, sans y croire, jusqu'à sa rencontre avec Adrien. La plus belle rencontre de sa vie. Il le disait régulièrement à ses enfants, ses salariés, sa femme. « Après toi » se reprenait-il devant Milena. Sans Adrien sa vie n'aurait jamais basculé. Il lui avait permis de vivre confortablement et de mettre sa famille à l'abri du besoin. C'était important pour lui de réussir quelque chose. Mais ce n'est pas en cela qu'il reconnaissait le talent de son ami. Il était épanoui, heureux, et faisait le métier qui lui plaisait le plus au monde dans le seul endroit sur terre où il rêvait de vivre. Et cela, il le devait à Adrien, sa générosité, sa ténacité, sa confiance en lui, Erkoss, petit crétois sans argent, sans diplôme, sans avenir. Adrien avait cru en lui et avait réussit son pari. Il revint de ses pensées pour s'adresser à Edward :

« Prends la barre s'il te plaît » lui dit-il.

Edward se leva et le remplaça. Erkoss s'approcha de Calista, s'assit à ses cotés et la prit dans ses bras. Il l'enlaça longuement sans dire un mot. Il imaginait sa tristesse, lui même la ressentait fortement. Calista était marquée, ses derniers mois ont été éprouvants pour elle. Elle revenait de loin, de très loin pouvait-on dire. Les épreuves subies se lisaient sur son visage. La pâleur de sa peau, les cernes sous ses yeux étaient le résultat d'un combat qu'elle avait mené avec force et conviction. Elle n'avait jamais baissé les bras, même lorsque les médecins n'y croyaient plus, elle les avait obligé à continuer, à ne pas baisser les bras. Elle avait cette force depuis toujours, cette détermination qui fut encore accentuée par sa rencontre avec Adrien.

Il lui avait toujours insufflé une énergie puissante et lui avait appris à ne jamais abandonner, à toujours y croire. C'est grâce à cette force qu'elle est revenue de toutes ses épreuves, qu'elle a vaincu la mort. En y croyant comme Adrien aurait voulu qu'elle le fasse. Chaque jour, chaque matin des dix derniers mois, elle se souvenait des paroles d'Adrien « N'abandonne jamais, tant que l'impossible n'est pas tenté, il faut y croire ». Il lui arrivait même d'avoir l'impression de l'entendre, comme s'il lui chuchotait à l'oreille. Et elle avait réussi. Même ses amis, Erkoss et Milena n'y croyaient plus à certains moments. Les médecins eux mêmes n'en revenaient pas. Ils avaient avoués avoir baissé les bras. Avec le coma, tout est possible, le temps n'existe pas, il est totalement subjectif, le meilleur peut arriver comme le pire. Et le meilleur était arrivé.

Milena tenait la main de Calista. Elle avait toujours été présente pour elle et l'était à nouveau aujourd'hui devant cette nouvelle épreuve. Elle regarda Calista, baissa les yeux pour admirer le ventre rond de son amie. Sa main caressa ce joli ventre rebondi et un sourire apparut sur son visage. Calista le lui rendit et se tourna vers l'avant du bateau pour observer la silhouette de l'homme qui s'y trouvait. Seul le son régulier du moteur perturbait le silence de la mer. Les passagers ne parlaient toujours pas, il y a des moments où les mots sont inutiles, futiles, déplacés même. Le recueillement est plus adapté que les grands discours.

Moea s'approcha de ses deux amies et s'assit près d'elles. Elle se prirent toutes trois les mains avec tendresse et affection comme pour rendre physique le lien qui les unissait. Depuis leur première rencontre à Kerames, les trois femmes étaient devenues de véritables amies. Milena était très présente dans la vie de Calista, leur vie au village leur permettait de se voir régulièrement. Moea avait fait plusieurs fois le déplacement de Tahiti avec Edward et même seule ces derniers mois. Elle avait ainsi pu créer de véritables liens avec Calista, Milena et Erkoss. Elle s'était rapidement prise d'affection pour Luciela, sa gentillesse, sa générosité et sa cuisine bien sûr. A chaque visite, Edward et elle résidaient dans la villa de Calista et Adrien, ils se sentaient chez eux.

Moea posa délicatement sa main sur l'urne. Milena en fit de même, puis Calista à son tour. Les mains des trois femmes se trouvaient entrelacées sur le dessus de l'urne.

Edward coupa le moteur et le bateau s'immobilisa dans un silence profond laissant la place au bruit de la mer qui venait frapper la lourde coque. Quelques minutes passèrent sans que personne ne bouge ni ne parle. Erkoss interrompit le silence :
« Calista ? ».

Elle leva la tête vers lui : « Je sais », répondit-elle en se levant. Elle se tourna vers l'urne et s'en saisit, un regard vers ses deux amies la réconforta. Elle se tourna vers l'avant du bateau pour observer la silhouette qui ne quittait pas l'horizon des yeux.

Calista s'approcha lentement du bord du bateau, personne ne bougeait, ses amis la regardaient avec tendresse.

Elle ouvrit l'urne et posa le couvercle à coté d'elle. Elle se pencha en avant, l'urne devant elle et déversa délicatement les cendres dans la mer. Des larmes coulaient le long de ses joues. Elle serra très fort l'objet contre elle et resta ainsi durant de longues secondes, le visage trempé par les pleurs. Elle semblait ne plus vouloir bouger, tous ses gestes se faisaient au ralenti, avec douleur. Milena se leva et s'approcha de son amie pour la prendre par la main. Calista se tourna vers elle, la regarda, des larmes plein les yeux et sembla la remercier du regard. Un sourire de compassion apparut sur les lèvres de Milena qui mesurait la tristesse de son amie. Calista remit le couvercle en place et vint s'asseoir près de Moea, Milena l'imitant. Les deux femmes la prirent dans leurs bras pour la serrer très fort. Les deux femmes partageaient la douleur de leur amie.

« Rentrons ! » dit fermement Calista en direction d'Erkoss qui tenait la barre. Le moteur se mit en route dans un bruit sourd, Erkoss enclencha la vitesse et fit demi-tour en direction de la côte crétoise. Chaque passager était assis et attendait patiemment le retour sur terre. La silhouette à l'avant n'avait toujours pas bougé.

Les moteurs tournaient plus vite qu'à l'aller. Tout le monde était pressé de rentrer. Le bateau se rapprochait à vive allure de la côte et Erkoss restait concentré sur la barre. Les trois femmes restèrent assises sur la banquette arrière le temps du retour. Erkoss restait aux commandes, Edward près de lui. Quelques minutes suffirent au yacht pour rejoindre le quai spécialement conçu pour lui. Erkoss accosta et Edward sauta à terre pour amarrer le navire. Milena, Moea, Erkoss et Edward quittèrent le navire pour mettre pied à terre. Calista se dirigea vers l'avant du bateau et s'assit sans un mot. Elle attendit patiemment que la personne se lève pour la prendre par la main. Elle comprenait ce silence et l'acceptait sans condition. Tous deux rejoignirent leurs amis qui les attendaient près des voitures pour rejoindre la maison. Calista prit le volant d'un des véhicules et prit la direction de chez elle. Ses quatre amis se trouvaient dans la voiture qui la suivait.

Arrivée devant le portail, elle actionna la télécommande pour l'ouvrir et se gara. La voiture suivante en fit de même. Ils se dirigèrent tous vers la terrasse. Un apéritif les attendait suivi d'un repas léger. Les hommes servirent le champagne, ils voulaient que ce jour soit un jour de fête.

De son coté, Calista s'activa en cuisine, aidée par ses deux amies.

« Comment te sens-tu Calista, » demanda Milena en montrant son ventre rond.

- Bien. Le médecin dit que ça se passe merveilleusement, mais qu'il va quand même falloir que je pense à lever le pied au Thalassa. Je pense que je vais m'arrêter le mois prochain jusqu'à l'accouchement, répondit-elle.

- Tu as l'air fatiguée, le médecin à certainement raison, avec tout ce qu'il vient de t'arriver. Pourquoi attendre le mois prochain ?

- C'est vrai, ma vie n'a pas été de tout repos. Mais aujourd'hui, je sais que ça en valait la peine. Je suis enceinte, la plus heureuse des femmes. Bien sÜr, il y a des choses difficiles, ça me fait beaucoup de peine. Mais ce n'est pas moi la plus chagrinée. Je pense que quelqu'un d'autre a plus de mal à s'en remettre.

- La vie continue, enchaîna Moea. Tu dois penser à toi, à ton enfant. Et à l'avenir.

- Vous avez raison, trop d'événements se sont passés pour ne pas penser à vivre chaque seconde pleinement. On se dit toujours ça, mais en fin de compte on s'écroule devant ce qu'on croit être des devoirs. On se crée des obligations et on oublie de vivre pleinement. Et je suis tellement fatiguée, dit-elle dans un sanglot.

Milena et Moea se précipitèrent vers elle pour la prendre dans leurs bras, mais Calista leva la main pour leur dire que tout allait bien. Elles s'arrêtèrent devant leur amie.

- Tu devrais simplement embaucher quelqu'un. Vous avez un appartement indépendant pour accueillir quelqu'un dans de bonnes conditions. Et si cette personne va bien, tu peux la garder ensuite pour s'occuper du bébé et vous permettre de vivre. Nous ne l'avons pas fait, par culpabilité sans doute. Mais crois moi, si c'était à refaire, nous le ferions. Et vous le méritez bien, fit remarquer Milena.

- Certainement oui... Calista laissa ses mots en suspens.

- Penses-y, insista Moea.

- Il faut vivre, je sais, profiter de la vie. J'ai assez souffert, répondit Calista. Oui, c'est certainement ce que je devrais faire.

- Alors faites le ! N'attendez plus, renchérit Milena.

- C'est vrai. Il faut que je me fasse une raison. La vie continue. Rejoignons les garçons et buvons à son souvenir. Le champagne est de rigueur. Adrien nous l'a fait découvrir à tous.

Les trois femmes rejoignirent les hommes sur la terrasse avec des assiettes pleines de poulet, de verrines diverses et de tartes froides.

Le Champagne était déjà ouvert et les flûtes remplies. Ils levèrent tous leur verre pour trinquer.

« Pardonnez ma question, dit Edward. Pourquoi Luciela a choisi de faire disperser ses cendres dans la mer. Les crétois ne sont-ils pas de fervents croyants ? »

Calista se tourna vers ses amis, regarda l'autre bout de la table et comprit que c'était à elle de répondre.

- Son mari était pêcheur, il avait absolument tenu à faire disperser ses cendres en mer, la ou il se trouvait le mieux. Elle ne comprenait pas son choix et n'avait pas prévu de le faire pour elle même. Jusqu'à Adrien. Tous deux avaient une relation extrêmement particulière. Ma tante n'a pas eu d'enfant et on ne peut pas dire que la mère d'Adrien fut particulièrement présente dans sa vie. Je pense que la vie les a réunit pour combler un vide. Elle aimait vraiment Adrien, et lui aussi. Il la faisait rire, et avait une réelle tendresse pour elle. Chaque fois qu'il entrait et sortait, il l'embrassait sur le front, et elle aimait ce geste. Une réelle affection s'était installée entre eux. Il avait même réussit à la détourner de son vin blanc local pour la mettre au Champagne. Entre eux deux quelque chose s'est tissé au fil du temps et leur relation était forte. C'est d'ailleurs pour cela que je pense qu'aujourd'hui, ce n'est pas moi la plus peinée. Pourtant vous connaissez tous l'attachement que j'avais envers ma tante. Elle avait trouvé son fils, il avait découvert une mère. Elle a énormément souffert de l'accident d'Adrien et a naturellement décidé de rejoindre son mari en mer, sachant qu'un jour où l'autre Adrien la rejoindrait. Et après l'accident d'Adrien, sa conviction fut encore plus renforcée. C'est pour cela que nous l'avons fait. Bien sûr, mes parents étaient contre cette idée, mais la volonté de ma tante est restée la plus forte et je l'ai fait. Voilà l'histoire. Si Adrien pouvait parler il vous dirait tout ça et vous donnerait des détails sur sa relation avec Luciela, conclut Calista.

Les quatre amis observèrent un silence absolu. Leurs regards se posèrent sur Adrien qui avait les yeux embués.

Edward rompit ce lourd silence :

- Qu'ont dit exactement les médecins sur ton usage de la parole ? Vas-tu la recouvrer rapidement ?

Adrien le regarda et haussa les épaules en guise de réponse. Il se tourna ensuite vers Calista et la regarda avec tendresse.

Elle se leva pour se diriger vers la maison. Tous les regards le suivirent.

Elle revint quelques instants plus tard avec un grand nombre de feuilles dans ses mains qu'elle posa sur la table devant elle.

- Je vais vous raconter une histoire sensationnelle, leur dit-elle. C'est une histoire totalement incroyable et passionnante. A sa lecture, j'ai pleuré toutes les larmes de mon corps. Les premiers jours qui ont suivi le réveil d'Adrien, par obligation, il communiquait par écrit avec moi. Lorsque nous sommes rentrés à la maison quelques semaines plus tard, il tenait absolument à me dire ce qui s'était passé. Il y tenait énormément. Il voulait que je comprenne et lui même avait peur de ne plus s'en souvenir le jour où il pourrait en parler. Alors il s'est mit à écrire. Je pense que c'était vital et j'étais d'accord, je me suis dit que ce serait une bonne thérapie. Il en avait besoin pour se libérer. Mais ce qui devait être des écrits pour ne pas oublier, sont devenus extrêmement envahissants, obsessionnels même. Tous les jours je le trouvais sur son bureau à écrire. Ce que je pensais être bien lorsque je me rendais au Thalassa. Mais très vite, ses nuits furent courtes et lorsque je me levais pour le trouver, je ne cherchais pas loin. Il écrivait, écrivait et écrivait encore. Je voulais comprendre, lire ce qu'il avait vécu, ressenti. J'avais besoin de participer. Mais il refusait de me donner ce qu'il avait écrit tant que ce n'était pas totalement fini. Alors j'ai patienté. Et lorsque j'ai lu son histoire, parce qu'il s'agit de son histoire, je l'ai regardé avec des yeux effarés. A chaque ligne que je lisais, des larmes supplémentaires inondaient mon visage. Si je ne connaissais pas Adrien comme je le connais, j'aurais pensé qu'il avait perdu la raison. Mais j'ai lu dans ses yeux que cette histoire représentait ce qu'il avait vécu ou cru vivre durant son long coma. Je ne vous cache pas que ce que je vais vous lire est dur à entendre, difficile à entendre. J'en ai fait des cauchemars, j'ai lu et relu cette histoire ahurissante. Et j'ai souffert de tout mon être à travers les mots couchés sur le papier. Mon dieu, s'exclama-t-elle, en retenant un sanglot.

Comme vous le savez, reprit-elle, puisque je vous ai demandé votre avis, j'avais pris la décision d'autoriser l'essai d'une nouvelle méthode sur les états comateux. Il était en coma de stade 3 et il fallait agir avant le stade 4. Le médecin qui me l'avait proposé m'avait prévenu que le temps ne jouait pas en sa faveur. Nous étions pressés. Alors j'ai accepté cette expérimentation sur lui. J'ai du négocier longtemps avec le directeur de l'hôpital, il n'aimait pas le médecin qui avait créé cette méthode et ne voulait pas en entendre parler. J'ai eu plusieurs rendez-vous avec lui. Il a finit par accepter à certaines conditions. Il ne voulait pas se mouiller, cette méthode n'était pas reconnue, ni autorisée et elle ne l'est toujours pas. Si un problème quelconque devait survenir, il n'était au courant de rien et ne voulait pas en entendre parler. Il nierait être au courant. Ce que le médecin accepta sans sourciller. Une autre condition consistait à tenter cette expérience dans un temps donné. Le médecin désirait un an. Nous en avons eu un peu plus que la moitié. Et pour finir, si au bout du temps imparti, aucune amélioration flagrante et médicale n'était à noter, le médecin démissionnerait de ses fonctions et Adrien serait transféré ailleurs.

C'est là que j'ai eu peur. J'ai hésité, beaucoup réfléchi. J'avais tellement peur qu'Adrien ne quitte la Crète. L'enjeu était important aussi pour le médecin, il jouait sa place. Il accepta malgré tout.

Le fait qu'il mette sa place en jeu m'a redonné confiance et j'ai accepté cette condition. En aparté il m'avoua que de toutes façons il voulait quitter cet hôpital. Ce qui me fit déculpabiliser pour lui. Lorsque j'ai demandé au directeur ce qu'il entendait par un transfert d'Adrien ailleurs, il m'a dit qu'il s'en fichait, qu'il voulait juste qu'il parte ailleurs. Nous avons donc accepté toutes les conditions.

C'est ainsi que chaque jour le médecin venait le chercher pour l'amener dans une pièce discrète, à l'écart de tout, entièrement recouverte de murs blancs, sans fenêtre pour ne pas être vu de l'extérieur avec simplement deux fauteuils et un lit comme tout mobilier. Adrien était relié à de nombreuses machines et subissait des séries de stimuli quotidiens dont je n'avais pas accès. J'étais obligée de faire confiance au médecin. Vous imaginez bien que chaque soir je me rendais à l'hôpital pour voir le voir. En parlant du médecin, si je ne donne pas son nom, c'est son souhait. Il m'a demandé de ne surtout jamais le citer. Il pourrait être rayé de l'ordre et sa méthode ne pourrait peut-être plus sauver de vie. Ce qui m'a convaincu de taire son nom. Tous les soirs donc, j'avais un compte rendu de la journée. Il m'expliquait ce qu'il avait fait, le comportement d'Adrien aux stimuli. Une course contre la montre était engagée, je devais savoir chaque jour. Adrien semblait réagir aux stimuli externes, le médecin était plein d'espoir et de certitudes. Au fil des jours sa passion grandit pour Adrien. Il y passait un temps fou. Il me parlait de certaines réactions, m'invitant à ne pas trop avoir d'espoirs inutiles, mais c'est lui qui était passionné et plein d'espoir. Un soir il m'avoua qu'il avait peut-être établi une connexion avec Adrien, que quelque chose semblait se passer entre eux. Dès qu'il le branchait et qu'il lui parlait, l'électro-encéphalogramme faisait ressortir une activité plus importante qu'au repos dans sa chambre. Il accéléra alors et accentua ses séances. Il m'avoua un jour avoir cru voir sa main bouger. Il se reprit tout de suite, ne voulant pas me donner de faux espoirs. Il était trop tard, j'y croyais, j'en avais envie. Il avait peur de manquer de temps alors qu'il était persuadé que quelque chose pouvait arriver. Un jour tout allait bien et le lendemain son espoir retombait, Adrien ne réagissait plus selon lui. Comme si Adrien abandonnait. De mon coté je m'impatientais, le médecin me demandait de lui faire confiance, d'y croire plus que tout. Cela m'a semblé une éternité, j'avoue aujourd'hui que j'ai décroché au niveau du temps, plus aucune notion. Aujourd'hui encore, je ne pourrais dire avec certitude combien cela a duré, mémoire sélective certainement. Les jours passaient au même rythme. Chaque soir j'allais à l'hôpital, un soir j'étais pleine d'optimisme et le lendemain totalement désespérée, vidée. Les jours défilaient, la date fatidique s'approchait et la peur grandissait. Mon estomac se nouait un peu plus chaque jour et ma santé en souffrait. Le médecin ne voulait pas me dire quel genre d'expérience il pratiquait sur Adrien. Selon lui, j'avais juste besoin de savoir qu'il cherchait à stimuler sa mémoire pour le faire réagir. Au fil du temps j'appréhendais le jour où il allait falloir tout arrêter. Le médecin y croyait, certains jours il m'avouait être proche de la réussite, Adrien se comportait bien, son caractère de battant lui servait beaucoup. Mais les jours défilaient et malgré l'espoir du médecin, la fin se rapprochait à grands pas. Mes espoirs se mêlaient à ma souffrance. Je vous passe les détails des stades que j'ai vécus. C'était simplement inhumain. Si je n'avais eu en tête chaque jour les paroles d espoir d'Adrien, j'aurais peut-être abandonné.

A mon grand désespoir, ce dernier jour tant redouté est arrivé et j'étais présente dans la pièce lorsque le directeur à débarqué et a simplement allumé la lumière, froidement, sans un mot sans un regard pour moi. Je n'ai pas pu le faire changer d'avis. Le médecin s'est adressé à Adrien pour lui demander pardon avant d'appuyer sur le bouton qui mit fin à cette expérience.

Adrien fut ramené dans sa chambre et je l'accompagnais en pleurs, vous vous en doutez bien. Je me suis retrouvée seule avec lui, avec la peur de le voir partir ailleurs. Je me suis allongée à ses cotés et je l'ai serrée fort dans mes bras. J'étais collée à lui, je voulais sentir la chaleur de son corps. Je pleurais si fort. J'espérais tellement qu'il revienne. Je suis resté à coté de lui de longues minutes, les larmes coulaient le long de mes joues. Je savais qu'on allait me l'enlever, alors je le serrais très fort contre moi.

Le directeur tenait à ce que je respecte mes engagements immédiatement. Des infirmiers sont alors apparus dans la chambre pour me l'enlever. Ils allaient le transférer, Adrien partait ailleurs, comme le voulait le directeur de l'hôpital. Tout allait trop vite, j'étais en pleine panique, je perdais pied. C'est là que c'est arrivé. J'ai fermé les yeux, collé mon front sur la nuque d'Adrien et je l'ai supplié de se réveiller. Mes larmes mouillaient tout le haut de son dos. Les infirmiers me parlaient, me demandant de bien vouloir me lever pour les laisser sortir le lit. Je ne les entendais pas, ne pouvant m'y résoudre. Ses yeux se sont alors ouverts. Je ne m'en suis pas aperçue, j'étais derrière lui.

Ce sont les regards ébahis des infirmiers qui m'ont alertée. Je me suis penchée sur Adrien et j'ai vu ses grands yeux bleus fixant le plafond. J'ai tout de suite sauté du lit et je me suis précipitée voir les infirmières pour qu'elles préviennent le médecin qui l'avait eu en charge jusqu'alors. Je ne vous parle pas de l'état dans lequel je me trouvais. Je tremblais comme une feuille, j'avais peur qu'il reparte. Lorsque je suis revenue dans la chambre, il avait les yeux écarquillés et semblait perdu. J'étais la femme la plus heureuse du monde, lui me regardait comme si c'est moi qui revenait du coma.

Il était très faible, le médecin m'annonça que pour le moment il n'avait plus l'usage de la parole, mais que c'était réversible avec de la rééducation. Lorsqu'il a pu écrire, je fus surprise de ce qu'il me demandait. Sur le papier était écrit, « Et le bébé ? ». Ce fut mon tour de le regarder étrangement. « Quel bébé ? » lui ai-je demandé. Un petit sourire apparut sur ses lèvres et il écrivit : « Celui que nous allons faire ». J'ai fondu en larmes et je l'ai serré fort contre moi.

Des larmes apparurent dans les yeux de Calista.

Tous les regards étaient braqués sur elle, l'évocation de ce souvenir fit monter une émotion en elle qu'elle ne put maîtriser lorsqu'elle passa la main sur son ventre. Quelques secondes s'écoulèrent sans que personne ne dise un mot.

Lorsqu'elle recouvra ses esprits elle continua :

- Mais le plus incroyable, c'est l'histoire qu'il a pu vivre durant son coma. Avant de vous la raconter je voudrais rendre hommage au médecin. C'est grâce à cette histoire que je mesure le travail qu'il a accompli. C'est notre Ange Gardien à nous. Et à travers ce récit, vous comprendrez pourquoi nous avons choisi Angela comme prénom pour notre fille.

FIN

Mot de l'écrivain

Voila !! Vous venez de terminer la lecture de mon premier roman et je tiens sincèrement à vous remercier de l'avoir lu jusqu'au bout. Nous sommes maintenant face à la page de remerciements. Celle dont nous sommes nombreux à ne pas lire. Personnellement, il m'arrive quelques fois de le faire. C'est après avoir écrit ce roman que je peux mesurer son importance. Je vais donc m'y plier avec le plus de sincérité possible. Et je vous invite à la lire pour mieux comprendre l'écriture de ce roman.

Il ne s'agit pas seulement pour moi de vous avoir offert une histoire qui je l'espère vous a fait passer un bon moment. Il s'agit aussi pour moi de prendre conscience que vous m'avez offert de votre temps qui est certainement précieux pour lire cette histoire. Donc, avant tous les remerciements de rigueur, c'est vous que je remercie en premier. Sans vous, ce livre n'aurait aucun intérêt. Il n'aurait pas lieu d'être. C'est pour vous que je l'ai écrit.

Alors, encore une fois, Merci d'avoir pris le temps de lire ce roman. Le premier d'une longue série je l'espère.

Lorsque j'ai commencé à écrire ce livre, je savais que j'irai jusqu'au bout. Que le mot « fin » apparaîtrait en bas d'une page. Cela ne s'est pas fait dans la douleur, il y a eu des moments plus difficiles que d'autre, certes, cependant, je voulais terminer ce projet. Je n'ai pas été seul pour le construire. Dans un roman classique, vous êtes accompagné par un éditeur qui s'occupe de mille choses à votre place. Lecture, relecture, correction, mise en page, couverture, dépôt légal, conversion en e-book... Et j'en passe. Ici, il a fallu tout faire soi même. Et sans mon entourage, j'aurai eu plus de difficultés à le réaliser entièrement. Je tiens donc à les remercier de m'avoir accompagner. C'est une aventure qui a duré près de deux ans.

A mes parents. He oui ! Quels que soient nos projets, nous avons quelques uns la chance de les avoir à nos cotés. Merci de m'avoir lu, de m'avoir donner votre avis. C'était important pour moi. Et surtout, merci de m'avoir soutenu, de n'avoir jamais douté de ma capacité à terminer ce projet. De m'avoir écouté parler avec tant de passion de ce livre et du prochain. Je me souviens d'un noël, il n'y a pas si longtemps ou ma passion débordante affirmait que quoi qu'il arrive, quoi qu'il se passe, j'écrirai ce livre et d'autres. Je revois vos visages me regarder, sourire et comprendre la passion qui m'animait, la détermination qui m'envoûtait. J'entends vos paroles, des mots simples qui touchent juste et réconfortent « C'est bien mon fils, tu as raison, tu y arriveras ». Je vous remercie pour votre foi en moi, votre soutien, votre patience, pour ce livre et aussi pour tout le reste. Pour les nombreuses fois ou vous avez été la. Toutes les fois en fin de compte. Merci papa, merci maman.

Merci à Laurie, de lire si vite. Au rythme d'un chapitre par jour, je devais chaque jour lui fournir la suite qu'elle réclamait pour en savoir plus. Merci pour tout le temps consacré à la lecture, la correction, la relecture. Et merci d'avoir supporté cet excès de débordements de ma part lorsque nous en arrivions à parler de ce livre. Merci pour ta patience, tes avis, ton temps et surtout, merci pour n'avoir en aucun moment douté que j'y arriverai. Merci de m'avoir dit que cette histoire méritait d'être partagée, lue par d'autres et qu'elle plairait. Merci d'avoir été si importante à ce moment la. Tu ne peux imaginer le bien que tu as pu me faire et la confiance qui a pu en découler.

Merci aux premiers lecteurs qui ont du prendre de leurs temps pour me donner leur avis. Je sais que certains sont frustrés de n'avoir eu que la première partie. Merci Mag, qui a toujours été au courant de mon désir d'écrire. Merci Karine. Je ne peux t'oublier. C'est auprès de toi que je me suis dévoilé en premier. Tu as accepté de faire partie des premiers lecteurs. Tu as même été la première à lire les prémices de ce livre. Et tu auras été la dernière à intervenir puisque je te dois cette magnifique couverture qui représente bien l'histoire. Merci de tes conseils et des nombreux échanges que nous avons eu. Ils ont été utiles et bienvenus dans cette période. Sans te connaître vraiment, ton avis a toujours compté, il m'est apparu nécessaire pour connaître la réaction d'un lecteur. Et tu as parfaitement joué ton rôle. A merveille même. Tu as enfin découvert la fin de l'histoire si tu lis ces lignes. Merci d'avoir accepté d'entamer la lecture du second avant d'avoir pu entièrement lire le premier. Il faut faire preuve de compréhension face à « l'artiste »....

Merci à Olivier, dont la confiance sans faille m'a toujours surpris et touché. Il n'a jamais douté une seule seconde. Et s'il la fait, il ne m'en a a jamais fait part. Il ne s'est peut-être pas rendu compte de l'impact que cela à pu avoir sur moi, alors je te le dis ici, merci mon Olivier. Certaines de tes paroles m'ont souvent touché au plus profond et cela m'a permis de repartir gonflé après chacune de nos rencontres. T'es un sacré mec ...

Un dernier merci. A mes frères dont le soutien n'a pas été exceptionnel. Je vous assure, peu de paroles, peu de réconfort. Certainement la preuve qu'ils n'ont jamais douté et qu'ils ont suffisamment confiance en moi pour penser que j'y arriverai. Alors merci a eux de n'avoir jamais cherché à me décourager. Les rares fois ou nous avons pu en parler, ils m'ont dit de le faire.

Le plus grand des quatre m'a simplement dit « tu l'as fait » lorsque j'ai eu fini d'écrire. Pour lui, peu importe qu'il soit publié ou pas, j'avais relevé le défi et concrétisé un rêve.

Le plus petit, qui a eu une parole sympa « Tu sais que je ne lis pas, mais le tien je le lirai ». C'est simple, direct et cela m'a touché.

Le troisième qui m'a dit de le faire, d'aller au bout. Que c'était bien.

Ils n'ont pas été les plus encourageants, je vous l'assure. Dans une aventure comme celle-ci, le plus important est ce que nous même sommes prêts à réaliser. Nous le faisons pour nous même et par nous même. Les encouragements et soutiens ne doivent pas être ce qui nous oblige à avancer. Si à un seul moment j'avais douté, il est certain qu'ils auraient été la. Ils n'en ont pas senti le besoin. Alors, à vous trois, merci de ne pas m'avoir découragé. C'est encourageant.

Je vous donne rendez-vous dans quelques temps pour un deuxième roman.

Et, chers lecteurs, n'hésitez pas à me faire part de vos sentiments, de vos pensées, de vos messages, de vos encouragements et même de votre déception. Je prendrai le temps de vous répondre. Sans exception.

Rendez-vous sur ma page facebook, Michel de Nys écrivain.

Je vous dis à très vite......

Michel de Nys

suivez moi sur : @Michel_de_Nys
Facebook : Michel de Nys écrivain

www.ingramcontent.com/pod-product-compliance
Lightning Source LLC
Chambersburg PA
CBHW072027170626
46811CB00008B/2972